MI-TEMPS

JP Bouzac

MI-TEMPS

40 ans de bavasseries (76-16)

Pour Marcelle, Cécelle, ma maman

24 août 1930, Pouffonds, Deux-Sèvres
2 février 2017, Bourg-Charente, Nouvelle Aquitaine

© 2017 JP Bouzac (Fonduja – Les éditions virtuelles du fond du jardin)

Edition : BoD – Books on Demand
12/14 rond-point des Champs Elysées. 75008 Paris

ISBN : 9783743142671

Dépôt légal : mars 2017

Photos de couverture :
Sabine Renault (1), l'auteur à Sossusvlei, Namibie
JP Bouzac (4), allée arborée, près de Zatoń Dolna, Pologne

Table des matières

INTRO 10
1976 .... **21**
   Toujours (Hampton Court) 21
   Brumeurs 22
   Moulin de prières 23
   Of course ! 24
1977 .... **25**
   Turquoise 25
   Pedrodvorets (Fête des fontaines) 26
   Kinderdijk (Digue du mioche) 27
   Java etoimoajava 28
1978 .... **29**
   Fritland 29
   Feuilles rouges 30
   ❀ Voici le mois de mai ❀ 31
   Vent d'anges 32
   Il était temps 33
   Flashs 34
   Sacrifilles 35
1979 .... **36**
   Le coin du philosoeuphe 36
   Pour une poignée de molaires de plus… 37
   Leningrad (Venise la rouge) 41
   Bizutage 43
1980 .... **45**
   Beachy End 45
   Littérature 46
   Petit chenapan ! 47
   Hannetonbylette 49
   Expédition Est-ce-ta-fête-Royan-Mykonos ... 50
   - Italie 50
   - Yougoslavie - Jusqu'aux pieds 50
   - Grèce I – Nikopouli (plage garnie) 50
   - Grèce II - Halte en Epire 51
   Lapin 52

1981 53
  Le rabeur de Rabelais 53
  Dimanche tantôt dans nos (vertes) campagnes 54
  Nuit collante pénible 55
1983 56
  Idd Festival 56
1984 58
  Barbara de Katowice 58
  Laterne 59
1985 60
  Poney stupide 60
1989 61
  Le monde entier 61
1990 62
  Deux quatrains pour Richard Geyer 62
  Le dernier roi mage 63
1992 64
  CASA 64
1993 67
  C'est mon nom 67
1997 68
  Nuit de pluie à Bali 68
2001 69
  Bambou, ... 69
2002 70
  Pourquoi j'ai l'intention de me proposer au plus vite
  comme candidat pour le prix Nobel de littérature 70
  Pourquoi une fois rénové, le métro de Berlin met plus
  longtemps à traverser l'est de la ville qu'avant 75
2003 81
  Cognac en touriste 81
  - La cloche de Saint-Léger 81
  - Rue du Canton 81
  Antigua 82
  Les feuilles mortes 83
2004 89
  Troll d'histoire 89
  L'auberge du cochon blanc 94
  De quoi je m'y mêle ? 98
  Portugal 2004 103

7

Baden-Baden 104
L'odeur du blé mûr 105
Fruits défendus 106
Petite recette d'éternité 109
2005 .... **111**
   Interv-you (entre nous ?) 111
   Petites histoires de mes petites histoires 116
   Du Bouddha, ... 121
   La véritable histoire de Son-Hya-Ji 122
   Les tribulations de M. Lan en R.F.A. 126
   Le dernier jour de Kuldhara 134
   Vocation(s) – 30 ans de 139
   Les fraises à Voltaire 144
   Déjà vu 148
2006 .... **153**
   Petit conte bédouin 153
   !ncredible Ingrid 156
   Wer zu spät kommt... (qui est en retard...) 160
   Oiseau rebelle 164
   Les yeux verts 166
   Rembrandt, Genie auf der Suche (Génie en quête) 170
   Le jasmin nouveau 174
2007 .... **179**
   Au pays des chats 179
   La fabuleuse histoire des trois pébrocs 182
   Conte de printemps 187
   Une ville dans l'océan 192
   Incident (au) Bénin 196
   Cœur de pierre 201
2008 .... **206**
   Mon plus beau souvenir d'Allemagne, c'est... 206
   (1ère version) 206
   (Dernière version) 209
   Las*t* Vegas 211
   Garage à ciel ouvert 216
2009 .... **221**
   Khadija aux yeux noirs 221
   La peau du désert 225
   - Casseurs de croûte 225
   - Nous, les algues bleues 227

Mes profs d'allemand 229
2010 .... **230**
    Promenons-nous... (Conte de fin d'année) 230
    Baudets du Poitou 236
    La mise à sac de Plouc Village 239
    Blueberry, ours indien 242
2011 .... **245**
    Grande ma(Ré) 245
2013 .... **249**
    Dernier beau jour 249
    Deux nouvelles histoires d'Hodja 252
    - Turquoises 252
    - Poil de lait 253

Annexe 1 : Publications (Aperçu) 254

Annexe 2 : Publications (Détails) 255

Annexe 3 : Séries de textes par ordre chronologique 259

Annexe 4 : Bibliographie de Louis-Clément Renault 263

INTRO

Mes parents m'ont souvent raconté que j'avais appris à lire, seul, dès l'âge de trois ans. Pour être franc, je ne le crois pas vraiment et d'ailleurs... je ne me souviens de rien.

En ce qui concerne l'écriture, c'est tout à fait différent. A cette époque, le début des années soixante, qui se confond chaque jour un peu plus avec le bas moyen-âge, les écoliers cognaçais apprenaient à écrire, cachés derrière les hauts murs de l'école des garçons, à l'aide de porte-plumes que l'on trempait dans l'encrier en porcelaine calé dans son trou en bordure du pupitre.

C'est quoi un pupitre ? Rien de plus facile à trouver, de préférence au musée, ou avec un peu de chance en brocante.

En fait d'écriture, j'ai tout de suite choisi, sans le savoir, l'art informel, l'abstraction lyrique, plus précisément le *tachisme*. Et je suis resté fidèle à cette école artistique passée de mode depuis longtemps jusqu'au milieu des années quatre-vingt, après avoir troqué mon porte-plume contre un Rotring, autant dire un Solex contre une Rolls Royce, sans que cela ne change grand-chose au résultat. Une tache reste une tache.

Mes essais à la machine à écrire n'étaient pas non plus très convaincants. Plus (beaucoup) de taches certes, mais une flopée de fautes de frappe... pour taper une page « propre », il me fallait un temps fou et des montagnes de papier. Si j'avais continué comme ça, la forêt amazonienne aurait déjà complètement disparu. Il était temps que l'ordinateur se démocratise.

Mais avant de subir la numérisation généralisée, j'ai rempli au stylobille, une sacrée invention si vous voulez mon avis, plus d'un cahier d'œuvres impérissables. Les plus anciennes de ces œuvres ayant survécu ont fêté en 2016 leurs quarante ans. J'ai beau avoir publié quelques livres (voir liste en annexe), une bonne partie de mes écrits est restée inédite.

Et c'est en premier lieu pour me faire plaisir que j'ai décidé de publier un choix de ces textes qui ont en commun, outre leur anonymat, le fait d'avoir été écrits en français. Pour me faire plaisir et pour fêter la **mi-temps** de mes *bavasseries* (bavardages en dialecte poitevin-saintongeais). Autant dire que, si Dieu me prête vie, je compte bien remettre ça en 2056 ! C'est-à-dire treize ans après mon prix Nobel de littérature. Qui sait, depuis peu, ma nullité à la guitare pourrait même devenir un avantage, car cette niche est maintenant occupée, et comment !

Je vous rassure tout de suite : un choix de mes textes inédits écrits en allemand, anglais ou autres idiomes est prévu d'ici peu (titre provisoire : Schubladenfundus). A propos de langues étrangères, j'ai été surpris, à l'occasion de ce projet, de retrouver dès mes premiers textes des mots empruntés à diverses langues en fonction du contexte. Européen avant l'heure ? Epateur de galerie ? Peut-être. Ou bien rien de tout cela, seulement le plaisir d'écrire, de fabuler, de bavasser !

Mais revenons aux heureux élus de ce volume : poèmes, récits divers, courtes nouvelles. Vous avez bien lu : poèmes. De quoi faire peur. Au début je n'écrivais rien d'autre. Ils sont infantiles, certes, mais courts, inoffensifs et tous en prose.

De 1979 date le premier récit de ce volume. A partir de là les poèmes deviennent très rares, sans complètement disparaître toutefois. Mon dernier poème inédit, vraiment bref celui-ci, bien que volumineux à sa manière, date de 2005. Il semble bien que je sois guéri.

A part une courte rechute en 2008, un poème enfantin écrit en polonais, très mal traduit car intraduisible, par mes soins, en allemand. Ces deux versions ont été publiées dans mon bouquin sur la Pologne au titre triangulaire, ou pour le moins trilingue (« *Rendez-vous mit Polską* ») en 2014.

Mais ne retombe-t-on pas justement en enfance lorsqu'on apprend (ou essaie d'apprendre) une langue étrangère ? C'est peut-être même ma motivation première à poursuivre dans cette tâche sisyphéenne...

Les textes les plus anciens de ce recueil ont pour sujet l'aviron, sport bien connu à Cognac, ville anglophile (Début de la série « *Divers et autres* »), et déjà des impressions de voyage, en l'occurrence chez nos drôles de cousins d'outre-Manche et en Yougoslavie, pays mythique qui a connu mon grand-père Gaston en personne pendant la soi-disant der des der.

Rétrospectivement, la longue série de textes intitulée *« Journal d'un global trotteur »* remonte ainsi à mes tout débuts d'écriveur. Les voyages quels qu'ils soient, à l'autre bout du monde, entre Jarnac et Chassors, en vélo ou dans le métro entre Berlin et sa banlieue, dans laquelle je vis depuis longtemps une bonne partie de l'année, continuent à stimuler ma bavardise.

Dès 1977 je me prenais pour un philosoeuphe, euh, philosophe, inspiré par l'inévitable décrépitude de la turquoise, un fait dur à accepter pour un collectionneur de minéraux passionné qui n'avait aucune envie de retrouver un beau jour un petit tas de poussière là où trônait il y a peu ladite turquoise.

Je ne m'intéresse plus beaucoup aux turquoises, sinon pour leur beauté mais la question de la poule et de l'œuf n'a rien perdu de son actualité.

Pendant l'été, deux voyages vers le nord-est, aux Pays-Bas et en URSS, laisseront des traces sur le papier sur le coup (par exemple *« Kinderdijk »* et *« Pedrodvorets »*) et parfois beaucoup plus tard (par exemple *« Tempête de neige sur la Place Rouge »* (2005) et *« Rembrandt... »* (2007)).

Au printemps 1978 j'effectuais mon premier séjour conscient outre-Rhin, ce qui donna *« Fritland »* et surtout *« feuilles rouges »*.

En septembre de la même année je me retrouvais pour la deuxième fois vendangeur. Impressionné autant par la belle Joanna qui chantait à tue-tête du matin au soir, en portugais, que par ma première rencontre avec une machine à vendanger, je me lance dans la nouvelle série *« Campagnes charentaises »*.

1979 fut marquée par le lancement du journal Maelström au Lycée de Cognac (voir l'extrait *« Pour une poignée de molaires... »*) et, en septembre, par un bref passage en Math Sup, à Poitiers (*« Bizutage »*).

« *Petit chenapan* », histoire louzacaise, inaugure en 1980 la série « *Ecoles* », série qui sera phagocytée plus tard par l'impitoyable « *Journal en kit* » apparue l'année précédente.

L'été de la même année est marqué par le voyage dans une Estafette Renault poussive, consommant plus d'huile et d'eau que d'essence, qui me mena avec ma sœur Dominique et trois amis jusqu'à Mykonos (ou presque). Il manque toujours le récit épique de l'achat de ce véhicule peu commun dans une ferme de *Chez les Rois*, peuplée d'êtres non moins exceptionnels.

L'année suivante (1981) je fais deux découvertes concernant la sagesse humaine, l'une dans une ferme près de Ruffec, au bord de la Charente aux berges ravagées par les ragondins, petites bêtes très sympas en terrine (« *Dimanche tantôt dans nos (vertes) campagnes* »), l'autre dans la vieille ville de Fès, au Maroc (« *Nuit collante pénible* »).

Nous passons directement de l'Afrique en Inde, en 1983, certainement le voyage qui m'a le plus marqué à ce jour.

Bizarrement mes impressions de voyages, même si celles-ci étaient très fortes, n'ont pas toutes étaient couchées sur le papier, et ce parfois seulement des années plus tard. De nombreuses régions françaises ou des pays visités au cours des ans et qui m'ont beaucoup marqué sur le moment n'ont laissé aucune trace dans mon « œuvre ». Je ne sais pas pourquoi. Peut-être la période de gestation n'est-elle pas finie ? On en saura sûrement plus en 2056. Ou on aura renoncé à répondre à cette délicate question.

1984 me fait découvrir, non pas la science-fiction, mais la Pologne avec mes parents et notre boxer Quito, encore un voyage qui a influencé ma vie quotidienne jusqu'à aujourd'hui (voir annexe 1).

A la fin de l'année, je partais pour six mois en Allemagne… et n'en suis pratiquement pas revenu. Sans commentaire.

L'été 1985 est un remake du road movie avec parents, chien, voiture poussive, caravane, tente à fourmis et P. Gady, dit le chameau, le fameux Prof. Chamou de l'histoire de molaires de

1979, cette fois-ci au Portugal. De ce voyage épique ne reste qu'un court poème dédié à une… Polonaise de passage.

Les années 1986-1987, celles de mon héroïque service militaire à Berlin (je pèse mes mots), ne sont pas représentées ici, elles constituent la plus grande partie de « *Ma guerre froide* » (voir annexe 1).

Le seul texte écrit en 1988 qui a résisté au changement climatique est consacré… au justement célèbre temps berlinois et comme il est écrit en allemand, vous serez épargnés ou privés, c'est selon !

De l'année 1989, année de la chute du mur, à quelques centaines de mètres de notre apart de Wedding, je n'ai gardé qu'un drôle de pamphlet écolo *(« Le monde entier »*, dernier représentant à ce jour de la série fourre-tout *« divers et autres »).*

Et de l'année suivante, qui a vu entre autres la réunification de l'Allemagne, mon mariage avec Sabine et l'indépendance de la Namibie, quelques poèmes inspirés par mes lectures au Tyrol (biographie de Wagner, roman de Michel Tournier), alors que Sabine et ses parents s'adonnaient à des sports d'hiver plus classiques tel que le ski alpin. Bizarre.

Mais les évènements de cette époque euphorique ne m'ont pas laissé indifférent, ils sont largement traités dans *« Ma guerre froide »* et dans mon petit dernier *« Böhmische Silberhochzeit »* (n'existe qu'en allemand pour le moment).

Au cours des années quatre-vingt-dix je n'ai presque plus rien écrit. Est-ce dû à mon travail à Adlershof qui m'occupait à ce point ? Lors de vacances en Tunisie je me posais des questions sur mes origines. Peu après je redécouvrais grâce à mon travail le Maroc (1992), qui est resté l'un de mes pays préférés, malgré ou en raison de ses contradictions.

Après un timide poème végétal suite à un premier séjour en Guadeloupe en 2001 je décidais de me relancer dans l'écriture en 2002 avec le très programmatique *« Pourquoi j'ai l'intention de me proposer au plus vite comme candidat pour le prix Nobel de littérature »*. Ce texte inaugurait par la même occasion la nouvelle série *« Journal d'un soir d'hiver »*, qui comme bien d'autres, fit long feu et finit par passer à la casserole, pour rejoindre l'insatiable *« Journal en kit »*.

2002 reste une césure importante dans ma vie de raconteur : à partir de là, je montrais une bonne partie de mes textes à mon père, qui deviendra vite mon plus fidèle lecteur, à ma famille et à quelques ami(e)s et connaissances.

Sabine, mon épouse préférée, comme aurait dit son beau-père préféré, lisait bien sûr aussi mes textes, surtout à partir de 2003, suite à ma participation au concours de l'Office Franco-Allemand pour la Jeunesse et de préférence mes textes écrits en allemand, lesquels se multiplièrent dans les années deux mille.

Mais revenons à la fin de l'année 2002 : celle-ci a vu naître le premier de mes textes consacrés au métro berlinois. Entre 1994 et 2007 (et après aussi, mais moins) j'ai passé une bonne partie de ma vie, en tous cas quand j'étais à Berlin, dans ce moyen de transport légendaire.

Et j'y ai pondu de très nombreuses histoires, au stylo sur un bout de papier froissé, sous l'œil réprobateur des foules de « Pendler », ces banlieusards qui comme moi tombent chaque matin de leur lit pour se retrouver dans le merveilleux métro-boulot-etc quotidien.

Pendler, c'est rigolo, ça rappelle le mouvement d'une pendule... mais cela n'a paraît-il rien à voir. Cela viendrait du latin « pendler forenses », expression qui désignait les marchands du forum, le marché quoi, qui arrivaient tôt le matin des alentours de la ville pour le business. Pas très différent en effet...

Ce qui est vraiment fort, c'est que cette première histoire de métro berlinois a vu le jour... sur un banc du Quartier latin, dans le square en face du Musée de Cluny, lors de l'une de mes innombrables missions. Et oui. J'ai aussi été missionnaire et ce, pas seulement en Afrique.

2003 me voit dans les rues de Cognac, l'appareil photo en bandoulière, en touriste. Ce jour-là, la campagne charentaise est devenue officiellement objet d'exploration du global trotteur. Du local au global, il n'y a qu'un pas, c'est bien connu.

Un an après le premier épisode du « *Journal d'un soir d'hiver* », je remets ça avec « *Les feuilles mortes* » et suis particulièrement productif, facond, disert, éloquent... bavard once again.

D'un nouveau séjour au Tyrol à la fin de l'hiver 2004 il reste quelques textes inédits qui valent leur pesant de caca de renne (« *Troll d'histoire* »), voire de saucisse de foie (« *L'auberge du cochon blanc* »). Mes aventures en Afrique de l'ouest, lesquelles remontent à dix ans, refont soudainement surface dans « *De quoi j'm'y mêle ?* ».

Enfin, la coupe d'Europe de foot (dernière de mes préoccupations !) et/ou un séjour à Baden-Baden m'inspireront mes premiers *haïkus franco-allemands*, un genre littéraire innovant qui a encore tout l'avenir devant lui et que j'ai, faute de mieux, intégré dans les « *petites histoires franco-allemandes* ».

Toujours dans l'interculturel, je ponds « *Fruits défendus* », témoignage de mon travail, franco-allemand lui aussi et « *Petite recette d'éternité* », cri de protestation d'un citoyen lésé dans ses droits les plus élémentaires.

2005 fut une année exceptionnelle. Dans « *Interv-you (entre nous ?)* », je m'amuse à ma manière des suites du concours de l'OFAJ déjà cité.

Dans « *Petite histoire de mes petites histoires* », je m'aperçois que j'ai raté le rendez-vous du « *Journal d'un soir d'hiver* ». Un journal suivi de manière régulière, comme l'a fait mon papa pendant des décennies, ce n'est décidément pas mon truc, même s'il ne s'agit que d'un jour par an ! D'ailleurs ce sera l'avant-dernier de la série...

Un nouveau voyage en Inde a livré plusieurs textes pour mon premier livre alors en préparation « *20 ans en Prusse* ». Mais là aussi, il y a eu quelques laissés pour compte qui n'avaient pas mérité ce triste sort. C'est le cas de « *La véritable histoire de*

Son-Hya-Ji », qui mélange mysticisme indien et Sonia, la chienne boxer de mon enfance, et *« Le dernier jour de Kuldhara »*, fable sortie tout droit des sables du désert du Thar, à trois heures de chameau du Pakistan.

Ecrit en 2005, *« Les tribulations de M. Lan en R.F.A. »*, texte un rien déjanté, « email intergalactique daté du 12 août 2013 » et soi-disant œuvre d'un « auteur inconnu », avait inspiré à son premier lecteur une remarque qui n'a rien perdu de son actualité sinon que le vœu de ce dernier n'a pas été exaucé.

De la même année datent aussi *« Les fraises à Voltaire »*, histoire de jardinage et de politique internationale, *« Déjà vu »*, qui traite des aléas de la vie d'enseignant et *« Vocation(s) – 30 ans de »*, revue un tantinet désillusionnée d'une demi-vie de labeur intense.

2006 commence avec un *« Petit conte bédouin »* suite à un court séjour dans le Sinaï, entre désert et mer, dans une ambiance féérique. Quelques jours après notre départ un attentat meurtrier tuera des touristes comme nous et une partie de ces gens qui nous avaient si bien accueillis.

En plein hiver berlinois une affiche dans le métro fait revivre un instant Ingrid, géologue intrépide disparue en Himalaya (*« !ncredible Ingrid »*).

A la fin de l'hiver je trouve un moment pour livrer *« Wer zu spät kommt... (qui est en retard...) »* ma dernière contribution à ce jour à *« Journal d'un soir d'hiver »*.

Les histoires se suivent, qui ont pour scène le fond de mon jardin (*« Oiseau rebelle »*), deux musées à Berlin et Amsterdam (*« Rembrandt... »*), deux aéroports kafkaesques, l'un moscovite pour *« Les yeux verts »*, l'autre algérois pour *« Le jasmin nouveau »*.

L'année 2007 est marquée par des souvenirs africains, récent et égyptien dans le cas de *« Au pays des chats »*, ancien et ouest-africain pour *« Incident (au) Bénin »*.

Mais c'est surtout l'année du Japon avec *« La fabuleuse histoire des trois pébrocs »*, *« Conte de printemps »* et *« Une ville dans l'océan »*, sans compter au moins une histoire inachevée sur la disparition du Fujisan.

A la fin de l'été un séjour linguistique dans le sud-est de la Pologne, à l'Université Catholique de Lublin, m'inspire entre autres deux petites histoires (*Voir aussi « No man's land »* in *« Accidents de parcours »* et *« Lublin »* in *« Rendez-vous mit Polską »)*, dont l'une était restée inédite : *« Cœur de pierre »*.

2007 est aussi l'année de la parution de mon premier bouquin individuel : *« 20 ans en Prusse »*, anthologie bilingue franco-allemande, y compris une histoire en Polonais.

Ce n'est pas encore la gloire, mais cette initiative convint mon père de se lancer (enfin !) dans l'aventure, lui qui écrit depuis tout petit, mais n'avait publié jusqu'ici que des extraits de son journal fleuve et des articles en tous genres. Ce sera le formidable *« Comme une poussière dans la tourmente »*, tout juste réédité cette année (voir annexe 4).

En 2008 l'OFAJ lance à nouveau un concours, cette fois pour fêter de matière multimédiale et en ligne les 45 ans du traité de l'Elysée. Le thème est on ne peut plus simple : *« Mon plus beau souvenir d'Allemagne / de France »*. Je choisis le premier et écris un texte orné d'une photo artistique. Avant de me rendre compte de mon erreur, laquelle était sans importance, car je n'ai de toute façon pas réussi à télécharger mon fichier. De cette aventure j'ai gardé ici la première et la dernière version de mon texte. N'est *digital native* qui veut.

Un fantastique voyage dans plusieurs parcs nationaux de l'Ouest américain laisse des traces dans *« Last Vegas »*, *« Garage à ciel ouvert »* et plus tard *« La peau du désert »* (2009) et *« Blueberry, ours indien »* (2010).

Mais 2009 était aussi une année marquée par le retour en arrière et une certaine nostalgie. En témoignent *« Khadija aux yeux noirs »* et *« Mes profs d'allemand »*.

Retour au pays aussi après l'implantation, saisonnière certes, dans un village du pays jarnacais (*« Promenons-nous... »* et *« Baudets du Poitou »*).

Par la suite mes textes en français se raréfient. Je n'ai d'ailleurs aucune idée du mécanisme qui me pousse à écrire dans telle ou telle langue selon les circonstances. De la même manière je sais rarement spontanément dans quelle langue j'ai vu un film, lu un livre out tout simplement rêvé...

Un court article lu dans un journal allemand non identifié (Berliner Zeitung ?) trouve son écho en français dans « *La mise à sac de Plouc Village* » (2010).

Une nouvelle visite de l'île de Ré avec nos amis rochelais Christian et Catherine, cette dernière insulaire d'origine contrôlée, donne « *Grande ma(Ré)* » (2011).

Mes deux dernières histoires écrites en français - à ce jour - remontent à 2013 et n'ont pas grand-chose en commun.

La première relate une sombre promenade automnale dans la campagne du Barnim (« *Dernier beau jour* »), l'autre, qui est en fait double, prétend contribuer au long répertoire des aventures d'un héros traditionnel de l'humour turc *(« Deux nouvelles histoires de Hodja »)*.

Bonne lecture ! Des questions ? Ça, ce serait drôlement chouette ! Un bavard qui prêche seul dans le désert risque fort de finir par s'ennuyer... de mourir de soif, ou, un cas pas si rare que cas, surpris par une inondation inopportune.

1976

Toujours (Hampton Court)

Narcisses et daffodils
pelouses polychromes
fossil waves figées
sur la royale épave
cheminées bistres et mornes
(tristes et mortes, mathématiques[1])
le palais semble une vieille fabrique
bouffée par les vents
cent mille crocus
- pâte d'amandes –
oscillent en silence
rires d'enfants dans le labyrinthe
(jonquilles et briques)
la reine est noire sans doute
noire et jaune

noire comme
les Bobbies fouilleurs de l'entrée

jaune comme les marbres
vieux des escaliers froids.

Journal d'un global trotteur, Youké
Pâques 1976

---

[1] *« Vindiou, l'est pas gâtée la couine ! » (Note d'époque)*

21

Brumeurs

Le ciel bas écrème le brouillard épais
les bateaux les berges se noient dans ce lait
dont rien n'émerge
seul le halo solaire petit anneau blême
étale sa lueur blafarde
le matin s'attarde
pas un murmure dans la brume
sans un bruit le bateau glisse
seule la plainte de la coulisse
rompt le froid silence des rives
le 4 va à la dérive
le barreur scrute la bruine d'où surgit dans la pluie fine
une barque de pêcheurs une ligne un skiff
deux cygnes (deux ratons lavés)
des branches couvertes de givre
que brise notre bateau ivre
un double un huit un pair-oar nous évitent
déjà leurs ombres s'enfuient
dans la brume le club se dessine.

Divers et autres
Par un dimanche d'hiver sur la Charente, Cognac

Moulin de prières

Plitvička Jezera
la déesse des eaux
étend là ses cheveux
la montagne
en est couverte
qui courent
comme un blanc troupeau
de grotte en lac
en cascades joli-e-s !

Journal d'un global trotteur – Méditerranéennes

écrit dans ma Charente natale, en 1976
suite à un voyage en... Yougoslavie

Of course !

Messieurs-sieurs-sieurs êtes-vous prêts ?
PAAAARTEZ !
les rafales bouffent la gueulante arbitrale
une demi-douzaine d'huit décolle
rase les sinusoïdes
balancés vers la rive
où pendent les filets vaseux
singin' in the rain nous voilà partis
ces vaches de vagues nous avalent
et le vent dégueule les braillements
enroués des barreurs
skiffs coulés – coulant
chialent les coulisses
les pelles mordent la vague – quak !
derrière l'oreille
la foule soupe à ras pluie
le ponton grille un stop
et la régate folle continue
dans la mousson libournaise
les bulles de détergent
l'allégresse générale
les cochons crevés
et la merde.

Divers et autres

Aviron, Libourne
Cérémonie du Centenaire avec festivités et régates de prestige,
dont la revanche exceptionnelle de la course Oxford-Cambridge

1977

Turquoise

Turquoise
sans un cri
meurt ta beauté
poussière
est devenue
poussière
a toujours été.

Divers et autres

Louzac

Pedrodvorets (Fête des fontaines)

Les vieux palais frimeurs se r'font une beauté
avant d'aller boire l'eau de feu soviétique...
le soleil – rouge – range l'argenterie.
la vedette à touristes déroule, ponctuelle,
son fil d'or sur la Neva noire, jusqu'à la mer.
sur la plage tsarine viennent éclore les
vagues naines. course folle vers les lumières du parc,
la fête ! autour des bassins gardes fous,
sapins taillés en uniforme
quadrillent aux bougies des fontaines.
sur le parvinondé d'ombrénormes, les fastes de
la cour, ses petits cailloux, blancs. rude vie, révolte
des moujiks, bouquet final révolutionnaire
avec guerre patriotique – mitrailles – bombes.
Pedromachin brûle et saigne. guerre et paix,
victoire ! dans un car antique cahotant.
le métro déguisé ! les rues sombres défoncées
par l'hiver. une dernière vodka à l'hôtel.

Dédié à Isaure

*Journal d'un global trotteur – Rossia,
Leningrad, Union Soviétique, été 1977*

Kinderdijk (Digue du mioche)

Sous son noir antiflotte
un pêcheur cul-dans-l'herbe
se déguise en dytique
pour fish hypermétrope[2]

l'escorte mécanique
bois de chaume coiffée
clappe avec les canards

voiles en ralingue
chuintent les pompes hybrides
mi-manèges enfants sages
mi-trois mâts brise flots

sur l'eau glisse
captive
la trompe triste
d'un éléfant du Rhin.

Journal d'un global trotteur – Plats pays
Pays-Bas, été 1977

---

[2] *Et qui s'est trompé de lunettes, de telle sorte qu'il se retrouve bel et bien myope ! (Note d'époque)*

Java etoimoajava

(17ème couplet, mélodramatissimo)

C'est la triiiiiiiiiiiiiiste aventure
peu commuuuuuuuune !
d'un petit ver de lune
qui d'amour mourut
pour une prune...

Divers et autres

Louzac

1978

Fritland

Masse obscure des corzendormis
la nuit jaune, jelly
sinisterrils, néons des puits
une route à l'huile
enfumée
et le wagon soupire
et les jambes dégoulinent
chansons, bogies, guitare
« Passeuports, s'il fou plait ! »

Journal d'un global trotteur – Plats pays
Dans le train en Belgique, Pâques 1978

Feuilles rouges

Feuilles rouges
à la fenêtre
peupliers noirs
collés brouillard
cabane en bois
au fond du froid
gouttes sur la vitre
le Tee est fertig
Wurst, marmelades

Dehors
crient les oies
dans la terre gelée

Journal d'un global trotteur – Allemagnes
Wunstorf, Pâques 1978

❂ Voici le mois de mai ❂

Il pleuvait
j'ai ouvert la porte du garage
les toutous sont rentrés
et deux hirondelles
qui s'enrhumaient.

Campagnes charentaises
Louzac, 1978

Vent d'anges

Soleil en poudre
sur les mottes
mille pépites
bassiaux engourdis
englués d'arcanes
poisseuse eau de vigne
pourpres zazurées
sulfate
cirres monstres
des mers roséennes
sarmentes
ouvrent les volets
grincent pleurent
et le vent moqueur

La coupe commence !

Campagnes charentaises
Louzac, 1978

Il était temps

Dans la bruine
caché d'aspirine
soleil
vas-tu sortir ?
et réchauffer nos doigts
doigts gelés des coupeurs
soleil lève-toi !
finie la grasse matinée !
finie la grève !

Perce le manteau de gouttes
repasse les feuilles
et les gants
gigue nos pieds
z'et nos cœurs...ouaip !
soleil.

Campagnes charentaises
Louzac, 1978

Flashs

Feuilles froissées cassées
soldes d'automne
sur belouses à moniaux
cèpes bleus – lépreux
fumées nocives du tracteur
blondes fainéantes grappes
lézardières mamelles
de la vigne
insolentes et dociles
cliquetis des oiseaux (ciseaux)
le rire à Joanna
fier et franc
sans colorant
un mulot sur ma main
s'enfuit... Kiiiiiiiii

Paniers ! crient les videurs
dans les javelles un nid
abandonné
heures et grappes
s'égrènent

Joanna chante la fin du jour
qui s'en va
rougissant

Campagnes charentaises
Louzac, 1978

Sacrifilles

Nuit noire
comme un piano mort
la vigne pleure ses filles
roule ses crécelles
la machine énorme
énorme
a sucé son sang
tout le jour
ceps nus frissonnent
javelles exsangues
implorent

Où êtes-vous
dieux de la terre
et du vent ?
plus une graine
pas un verjus..

Que mangeront les grives ?
onde de brume
ombre de lune

Campagnes charentaises
Louzac, 1978

1979

Le coin du philosoeuphe

C'était
un beau jour
de printemps d'hiver

En ce jour solennel
Dieu créa la poule
et l'œuf
ensemble et le coq

Ils vécurent heureux
et eurent beaucoup
d'œufants.

Illustration de l'autœur

Divers et autres
Publié dans « Le maelström, tome 1 »,
Lycée de Châtenay, Cognac, 1979

Pour une poignée de molaires de plus…

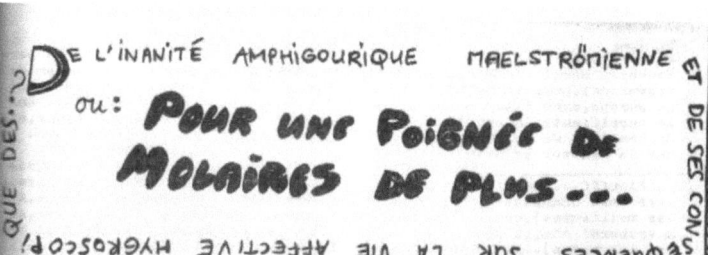

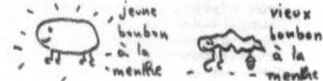

2ème Partie: Dans laquelle, les auteurs, au péril de leur chaussures traversent, pour la première fois en europe, sans filer, sans colorant, la terrifiante, la redoutable "Granda Sablière De La Muerte", imondée par la mousson printanière. Ouf!

Ploufff....pouuii...mainxe alors! mes chausses! (j'entasse, et les meilleures), coa-coa-coacrodile à tribord! Aïe, ça pique!(les ronces, les bains)..Mais qu'est-ce qu' on est venu f... dans ce tas de m.. Un braillement animal m'annonce une importante découverte du Pr Chamou (ne trouvez-vous pas que c'est un nom idiot?), j'ai nommé:une touffe de violettes."Comme ça, on n'sera pas bredouilles" dit cet ignare.

Une étrange sensation, silence à faire verdir une grenouille, chaleur morbide et incontrollée, luminosité ...mystérieuse..(ça, c'est vrai!) lancinante...bref, un sentiment de pusillaminité comminatoire latente caractérisé nous plaque au sol tel un camembert sous sa cloche à fromage. Notre compteur Gégène s'évanouit dans un râle en même temps que nos torches électriques que nous n'avions pas emportées, d'ailleurs. Là-dessus, un bruit louche genre synthétiseur-embrayage-de-ma vieille-mob s'insinue sournoisement dans nos petites têtes qui ne vont pas tarder à faire boum, je dis bien: Boum, si ça continue.

Récapitulons, ce bruit...ce n'est pas une grue (ce n'est plus la saison), pas un train qui siffle trois fois, pas même un de ces jolis mirages qui s'écrase-hé-hé-hé, le son du cor?, peut-être une bande de ces coyottes métalliques qui ont taillé les bosses comme autant de fils à couper le beurre ?

Néni! MAIZALORS CAISSE ? Ventre dieu! (comme vous l'avez peut-être déjà lu dans cette feuille de chou à l'armiste), le raifort, non, le raigrave, en tout cas, y'a pas d'coa rire;(voilà ce que c'est de trop distribuer d'aurtographes quand on est jeune)

Pour votre bien à tous, je suggère que vous vous cramponnassiez inamoviblement à la branche la plus proche avant que de poursuivre cette lecture, ô combien malsaine et insidieuse.

Et surtout, n'allez pas imaginer dans votre magnétoscopographe portatif que j'essaie là d'abuser de votre illustrissime crédébullité! Tout ce qui suit est déroutemment axiomatique, hygroscopique, etc, mirifique, midéraison. Voici donc cette suite, tant attendue:

Les nuées de franges ouateuses des vapeurs décibeliques se dissipent à une allure cagouillarde. Au milieu des brumes fuligineuses, se dresse, imperturbable, l'Eternel sans visage...erreur et stupéfaction, il ne s'agit (?) que d'une grotesque publicité. Une gigantesque boîte de conserve sur pieds, aux milles couleurs changeantes...(encore un charter qui a largué du mazout...)

Nos jeunes arborescences tubuliolaires patinent dans l'acide bactique, autant dire que nous sommes désormais dépassés par les évènements, à la poursuite de notre tragique destinée et en lutte (inpitoyable) contre les éléments déchainés.

D'un air plus ahuri que celui que vous nous connaissez peut-être, nous regardons bêtement un long bras articulé soulever sans bruit

le "couvercle" de l'ONVNI.
  Emergeant de l'engin,un (jeune?) X,pas français,nous "zieute" et se plante instantanément devant nous, démontrant ainsi,expérimentalement, la toute relativité de notre dernier cours de physique.
  Avec son teint lichéneux,écleptique (mot dédié à Mr Jannest,Pr.) d'huître de Marenne,ses elvisphères,ses rétros,qui font la (grosse) tête,sa pétoire en "Belles Couleurs" il a vraiment l'air échappé d'une série américaine bidon (je ricane).
◀ encore un qui tourne la page,pas si fou!▶ ▶▶...
  Après quelques secondes,quelques siècles?...le boîtedeconservonaute nous tient ce fort galant discours: "Ailéögä zavaipavuh...",agrémenté de gestes explicatifs qui ne sont pas sans rappeler la verve gesticulatoire de certain professeur de Mathématiques,(vous savez,celui qui parle aux petits oiseaux....ce dont nous le remercions sincèrement.)
  Je vous épargne le reste,étant au moins aussi soucieux que vous d'achever cette pénible déliration ...Hector (il a une tête à s'appeler Hector),Hector cherche comme nous des fossiles,ou plutôt,des fossiles comme nous...il semble que nous fassions l'affaire!Tout fiers d'avoir été aussi judicieusement choisis pour le grand voyage inédit, nous courrons vers la voiture afin d'y quérir un minimum des substances nécessaires à notre alimentation spirituelle,alimentaire et spatio-temporelle....Et là,tout s' est passé très vite....Après nous l'avoir arraché des mains,le troisième type s'enfuit en sautillant, émettant périodiquement des sons fous et des rayons β;Déjà,Hector, dans son ellipsopipède interre-planes-éthers,s'envole comme une étoile filante en marche arrière,avec un bruit de magnum qui se débouche, après nous avoir sauvagement volé la collection COMPLETE du Maelström,sans même,ô comble du non savoir-vivre,nous avoir laissé son adresse........

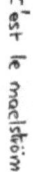

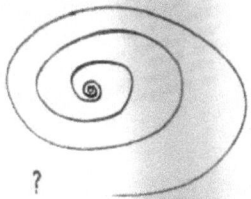

3ème PARTIE: S'il reste encore des inconscients qui n'ont rien d'autre à faire...(c'est pas comme ça que vous aurez votre bac,sasévré! Luc'a'dit) Synthèse théorique,écho logique des épisodes précédents: deux tares sans Lyse.

  Le Pr Chamou tape bestialement sur la paroi (de la sablière) sous prétexte que ça sent le dentier fossile.Avec tout ça,toujours pas la moindre pépite,pas le plus petit oeuf de mammouth,pourtant, ne pataugeons-nous-pas depuis maintenant plus de deux heures de fausse mare en fausse île? (nous ne pensons pas qu'un mauvais jeu de mot de plus puisse aggraver l'état d' un hypothétique lecteur,au reste fort persévérant)
  En fait,la récolte n'est pas si mauvaise pour Chamou (j'implore votre pardon pour cette familiarité),qui,en plus de son bouquet de violettes,emporte un féérique (ma foi!) échantillon de calcaire,souvenir impérissable et typique,voilà que,brusquement inspiré par son éblouissante découverte,il déclame aux épines,lapins d'eaux et autres créatures du bon dieu,je cite "... et les arbres s'enfoncent,parce que c'est beau...."

  Faute de place et parce que vous ne nous croiriez plus,onheureux lecteurs,nous passerons sous six lances-oh-là-là!-les passionnantes aventures ultérieures à cette phase poétique décisive,correspondant à la fois au "Tea o'clock" britannique et à la non-moins célèbre Kremdâ ploukistanaise.

Sachez enfin, qu'au soir de cette studieuse journée, pleine d'occurence, nous avions trouvé une quinzaine promotionnelle de dents de mammouth (elephas prämigenius) fossilisées. Détail : 12 au musée municipal de Cognac, 1 au S.I. de Jarnac, 2 dans la collection personnelle, 1 dernière chez un dentiste qui préfère rester anonyme.

Sans vouloir faire de concurence à l'ONISEP, nous espérons, à travers ce bref exposé, avoir suscité parmi vous quelques vocations dans une branche que nos ancêtres eux-mêmes n'auraient pas renié : en effet, n'étaient-ils pas assis dessus ? et....

Paroles et scénario original : le Pr Chamou et moi-même, avec la participation de Me Grenhychoudalet pour la partie volante identifiée.

Musique de Jean-Sébastien Ruisseau et Lou(is) Roseau.
Recordé à Louzac Studios.
Design : les mêmes + d'autres.

NOTES DIVERSES :

☆ : vieux stylos, autocollés, antitickets, nous avons mêmes mis à jour un Savozairô boatien, en plastique chromé, pouvant encore servir.
☆☆ : "Je n'étais pas encore au lycée, me souffle Juju (c'est un faux nom), ébahi.
☆☆☆ : entre 20 et 200 (ptêt ben 2000) millions d'années, titinesquement parlant. Spectaculaire !!
☆☆☆☆ : fausse note- décore -

notes des ôteurs : cet article émane plus particulièrement de l'esprit troublé du premier lecteur intégral du supplément du Maelström, tout bônement.....

 sa cè Rune fleure !

Journal en kit
Publié dans « Le maelström, tome 1 »,
Lycée de Châtenay, Cognac, 1979

Leningrad (Venise la rouge)

La journée a été dure, nous sommes tous crevés. Les visites, les ballades, c'est bien joli, mais on en a plein les pattes ! Et puis faire la queue même pour acheter une glace, on n'a pas l'habitude. N'empêche que ce soir, on va faire la fête ! Pas question de perdre une minute, on n'est pas là pour dormir. L'auberge de jeunesse ou la cantine en vacances : le triste spectacle de la traditionnelle purée nous a psychiquement rassasiés. Le pas léger, nous quittons l'hôtel et foyer des jeunes, comme ils disent. Ça ne sera pas mal lorsque tout sera fini, ultramoderne, immense, avec tennis et piscine ; ça choque dans ce quartier miteux.

Avec tout ça, nous avons failli rater le tramway, enfin, ça y est, nous cahotons vers le centre, si centre il y a. Les vieux immeubles jaunes et fissurés, les canaux défilent. Parfois une datcha à moitié écroulée, bois vermoulus. Pas une enseigne, on devine à peine une petite boulangerie au pied d'un bâtiment qui date de Staline. Quelques slogans sur les murs et sur le 25ème congrès du parti, ou le meilleur ouvrier de telle usine. On a même droit à Brejnev sur 5 m de haut.

Nous avons sauté du tram et continuons à sauter (de vraies grenouilles) cette fois de planche en planche entre les trous des rues défoncées par l'hiver. Les rares passants s'intéressent beaucoup à nous. On nous accoste en russe, en français, en anglais et parfois en voiture. Toujours la même chose : combien ton jean ? Tes godasses ? 100 F. contre 50 roubles, ça te va ?

Y'en a qui nous disent tout simplement bonjour, nous offrent une pomme, une médaille en plastique... Un ancien de Normandie – Niémen nous entraîne dans un bistrot plutôt louche, nous paye la tournée, un très beau champagne russe et rose. Enfin, il nous danse un truc à faire pâlir tous les Fred Astaire.

Nous voilà au « Leningrad », hôtel moderne où se trouve la seule boîte de la ville encore ouverte à une heure avancée. Le croiseur Aurora s'éclaire comme le soleil disparaît, plongeant les palais de la Neva dans l'ombre.

Pas facile de faire comme le soleil qui ne se couche pas ou presque à cette saison. Après un quart d'heure d'ascenseur, d'escaliers, une visite sur le toit, nous trouvons la boîte... au soussol. C'est chou tout plein là-dedans, comme une ruche, mais avec des bouteilles vides à la place de la cire, rien que de la vodka. Le rock folklorique nous enchante et c'est bientôt l'éclatation générale et délirante. Un gros finlandais peu clair nous invite dans son sauna, à 800 km de là. Un soi-disant ricain nous noie dans la vodka et veut ensuite nous acheter nos jeans ! Drôle d'idée – moralité : les Russes (les jeunes) aiment beaucoup les jeans et certains speakent pas mal anglais. Aliocha, notre guide et invité, boit pour les deux, sous prétexte que chez lui (en Cosaquie d'Ukraine), la vodka titre jusqu'à 80°. ...très plus tard... C'est l'idée géniale de l'un d'entre nous (pas moi) qui nous tire un peu de notre indolente inertie (due comme on s'en doute à la fatigue et non...). L'idée est simple : aller voir les ponts s'ouvrir dans la nuit froide, très froide d'ailleurs. La flèche de Pierre et Paul, obscure, semble collée sur un ciel ambre et cuivre.

Appuyés sur le garde-fou où viennent clapoter de fines vaguelettes, nous attendons l'instant fatal. Celui où les ponts se lèveront, avec le soleil. Réflexions et soupirs tranchent le silence et l'air, glacés. Profitant d'une seconde d'inattention, le pont le plus proche s'entrouvre. Déjà, un cargo s'engouffre dans la gueule du monstre marin. A défaut de soleil de minuit, le jour est presque levé. Il est temps de trouver un bus et l'hôtel, pour le petit déjeuner.

Dédié à Pierre le Grand, Sheila et à l'inventeur de la sieste
Voyage en août 1977
Journal d'un global trotteur – Rossia
Publié dans : Le Maelström N°2, 1979,
Lycée de Châtenay, Cognac

Bizutage

…à l'heure fixée par les augures, c'est-à-dire peu après avoir avalé la dernière bouchée de son repas cantinien, l'hypo à la barbe en boutons se mit en route. Revêtu de la blanche bure cérémonielle, il marchait à longs pas sur le trottoir chaud comme une tôle à tarte.

Par mégarde, il passa près du mur d'agglos, celui qui sent le sucre d'orge. Il fut bientôt harcelé par les guêpes en nuage, vautrées dans l'orgie poisseuse des buées épaisses de sueurs de sucre. Les maudits hyménoptères s'acharnaient sur lui telles des hordes de log x le samedi matin.

Il dû presser le pas, sa concentration nestléienne s'en trouva quelque peu affectée. Alors qu'il avait rusément changé de trottoir, afin de dissuader les diaboliques insectes d'une éventuelle poursuite, il stoppa un instant devant l'autel de la pierre levée. Là, il rendit un bref hommage à la mémoire de ses lointains ancêtres.

Il revit son manuel scolaire et la leçon d'histoire :

« les guerriers agiles aux longues tresses blondes cachaient leur teint vénusien dans la profondeur des grands chênes. Ils passaient là de longues heures, attendant l'arrivée des ténèbres. Et comme le soleil décroissait uniformément selon l'est-ponant-ciel, les hypos druides glissaient maladroitement vers le sol, entravés par les larges pieds palmés que leur avaient légués le grand maître des routes du ciel... »

… mais ceci est une autre histoire. C'est d'ailleurs ce que pensait l'hypo R.U. barbe, amusé et pressé tour à tour à l'idée de devenir lui-même prochainement apprentypodruide.

Bien qu'indéfiniment impalpable, le temps s'écoulait bêtement et de manière irrémédiable. A ce sujet, l'hypo à la barbe qui change de nom s'était toujours demandé quel était le sens du temps. Allait-on en avant ou bien retournions nous éternellement vers l'origine ?

De telles considérations physicolophiques avaient totalement déprogrammé toute action sensitive-observatrice de l'hypo ci-dessus précédemment cité, si bien qu'il avait laissé s'approcher de lui un de ces terribles agros faisant pousser (voire même crever) les carottes et les poireaux dit-on, sans réaction aucune...*

Notes
Taupe : maths sup.
Hypo : première année de « Taupe »
Agro : étudiant en « bio sup », ennemi héréditaire des taupes, paraît-il.

Journal en kit - Mémoires d'outre-taupe
(Fin de l'extrait conservé dans les ASP - archives secrètes pictaves)
Poitiers, septembre 1979

1980

Beachy End

Les pies sournoises et maléfiques dans l'herbe humide et crépusculaire ;
les arbustes vendulargeomètres et autres balais à commodités ; les volutes de brumes ascendantes ; jaillissant des buissons actiniens ; le banc dédicacé au couteau ; les choucas de la Tour de London, en villégiature ; le pub à touristes et derrière, la lande moquettée, tavelée de ruminants béats et de fermes proprettes ; au loin, les reliques d'un fantomesque castle en à-pic ; la ligne incurvée – indécente – de la fin des mondes visibles ; les cris des mouettes et du phare ; comme une symphonie brahmsienne et jusqu'à l'immonde papier lipidineux polluant gaillardement au gré de Borée et des coups de savates...

Il avait tout vu, enregistré, senti, pressenti.

Il s'offrit intégralement à l'emprise de la pesanteur[3] alors que le soleil perçait enfin la brume rétive, perlée.

Journal d'un global trotteur – Youké
Grande-Bretagne, Pâques 1980

---

[3] $\vec{p} = m.\vec{g}$

Littérature

Je lis mes ratures
Tu lis tes ratures
Il lit des ratures
Nous lisons des natures
Vous lisez ce que vous voulez
Ils pissent par la fenêtre
de la cuisine – Joyeuses Pâques !

Divers et autres
Louzac

Petit chenapan !

« Aujourd'hui, les enfants nous allons jouer aux devinettes ! Vous voyez ce morceau de tôle pointu ? L'un d'entre vous sait-il quel est cet ustensile ? A quoi cela sert-il ? »
« Toi Jean-Paul ? »
« Chais pas moi ! »
« Et toi Bernadette ? »
« J'en ai jamais vu… »
« C'est ptêt un ustensile de cuisine, Msieur ? »
« Non J.-P., ce n'est pas ça »
« On dirait un plantoir. » propose Claude dans son coin.
« C'est une bonne idée. » répond le maître « Mais, ce n'est pas la bonne réponse. »
« Est-ce qu'on s'en sert dans les vignes ? » crie J.-P. depuis le fond de la classe.
« Non absolument pas »
« A la ferme ? »
« Non plus. »
« En cuisine ? »
« Non J.-P., d'ailleurs, tu l'as déjà demandé… » marmonne le maître avec son léger sourire.
« Puisque c'est ainsi, allons plus vite, qui a déjà vu cet objet ? »
« Moi ! » crie J.-P., tout fier de pouvoir encore parler.
« Et quand en as-tu vu un pour la dernière fois ? »
« Hier après-midi Msieur. »
« Où ? »
« En revenant de l'école. »
« J'en ai trouvé un sur le bord de la route, en face de chez M. M. »
« Et alors, qu'en as-tu fait ? »
« Et ben, j'l'ai regardé et j'me suis ben demandé ce que c'était. »
« Et puis ? »
« Ben… j'chais pu. »
« Tu l'as emmené chez toi ? »
« Non. »
« Alors, qu'en as-tu fait ? »
« Ben, j'l'ai jeté ! »

« Où l'as-tu jeté ? »
« J'ai pas regardé ! »

« Dommage, hier après-midi, vers cinq heures, une poule de M. M. a eu la patte brisée par ce morceau de tôle et M. M. a tout juste eu le temps d'éviter l'objet qui avait été jeté depuis la route. Il a eu très peur et a cru qu'on lui voulait du mal. Quant à la poule, elle est passée à la marmite. Plus de devinettes pour aujourd'hui ! »

PS : A la lecture de ce texte fantaisiste, en 2003, mon cher Papa s'est rappelé la chose suivante : un jour qu'il travaillait au jardin, peu après notre arrivée à Louzac (1969 ?), il avait évité de justesse un morceau de métal tombant à côté de lui. Ce reste de la construction de notre maison s'était retrouvé par hasard et sûrement par inadvertance dans le champ de notre voisin en direction de Saint-Laurent. Lors de la découverte de cette trace archéologique contemporaine, le propriétaire de ce champ, un certain M. M., n'avait rien trouvé de mieux pour exprimer sa colère que de projeter de toutes ses forces – sans regarder au préalable – l'objet malotru dans le jardin des envahisseurs venus de la ville...

Dédié à la poule et bien sûr à M. Marteau, maître

Journal en kit - Ecoles
Petite histoire, bien sûr inventée, vécue en 1969,
écrite en 1980, compioutérisée en 2003

Hannetonbylette

Hannetonbylette
dans les peupliers de la ville
- quand j'étais petit -

Camille et son boeu
dans la montagne
nuit d'été
sulfatosaure coincé
plus pénib' qu'Europe 1

tronçonneuse à doigts
au fond des bois

automne en emporte
le vent

oiseaux du soir
pressoir

1 an
10 ans
crévindieu
me vlà vieux.

Campagnes charentaises
Louzac, 1980

Expédition Est-ce-ta-fête-Royan-Mykonos

- Italie

Lalala lalala
lalalaaaaa…
là ô
dent la montagneu
yavaitûn
beau chat… laid ?

- Yougoslavie - Jusqu'aux pieds

Arrêt
tous risk (hic !)
merdes polyglottes
bêtes à cornes
(caca-gouilles)
mémés bavardes
couronnes funestes
(le tout avec emballage cradeau)

- Grèce I – Nikopouli (plage garnie)

300 000 fantômes
10 millions de moustiques
et quatre guêpes des sables

dans leurs sacs
enpommadés
se grattent les touristes
la mer roule ses méduses
(à l'eau – bas / haut)

- Grèce II - Halte en Epire

Pas mal
le chatoiement héliotique
sur les cimes
en dégradé

plutôt chouette
le marais romantique
avec ses airs transylvaniens

et les chèvres
sur l'île caprine avec les chiens

fin de jour pastorale
et photogénique

ô combien pittoresques
en ces petits chemins creux
les fagots noirs à 4 pattes
à l'affût
une mémé sèche soul' bras

de bleu !
pas une raison pour quj'fasse
ca-quoi ?
dans ma culotte ?

*Journal d'un global trotteur – Méditerranéennes
Italie, Yougoslavie, Grèce, été 1980*

Lapin

T'as une dent
-tout contre toi-
vois la fusée - cagouille
tortionnaire d'émail
implacablefficace
ta chair lui est douce, étrangère
te voilà carnivore !

et c'est toi que tu bouffes
Dame Nature déconne…

Pour toi martyr ne reste
que la casserole.

Divers et autres
Louzac

1981

Le rabeur de Rabelais

Le rabeur plane, vire et tourne
avide, son œil agile
glisse de salade en fromage
de viande anonyme
en féculent adipeux
de rab moche en rab laid
ça y est, j'l'ai dit...
Tu payes pour bouffer ça ?

Journal en kit - Ecoles
Poitiers, 1981

Dimanche tantôt dans nos (vertes) campagnes

Quand y'en a un qui meurt
Y vont boire au bistrot

Si y'en a point qui meurt
Y vont pas au bistrot

L'en meurt toujours un (de soif)

Campagnes charentaises
Ruffec, 1981

Nuit collante pénible

Nuit collante pénible
d'un coup dehors
cris de damnés à la Bosch
tambours femmes hurleuses
des chevaux ? le feu !
l'enfer dans la médina...
et Saïd qui dort
et s'il était parti ?
(pas la nuit à cause
d'Ali Bab' et de ses 40 potes)
« J'vais voir ! » dit le héros
« N'en faites rien ! » lui crie sa mie
...
partis – fini
« à demain, dors bien ! »
...
Saïd le matin :
« Vous avez entendu,
cette nuit,
le mariage ? »

Dédié à Claire, Saïd et Ali Baba

Journal d'un global trotteur – Afrique
Médina de Fès, été 1981

1983

Idd Festival

Dans Khargil la Beurk
et la Très Merveilleuse
Sarah l'Incognito
de crabe à la française
se délecte
-lit Proust dans le texte-

Par delà le rideau gras
conspirent
le Grand Yack aux Yeux Jaunes
ses sbires de frites avides

Hors, le car piaffume
la place et ses siffleurs de thé
l'hukka au bec / jus de névé

Le captain tirebouchonne (zig)
(zag) voilà l'osseux roué !
10 000 bidasses lacets lacets lacets

Sur la poupoële au fond
une paire d'australes rieuses
détonnent hachimieumieux
(when passing par la moraine...)

Toscaninuit lumiluneuse
sycomores par (demi) douzaines
Terre !

Grand colon plaqué alu
l'Indus nous montre du doigt

J'ai mangé la dernière sirène
avec du tchili
et des glucose biscuits

Chapat'in the night
Ne croyez-pas mon cher,
on croirait ouïr
Tannhäuser Ouvertüre ?
version parisienne, évidemment.
La ptit' British
au nez retroussé se marre
British or not British ?
Tailleurs au boulot
piles de gâteaux luisants
Srinagar grouille
dernière nuit avant la fête

Journal d'un global trotteur – Incredible India
Srinagar, septembre 1983

Barbara de Katowice

Tu chantais
le hit-parade en français
ces mots inventés en riant
les pieds dans la tourbe
bavarde comme les hommes-vodka
la fumée acre du pin vert trempé

Do widzenia...
Polyglotte aux yeux clairs

Journal d'un global trotteur - Polska
Bytów, Pologne, 1984

Laterne

Sankt Martin
Romain de Touraine

à cheval sur son oie

chenilles enfantines
chandelles en boîtes
au pied des tavernes

Laternêu ! Laternêu !
début du Karneval
Jour des fous

Sur mon agenda :
(rouge sang)
VICTOIRE 1918

Journal d'un global trotteur – Allemagnes
Aachen, novembre 1984

1985

Poney stupide

Et vous artistes débraillés surpris
épars les bancs fatigués

¿noël sans Jésus?
(finie la fête)

I do like the circus
she said la curieuse

accrochée à la bâche
sparkling eyes enfantins
by nuit sur la falaise

chapiteau nain
maxi méduse en couleurs

avant l'aube
s'envolera vers les côtes d'Afrique

Dédié à Małgorzata

Journal d'un global trotteur – Méditerranéennes
Ericeira, Portugal, été 1985

1989

Le monde entier

a le sida
la peste le cancer
mal au dos
mal aux yeux
la gangrène la vérole
les eaux les airs
les poissons les arbres
les enfants les vieux
les maisons les déserts
la mer le sable
la gauche et la droite
le haut et le bas
devant derrière
les sages et les fous
riches et pauvres
le monde entier
pollué à en crever

PS : il était temps que le mur tombe…

Divers et autres
Berlin, janvier 1989

1990

Deux quatrains pour Richard Geyer

Jaillissant de la fosse, se mêle aux voix, bonheur,
les porte, les emporte, engloutit, premiers ténors,
deuxième balcon, mémés-bonbons, Rhin, Mer du nord,
Liszt, Weber, Isolde, ton orchestre, Wagner !

De satin rose vêtu, auréolé d'honneurs,
dandy grippe-sou, lolotte-poète-roi des salades,
Don Juan d'opérette, mangeur d'ami, à la Sade,
tyran nazi, génie de fin du monde, Wagner !

Héros de notre temps
Sölden, Autriche, mars 1990

Le dernier roi mage

Mille 9 cent 40
et sept ans après
Taor le doux martyre,
c'est-à-dire 30 trois ans
après Gaspard le Nègre
amoureux du cheveu d'or,
Melchior le prince,
mendiant de Palmyrène
Balthazar le chasseur
de la véritable image, Jésus
le bœuf, l'âne et tout
le tremblement, ça y est,
il est arrivé, Michel Tournier !

Suite à la lecture de « Gaspard, Melchior et Balthazar »
Héros de notre temps
Sölden, Autriche, mars 1990

1992

CASA

Il était sorti de l'hôtel pour aller faire un tour en ville. La veille au soir, il s'était déjà promené au hasard des rues. En suivant le boulevard où se trouvaient hôtels et villas de luxe, banques et bureaux, on arrivait dans un quartier plus ancien, plein de petites boutiques, de marchands de fruits et légumes et de restos pas chers. Puis venait une gare routière animée de jour comme de nuit. Après quelques rues sans grand caractère, on se retrouvait tout à coup devant la vieille Médina, face à l'ancien centre-ville bourgeois de l'époque coloniale.

Dans une rue piétonne parsemée de bacs à fleurs anonymes et d'autre mobilier urbain passe-partout, il se souvint brusquement de sa première visite à Casa, il y avait plus de dix ans de cela. Là, au centre de la ville européenne, devant une parfumerie aux vitrines richement décorées, errait une femme sans âge. Ses épaules émaciées étaient nues, de même que ses pieds et ses jambes. Pour tout vêtement, elle avait, enroulé et ficelé autour de sa taille un sac poubelle en plastique bleu ciel, cachant à peine sa poitrine de crève-la-faim.

Il n'avait pas oublié son regard hagard, venu d'un autre monde ? En bon Européen bien nourri, il avait alors pressé le pas avec ses amis, touristes comme lui ou étudiant marocain en villégiature. Qu'avaient-ils fait ensuite ? Il ne le savait plus. Une visite de l'un de ces fameux cafés glaciers près du grand parc central ? Ou bien une après-midi de farniente dans l'un des clubs privés avec piscine sur la corniche ?

Quelle importance après tout ? Tout ça, c'était du passé. Depuis, la ville avait beaucoup embelli. Elle était plus propre, moins bruyante que dans son souvenir. Des mendiants pas de trace. Et puis, par ce soleil de « deuxième printemps » maghrébin et ce ciel outremer sans nuage, la moindre petite ruelle avait un charme fou, irrésistible.

Il s'assit à une terrasse et commanda un petit verre de café au lait avec un croissant. Autour de lui, des vieux tranquilles contemplaient en silence le spectacle de la rue. D'autres commentaient quelque évènement sportif, politique (?) dont il ne saurait jamais rien. Parmi les hommes assis - car il n'y avait pas de femme - certains devaient avoir la trentaine comme lui et comme lui sirotaient leur café ou leur thé à la menthe, n'ayant apparemment rien de mieux à faire. Mais existe-t-il quelque chose de mieux ? La foule déambulant sur le trottoir était étonnamment peu exotique. A l'exception de quelques vieux vêtus de Djellabas, Gandouras ou autres longs habits traditionnels, la plupart des hommes et des femmes semblait venir tout droit du sud de l'Italie, d'Espagne. Le contraste entre les rares vieilles femmes voilées des pieds à la tête et la pléiade de jeunes vendeuses, secrétaires, en tailleur, voire en minijupe, maquillées, n'en était que plus frappant.

Mais, qui s'intéressait à cela, à part lui, « conférencier » au chômage technique, le congrès germano-marocain auquel il devait assister ayant été annulé au dernier moment pour cause de crime de lèse-majesté de la part des organisateurs.

Tout bronzé qu'il était de ses toutes récentes vacances en Asie, il passait sans problème pour l'un des nombreux étrangers résidents à Casa. Ayant laissé son appareil photo à la maison, il avait eu la très bonne surprise de passer tout à fait inaperçu y compris dans les quartiers peu fréquentés par les étrangers.

Le café était fameux et le croissant bien meilleur que la plupart des éponges-papier-filtre vendues sous cette appellation aux quatre ou plutôt aux six coins de l'hexagone. Il poursuivit sa promenade, littéralement subjugué par les étals des marchands des quatre saisons. Les oranges et clémentines fraîchement cueillies étaient presque toutes ornées de feuilles dont l'insolente verdeur lui faisait penser aux premiers jours du printemps, de l'unique printemps européen. Un assortiment de roses, toutes plus belles les unes que les autres, l'emporta loin, très loin, au pays des mille et une … fleurs. Et dire que ces incultes d'Américains et leurs larbins avaient sauvagement bombardé l'Irak !

Sur le chemin de son hôtel, il demanda dans une échoppe le prix d'un tagine en terre cuite vernie, tout simple. Le vieux vendeur avec sa petite calotte en coton sur la tête lui demandait un prix tellement dérisoire que toute envie de marchander s'évanouit subitement.

La rue sentait le poisson et la viande crue. Il était à nouveau sur le boulevard d'Anfa, à quelques centaines de mètres de son hôtel. A l'autre bout de la rue, sur le même trottoir, marchait à sa rencontre un homme portant un costume sombre. Au fur et à mesure que l'homme se rapprochait, lentement, il se sentit mal à l'aise sans savoir pourquoi. Celui-ci marchait à contre-jour, longeant le mur fleuri d'une belle villa.

Sur le boulevard, la circulation avait beaucoup augmenté depuis le matin, si bien qu'on pouvait se croire quelque part à Toulouse, Bordeaux ou Madrid. De l'autre côté du croisement, devant l'hôtel, attendaient les grooms vêtus de tuniques couleur sable du plus bel effet.

Il croisa l'homme au costume et comprit enfin la raison de son malaise. L'homme marchait nu-pieds, comme autrefois la vieille femme de la rue piétonne. Il boitait légèrement, ce qui semblait le faire souffrir. Il était rasé de près, peigné et son costume était en bon état, en tout cas bien plus présentable que son t-shirt à lui. Dans ce boulevard, plutôt incongru, ces pieds nus. Et puis l'horreur, le pied gauche, gonflé, portait un énorme abcès purulent. L' « homme au costume », la bouche tordue par une grimace de douleur et de gêne, continua à la même allure sa route vers le centre-ville.

Lui retourna à l'hôtel, complètement dérouté, Shéhérazade en rade. Pour la deuxième fois, témoin inutile, il avait failli, s'était enfermé dans son rôle de voyeur venu d'ailleurs. Il lui restait quelques heures pour se reposer avant le concert et la réception chez le Consul d'Autriche.

Journal d'un global trotteur – Afrique
Casablanca, novembre 1992

1993

C'est mon nom

Parents français,
grands-parents et aïeux
depuis des générations...
paysans, artisans,
tailleurs de pierres,
gens du sud-ouest
et de Touraine
gens sans histoires
sans histoire ?
filles et fils de Celtes,
d'Anglais, de Wisigoths,
Normands, Ibères,
Basques, Maures
sans oublier une poignée
de Romains, Phéniciens et autres
Cathares, Huguenots, Templiers,
anarchistes, héros, crapules,
moines, vendeurs d'esclaves,
cuistots, lavandières,
résistants et collabos,
civilisateurs et chair à canon,
et jusqu'aux nomades africains
venus à pied en passant par la Chine...
Bien avant les mammouths,
nos cousins
de la grande famille
des animaux du monde
retour à la case départ
quelques atomes crochus ?

Texte dédié à tout ce beau monde

Journal en kit – Vocation(s)
Djerba, novembre 1993

1997

Nuit de pluie à Bali

Pluie battante sur les toits de palmes
bienheureuse cacophonie

cigales
grenouilles
crapauds
chiens
canards, canards, canards…

enfants, paysans, marchands ambulants

gouttes sur les feuilles de bananes
roulent de la montagne à la mer

nuit de pluie à Bali

geckos, oiseaux, singes
moustiques ?

Demain la mer aura goût
de papaye…

Dédié à la pluie tropicale

Journal d'un global trotteur – Asie
Ubud, Bali, 1997

2001

Bambou,

Canne à sucre,
bananes,
ouose polc'laine,
herbe géante,
tu pousses si vite
à rendre jaloux un Séquoia !

Journal d'un global trotteur
Guadeloupe, 2001

2002

Pourquoi j'ai l'intention de me proposer au plus vite comme candidat pour le prix Nobel de littérature

Ce matin, en ramassant les feuilles dans le jardin, j'ai tout d'un coup senti que je devais me remettre à écrire. Il faisait froid en ce matin de décembre. Les feuilles étaient gelées et je les décollais une à une ou en blocs qu'on aurait pu prendre pour une gourmandise orientale, avant de les jeter dans un grand sac bleu de 80 ou 120 l.

En tous cas, l'un de ces grands sacs bleus au destin peu enviable. Les plus malchanceux d'entre eux ne vivent pas plus longtemps que ces insectes estivaux qui ne font que passer sur notre belle planète, le temps de piquer un bras dodu ou de se dorer auprès d'une lampe de jardin, au risque de finir écrasé par une main rageuse ou en fumée malodorante... Mais puisque la vie est si courte, chacun a bien le droit de s'amuser un peu.

Les sacs bleus qui sont d'ailleurs parfois verts, une fois remplis de feuilles, ronces et autres détritus jardineux indésirables, sont aussitôt emportés à la station de compostage voisine, vidés sans ménagement de leur contenu qui, il est vrai, n'y met pas beaucoup du sien, tant et si bien que, devenus inutilisables dès leur première sortie, ils finissent automatiquement dans la poubelle. Dire que, le matin même, ils étaient encore enroulés bien proprement, attachés les uns aux autres par un cordon ombilical démesuré, bien au chaud sur une étagère de la cave...

Le grand chêne plus que centenaire qui se dresse fièrement devant la maison et qui a le don d'énerver nos voisins par ses nombreux méfaits mais aussi tout simplement parce qu'il existe, le grand chêne donc, symbole du peuple allemand, venait de perdre ses dernières feuilles suite à une chute brutale de la température, accompagnée d'un vent qui avait dû défriser les loups de la Taïga avant de nous rendre visite.

Et d'ailleurs, moi qui n'aime pas trop reconnaître avoir tort, je dois dire que quand je ramasse les feuilles du grand chêne, surtout quand il fait froid comme ce matin, mais il est vrai que les feuilles tombent rarement en été, ce qui serait pourtant plus pratique, entre autres parce qu'alors les jours sont beaucoup plus longs... je me dis que les voisins, tout idiots qu'ils sont, ont parfois raison.

A-t-on idée de produire autant de verdure et de balancer tout ça en vrac de telle sorte que le moindre recoin du jardin, du toit, chez nous comme chez les voisins déjà cités, est plein de ces stupides feuilles, lesquelles une fois décollées, s'imaginent échapper au compostage réglementaire en s'envolant à tout va. Comment un vénérable chêne allemand peut-il ainsi ignorer les lois les plus élémentaires ?

Mais quel rapport peut-il y a avoir entre le destin des feuilles du chêne et ce besoin soudainement ressenti de me (re)-mettre à écrire ? Ecrire quoi et pour qui ? Adolescent, je me suis bien amusé à rimer des petits textes qui n'ont pas toujours réussi à convaincre leur public limité mais exigeant, à savoir moi. J'ai bien gardé la plupart des papiers ayant survécu à plusieurs phases de sévère censure dans un coin de mon foutoir privé que j'appelle un peu pompeusement mon "bureau de jardin", mais ne leur ai pas accordé la moindre attention depuis de nombreux hivers. L'été, je ne risque pas de tomber dessus car il fait chaud dans mon foutoir, aménagé sous le toit d'une ancienne étable à cochon de la banlieue berlinoise, le bien nommé Speckgürtel. Mais ceci est une autre histoire.

Comme beaucoup d'autres jeunes, j'ai écrit dans un cahier d'école des anecdotes plus ou moins inventées. Pour le plaisir. Sans les montrer à qui que ce soit. Qui aurait apprécié mes accents pathétiques pour décrire l'apparition des machines à vendanger ? A la fois timide et bavard, je ne m'étais pas contenté de collecter des textes qui me plaisaient.

Et dans ma Charente natale, la mode n'était pas aux graffitis et autres tags. Ou plutôt elle ne l'était plus. Cro Magnon et ses potes s'étaient lassés. Soit ils n'avaient plus de peinture, soit toutes les grottes étaient déjà peintes. Quant à la déferlante de la bd locale, elle est arrivée après mon départ. A moins qu'on ne soit croisés en s'ignorant mutuellement.

En fait, j'ai toujours écrit ou presque. Il paraît qu'enfant, je prétendais n'avoir jamais été bébé, ces choses bruyantes qui attirent toute l'attention et qui en général ne savent pas écrire. Aujourd'hui, je suis un peu moins sûr d'être apparu sur terre déjà grand et capable d'écrire avec mes doigts potelés, de bébé ?

Mais une chose est sûre : j'ai appris tout seul et plutôt vite à lire et écrire. Si j'en suis fier ? Pour être franc, pas trop, ce serait du réchauffé. Un peu quand même, je n'ai pas toujours été aussi brillant par la suite. Mais peut-être suis-je allé trop vite et ai gaspillé une bonne partie de ma matière grise ? Arrivé à ce qui statistiquement pourrait bien être dans le meilleur des cas le milieu de ma vie, la patience n'est toujours pas mon fort.

La légende familiale prétend que mon don précoce me valait l'admiration de mes "maîtresses" comme s'appelaient alors les institutrices. La même légende ne s'est pas du tout intéressé à ce que pensaient les autres élèves de ma classe. Je parie ce que vous voulez que ceux-ci ne partageaient pas tous, ou du moins pas aussi intensément, l'admiration desdites maîtresses.

Mais de quel droit je vous ennuie avec mes histoires ? Bizarrement, j'ai une réponse toute prête à cette question cruciale. C'est la faute à Murakami, Haruki de son petit nom, histoire de ne pas le confondre avec son – paraît-il tout aussi formidable - homonyme. Depuis l'école maternelle, ce jardin d'enfants déguisé, et ma passion d'alors pour Robinson Crusoé, j'ai lu beaucoup de choses. Un bon nombre d'entre elles ne valaient d'ailleurs pas l'histoire de Robinson, Vendredi et de leur île soi-disant déserte.

La légende familiale, encore elle – c'est vrai que, aussi terrible que cela pourra paraître, sans elle, je ne me rappelle plus grand chose – fait état d'une phase prolongée au cours de laquelle j'ai refusé de lire. Non pas par fainéantise ou par esprit de révolte.

J'ai un caractère de cochon, c'est pourquoi je me sens si bien dans mon foutoir, juste au-dessus de l'ancienne "salle des auges", mais la révolution, ça n'a jamais été mon truc. Je faisais la tête, tout simplement parce que j'avais appris, dieu sait où, que les histoires que j'avais lues étaient inventées, y compris celle de Robinson ! J'ai mis longtemps à me remettre de ce choc. Une chance que le créateur m'ait accordé un peu plus de temps qu'aux sacs bleus de ce matin, tous passés à la poubelle à part un qui, bien que marqué par la vie, a miraculeusement survécu.

Je me suis remis à lire un jour et j'ai depuis dévoré presque tout ce que j'ai trouvé, avec une nette préférence pour les histoires courtes, les nouvelles et une curiosité sans limite pour les histoires venues d'ailleurs. Peut-être une manière de prendre mes distances d'avec mon papa, grand lecteur devant l'éternel, insatiable gourmet de la littérature francophone et qui plus est inépuisable chroniqueur familial et régional. Drôle d'explication à vrai dire. Croyez-moi, il n'y a rien de pire que les psychanalystes à la petite semaine...

Il est probable que mon retour à la lecture ait plus ou moins coïncidé avec le début de ma première période "créatrice". D'ailleurs, cela n'a aucune importance. Des choses, des trucs et des machins, j'en ai écrit tout plein, débiles ou drôles, sentimentaux ou alambiqués. J'ai même continué après mon installation à Berlin, le service militaire, la double fête des 750 ans de la création de la ville et jusqu'à la beaucoup plus célèbre chute du Mur de la même ville. Bizarre, pour moi, ce sinistre tas de béton a fait place au mur du silence. Etais-je devenu grand ? N'avais-je plus rien à me dire ?

Après plus de dix ans sans écrire à l'exception de textes scientifiques ou techniques, de notes et rapports administratifs, tous plus passionnants les uns que les autres, (je sais de quoi je parle : suis le seul à les avoir lus) c'est la lecture qui m'a donné envie de reprendre la plume de mon ordinateur. Tiens c'est nouveau ça. Je n'avais jamais utilisé cette machine infernale pour le plaisir. Ou bien j'ai oublié.

Déjà, il y a plus ou moins longtemps, les poèmes d'Omar Khayyâm, Rimbaud, Ringelnatz et Tuwim..., les nouvelles de Maupassant, Kazakov, Bosman, Kosztolanyi, Camilleri..., les contes yiddish et les romans créoles, en particulier "Texaco", m'avaient chatouillé la scribouillette. Mais il aura fallu le fantasque Murakami pour me convaincre de l'évidence. Voilà, c'est simple : je vais écrire et devenir célèbre comme écrivain. Tout un programme. Bien sûr, il y a encore pas mal de travail à faire, d'autant que je compte bien éviter de copier mes illustres catalyseurs.

En particulier, comme vous avez peut-être remarqué, j'ai décidé, pour cette deuxième tentative, de renoncer à l'anonymat. Je veux vivre de mon art, émouvoir les foules maintenant et dans deux cents ans, lors du transfert de mes cendres au Panthéon, celles du premier Franco-allemand, ou au moins du premier Charentobrandebourgeois, petite révolution posthume bien involontaire.

Et comme je m'y prends plutôt tard et suis plus que jamais impatient, j'ai décidé de créer mon propre comité de soutien pour me proposer solennellement comme candidat au prix Nobel de littérature, ce, dès l'année prochaine. Comme l'ultime reconnaissance prend facilement un quart de siècle ou même un demi, j'espère bien avoir écrit un livre ou deux d'ici là. Bon, je suis désolé, mais il faut que je vous quitte, j'ai à faire, sans compter qu'il y a encore pas mal de feuilles dans le jardin. Rendez-vous à l'hôtel de ville de Stockholm en 2043 !

Journal en kit - Journal d'un soir d'hiver
Schweinau bei Berlin, 7 décembre 2002

Pourquoi une fois rénové, le métro de Berlin met plus longtemps à traverser l'est de la ville qu'avant

Pour comprendre cette histoire, il faut savoir que la ville de Berlin, redevenue le Groß-Berlin des années 20, a plus ou moins la forme d'une patate d'environ cinquante km de long, d'est en ouest, sur trente-cinq km de large (de haut ?), du nord au sud.

Au début du 20ème siècle, un vaste réseau de métro aérien a été construit, comprenant le Ring, recoupé de toutes parts par des lignes desservant les banlieues les plus éloignées. Plutôt bien pour l'époque ! Ce métro aérien, nommé "S-Bahn" est caractérisé par le fait qu'il est assez souvent souterrain.

Un peu plus tard, un métro souterrain, semblable en bien des points à ses collègues londonien ou parisien, a été mis en service. Le métro souterrain, dit "U-Bahn" a la particularité d'être souvent aérien.

Pour en revenir à la S-Bahn, celle-ci a une drôle d'histoire. N'est-elle pas restée est-allemande, même à Berlin-Ouest, même et surtout à l'époque de la RDA ? Comme par hasard, en ce temps-là, les liaisons nord-sud étaient privilégiées par rapport aux liaisons est-ouest, peu demandées, voire dangereuses et d'ailleurs interdites, ou aux liaisons circulaires, sur le Ring, dont la partie ouest avait de toute façon était démantelée.

Ainsi, quand nous déménageâmes, peu après la chute du mur, de notre Wedding presque natal (à l'ouest) dans le "Speckgürtel", la *ceinture de gras* ou banlieue brandebourgeoise de Berlin, en l'occurrence au nord-est de Berlin, dans la partie sud du Barnim, il y avait le choix entre trois lignes directes de S-Bahn pour se rendre au sud-est de Berlin (-est, évidemment ! Ceux qui sont déjà perdus feraient bien de changer d'histoire, de regarder la télé et/ou de boire une bière à ma santé !).

Depuis, pendant plus de dix ans, de grands travaux ont été entrepris pour moderniser la S-Bahn qui en avait bien besoin.

Quoique le jour où les derniers wagons - presque tout en bois - datant des années 20, ont été envoyés en retraite bien méritée, je faisais partie des nostalgiques. D'ailleurs ces wagons à la fois rustiques et cosy ont été jusqu'au dernier jour miraculeusement épargnés par les graffiteurs et autres vandales.

A grands frais une agence de pub avait essayé de convaincre les usagers des nombreux avantages de cet ambitieux plan de rénovation, avantages qui devaient être particulièrement évidents dans un avenir proche, c'est-à-dire après la fin des travaux et de la réalisation dudit plan.

Autant dire qu'aujourd'hui on n'est toujours pas en mesure de se faire une opinion définitive, cet avenir ayant la fâcheuse habitude de reculer constamment, non sans rappeler d'autres ex-avenirs chantants jamais rattrapés par leurs ex-futurs bénéficiaires.

Pourtant, dans un cas que je connais assez bien - le mien - je crois pouvoir dès à présent affirmer que mon opinion, négative, est déjà formée et n'attends plus grand chose de l'avenir quel qu'il soit.

Les faits sont clairs : il y a dix ans, je mettais 42 minutes, d'une traite (trois lignes au choix, dont l'une en bois !), entre les stations de B. (au N.E.) et A. (au S.E.), lieu de mon travail. Aujourd'hui, de nombreux chantiers plus tard, le même trajet, dans un train moderne aux sièges plastiques pastels, dure au moins 1 heure et quart, avec deux changements périlleux. Les trois lignes directes étant passées d'abord à deux, puis à une, puis finalement à zéro.

Toute personne ayant un jour réussi à changer à la station postmoderne mais néanmoins bien nommée de Gesundbrunnen ("fontaines de jouvence...") pour prendre le prochain train vers le S.E. en venant du N.E., ou vice-versa, comprendra aisément pourquoi lorsqu'on me demande quel sport je pratique pour conserver ma taille svelte et mon teint de bébé, je réponds sans hésiter *"S-Bahn !"*

En effet, j'ai peu de concurrence dans la discipline en cours de reconnaissance par le comité olympique dite de la "course en escaliers de S-Bahn". D'ailleurs depuis qu'un autre sportif, bien plus jeune de surcroît, m'a félicité par ces mots :
"*Bravo, nous sommes aujourd'hui seulement deux à avoir réussi°! (L'exercice décrit ci-dessus)* "

J'ai constaté que, si j'accordais quelque importance à ce genre de compliments, il faudrait me les faire moi-même, étant pratiquement toujours l'unique gagnant.

J'avais des doutes depuis longtemps. La dégradation constante du service proposé par la S-Bahn aux usagers empruntant "mon" trajet, dégradation accompagnée d'un triplement du coût pour les mêmes usagers, ne pouvait pas être due au hasard. C'est en tout cas ce que me disait mon instinct d'ancien apprenti-espion des forces alliées, lesquelles sont depuis longtemps rentrées chez elles, mais ceci est une autre histoire.

Au plus tard quand la S-Bahn annonça en grande pompe qu'une nouvelle ligne directe était mise en service, joignant C. au nord à K., au sud-est en empruntant le Ring dans le sens contraire des aiguilles d'une montre et donc en passant par l'ouest, soit un retard de vingt minutes par rapport au trajet direct passant par l'est, vingt minutes pour les chats, comme disent nos amis du bord de Spree, au plus tard ce jour-là, j'ai compris que tout ça ne pouvait qu'être le résultat d'une tragédie humaine ignorée, comme le sont la plupart des tragédies humaines.

Mon soulagement fut grand quand j'appris le fin mot de l'histoire, mon soulagement et aussi ma colère car, dorénavant, une amélioration de la situation d'ici la fin du siècle en cours était plus que jamais improbable. Même dans le cas où la réforme sur le report de l'âge de la retraite devait être appliquée d'ici-là, vous vous rendez compte de l'âge que j'aurais alors ?

M. Müller est le nom du responsable, que je nommerais par la suite M. M., en hommage à M. le Maudit, Berlinois lui aussi, quoique plus célèbre. Responsable et triste héros de cette histoire qui avait bien failli être très banale.

M. M. habite depuis toujours au N.E. de Berlin, tout près de la gare de B. Un voisin quoi. Je me suis toujours méfié des voisins.

M. M., qui depuis sa plus tendre enfance admire les trains rouge et or de la S-Bahn et ne pourrait imaginer la vie sur terre sans ces derniers, a commencé sa carrière comme apprenti dans la seule entreprise qui pouvait lui apporter le bonheur, la S-Bahn.

Après de nombreux cours du soir et du week-end, pour réaliser son objectif personnel et surtout, pensait-il, pour faire plaisir à Mlle X., l'élue de son cœur, employée à la vente des tickets pour la S-Bahn, M. M. était devenu le chef du service de planification, ce à peu près au moment du "tournant", comme on nomme ici la période de la chute du mur.

Des mauvaises langues prétendent que, ce qui faisait plaisir à Mlle X., ce n'était pas tant le fait – parfois bien pratique - que M. M. soit toujours parti aux cours du soir et du week-end, mais bien plutôt l'idée qu'il gagnerait un jour beaucoup plus d'argent. Mais ce n'est pas notre genre d'écouter les mauvaises langues.

D'ailleurs j'ai pitié de vous et préfère aller droit au but. Mlle X. vivait à l'époque et d'ailleurs aujourd'hui encore près de la gare de A., dans le S.E. de Berlin.

Les rencontres avec M. M. ne posaient pas de problème : quarante-deux minutes, le temps de lire un journal, bien au chaud en hiver, sans avoir à lutter pour obtenir ou garder une place assise, sans être obligé de participer au test généralisé d'intoxication tabagique lors des changements de train, sans éprouver le besoin de monter quatre à quatre les escaliers d'un côté et de les redescendre de même de l'autre côté, pour s'apercevoir que la correspondance était déjà partie, en fait, sans avoir vraiment connu la véritable intimité de la S-Bahn... quarante-deux minutes et trois lignes au choix, dont l'une presque tout en bois.

Ce qui devait (?) arriver arriva. Mlle X. laissa tomber M. M. pour un collègue qui détestait les cours du soir et aussi ceux du week-end. Un collègue, dont le nom (ou même l'initiale du nom) est resté inconnu et qui, bien que Wessi, habitait près de la gare de B., au nord-est de Berlin, ce qui n'était pas un problème car que sont quarante-deux minutes, au chaud, etc. ?

Et bien que la S-Bahn n'en finisse pas de trouver des explications fantaisistes pour expliquer sa misérable prestation sur mon trajet, insinuant par exemple que "tout le réseau sera reconstruit comme il était avant la guerre" ou bien au contraire "qu'une étude de marché détaillée avait montré que la demande sur mon trajet était inexistante", il est clair que la S-Bahn, avec ses explications officielles contradictoires (pourquoi faire une étude de marché si l'on avait déjà décidé de tout reconstruire comme avant la guerre ?), essayait tout simplement de nous cacher la vérité, vérité qu'elle ignorait peut-être elle-même.

Les amours déçues de M. M., responsable du service de planification de la S-Bahn et qui plus est passablement rancunier, étaient la véritable cause de la dégradation continuelle de la liaison menant de B. vers A. et vice-versa.

La proposition de M. M. de supprimer toute liaison de S-Bahn entre ces deux points avait quelque peu surpris ses collègues et supérieurs. Cette proposition avait été refusée.

C'est alors que M. M., minutieusement, mis en place son plan de peaudechagrinisation de la liaison, allant jusqu'à fausser les résultats de l'étude de marché et à trouver des arguments techniques pour prolonger de vingt minutes la seule ligne directe menant du nord au sud-est, bien que celle-ci ne puisse en aucun cas remplacer les lignes entre-temps abandonnées.

Mes sources, que je ne peux malheureusement pas citer ici, expliquent de la même manière quantités d'autres mystères de la S-Bahn, comme celui dit du "derrière cuit à l'Ecossaise".

Vous savez, vous montez en plein hiver dans un train chauffé à blanc à s'en brûler les fesses, prenez votre correspondance qui a vingt minutes de retard, vient de passer la nuit dehors et dont le chauffage est en panne pour vous retrouver finalement (c'est bizarre, autrefois, il me semble que c'était direct...) dans un nouveau four à micro-ondes à roulettes. Pur sadisme ? Non ou du moins, il ne vous est pas destiné personnellement.

Mais qui finira par dire à M. M. que son concurrent sans nom a depuis longtemps déménagé, qu'il habite avec Mlle X. près de la gare de A. et que tous deux sont jusqu'à ce jour persuadés que pour aller en S-Bahn de A. à B. ou dans l'autre sens, il faut quarante-deux minutes, avec trois lignes au choix, dont l'une presque tout en bois ?

Petites histoires du métro berlinois
Paris, Quartier Latin, décembre 2002

2003

Cognac en touriste

La cloche de Saint-Léger
sonne 19 heures
en voyage dans une ville
comme celle-ci
sûr qu'elle me plairait !

Rue du Canton
ma librairie préférée
est fermée
à sa place
« Soie m'aime »
Lingerie.

Journal d'un global trotteur
Cognac, 27 août 2003

Antigua
Bali
Groenland
Zanzibar
Afrique
Eurasie

La terre ?
Un archipel
Une île
Ronde dans l'univers

Journal d'un global trotteur

Les feuilles mortes

Aujourd'hui, comme il y a un peu plus d'un an, il fait froid dans le jardin. Et il y a encore pas mal de feuilles mortes cachées dans les buissons qui attendent impatiemment d'être collectées dans l'espoir de contribuer au réchauffement de la planète depuis le gigantesque tas de compost de la Hobrechts-felder Chaussee. Comme ça, leurs descendantes n'auront pas à grelotter d'octobre à avril (C'est les Russes qui vont être contents !). Sur les étagères de la cave, plus d'un sac brûle de vivre son destin de sac.

Dans tout ça, que devient mon prix Nobel de littérature ? Nées au cœur de l'hiver 2002-2003, les joyeuses éditions virtuelles du fond du jardin (fonduja) comptent à ce jour une quinzaine de petites histoires nouvelles ou recyclées. A propos de recyclage et sans tomber pour autant dans les propos orduriers, je vous donnerais bien au passage des nouvelles de nos chers voisins :

Cette année, comme par les années passées, nos malicieux voisins, disons les plus malicieux, ont choisi la méthode la plus économique pour se débarrasser de leurs feuilles de chêne, de notre chêne. Ils remplissent, pendant tous les samedis de l'Avent – au vu et au su de tous – des grands sacs, bleus ou noirs, mais pas verts, des dites feuilles. A la fin d'une dure journée de labeur, les sacs sont entassés au pied du chêne, si bien ordonnés qu'ils rappellent irrésistiblement l'armée impériale de terre cuite, version Christo. Le lendemain matin, en général un dimanche, les sacs ont disparu.

De l'autre côté de la route, comme par magie, le nombre de sacs attendant d'être gracieusement enlevés par la voirie municipale a subitement augmenté. Ces sacs, bleus ou noirs, mais pas verts, sont exclusivement réservés aux feuilles des arbres du trottoir, une espèce particulièrement vivace, car nourrie à la crotte de chiens de toutes races, aux mégots et aux papiers de bonbons.

Après autant d'années, comment nos voisins – et les services municipaux – peuvent-ils encore croire que ces deux boulots rabougris (il n'y a pas d'arbre sur notre crottoir) produisent autant de feuillage ? D'autant que, comme personne ne ramasse les feuilles de boulot, celles-ci, bien que rares, finissent par joncher le sol, avec une certaine obstination et un doigt tendu dénonçant l'outrage impuni.

Et nous voilà au cœur du sujet ! Sans en être consciente le moins du monde, fonduja, qui après quelques mois d'existence compte pas moins de six auteurs, dont deux non identifiés, s'est bizarrement limitée à un seul thème : l'incompréhension (culturelle) sous toutes ses formes. Et dieu sait qu'il y en a ! D'ailleurs autant laisser Dieu en paix, il a fort à faire par ailleurs.

Premier auteur au catalogue (le chef est un ami de longue date) je ne suis pas peu fier d'avoir fait des émules et suscité aussi vite autant de vocations d'écriveurs amateurs. L'un de nous finira bien par décrocher un prix et peut-être la gloire. Si ça dure trop longtemps, nous ferons comme les autres et créeront de toutes pièces un prix sur mesure.

D'ailleurs, on peut devenir célèbre sans cela. Une chance ! Qui sait, Harry Potter aurait aussi bien pu être une feuille morte, un sac poubelle ou un de mes voisins. Tant pis, il faudra trouver autre chose. A propos, jusqu'à ce jour, Steven Spielberg n'a pas répondu à mon offre au sujet des droits d'adaptation cinématographique de mes œuvres. Rien d'étonnant, le dollar est au plus bas !

En attendant la reconnaissance artistique, il faut admettre que mes collègues et moi n'avons pas été très tendres avec nos rares « lecteurs ». Il faudrait sans doute que nous participions d'urgence à un séminaire (intensif) de marketing. Quelque chose du genre « Comment acquérir et garder ses premiers clients de référence ? ».

Au moins, aucune des dix-sept personnes concernées ne s'est plainte de la longueur des œuvres. C'est d'autant plus étonnant que les nouvelles, surtout celles du type rachitique, (pas celles de Tolstoï), n'intéressent pas grand monde. Tout au plus lit-on, par exemple sur la plage, quelques nouvelles de jeunesse d'un auteur célèbre, histoire d'apprécier le chemin parcouru depuis, ou parce qu'on a déjà lues les biographies-cultes de toutes les mégastars du moment.

Bien sûr, nous avons choisi, en notre âme et conscience et sans nous concerter un seul instant, même pas lors des interminables assemblées générales de notre association à but non lucratif (c'est ce qu'on a dit au registre des associations, mais, dans notre for intérieur, nous aspirons tous vers une évolution comparable à celle du Bayern de Munich...), des sujets un peu déconcertants. Ainsi, était-il vraiment nécessaire de faire remarquer aux Allemands qu'ils ne sont aussi bien élevés qu'on peut le croire à l'étranger ? Quel Don Quichotte s'amuse à pourfendre des préjugés positifs ?

E.T.A. (Joteff, un collègue) me racontait il y a peu l'anecdote suivante : Alors conseiller environnemental en mission en Afrique du Nord, il s'était retrouvé piégé dans un séminaire soi-disant scientifique qui n'avait d'autre but que de soutenir la vente aux municipalités locales de matériel de haute technologie de collecte des ordures ménagères dans le cadre des programmes de la Banque Mondiale.

La discussion allait bon train. Avait-on besoin de cela ? Saurait-on l'utiliser correctement ? Comment réagirait la population ? L'un des élus finit par résumer l'avis de la majorité des participants : « *Vous autres, en Allemagne, vous avez de la chance, les gens, les citoyens, sont sensibilisés aux problèmes environnementaux. Et en plus, ils sont très disciplinés !* » (Le pauvre, s'il savait !)

Un vieux monsieur très digne, en tenue traditionnelle et à la voix très douce, intervint en s'excusant de devoir contredire cette opinion pourtant fort répandue. Il expliqua que, dans sa Wilaya, la collecte des ordures était assurée par des ânes à paniers et que même la Médina était extraordinairement propre.

On avait pris le temps de parler longuement avec chacun des « responsables poubelles » de tous les foyers concernés. On leur avait expliqué que cela ne suffisait pas de nettoyer chez soi pour tout jeter devant la porte. Après des débuts difficiles, les premiers résultats encourageants avaient créé une émulation réciproque dont tous étaient très fiers...

Pourquoi n'a-t-on pas envoyé ce sage en mission en Allemagne ? Je suis prêt à le présenter à mes voisins et à quelques autres quand il veut. Par exemple aux rigolos qui attendent la nuit pour jeter leur collection de - très lourdes - vieilles machines à laver en plein milieu de la réserve naturelle en bordure de l'autoroute. Alors que les ferrailleurs se disputent pour débarrasser tout le monde du moindre clou rouillé, gratuitement et à domicile. C'est vrai que ces sportifs au cerveau sous-développé n'ont pas laissé d'autre carte de visite.

En France comme au Maghreb, on croit dur comme fer à la légende du Germain écologique et respectueux des lois. Parfois, quand il existe vraiment, c'est d'ailleurs ce respect des lois qui choque l'étranger de passage. Quand c'est vert pour les voitures, c'est rouge pour les piétons. Et vice-versa. Gare aux ignorants ! (Déjà lu l'étonnant « *Mort interculturelle à Adlershof...* »?) Et quand c'est « l'heure de manger », c'est l'heure de manger ! Même s'il n'y a pas que *l'amour qui passe par l'estomac...* (cf. « Pistoire... »).

Bien sûr chacun d'entre nous a ses petites lubies. Certaines spontanées ou héritées comme les pieds plats ou les oreilles de chou. D'autres sont gonflées ou mêmes simulées dans l'espoir pitoyable de mieux croire à sa propre vocation d'artiste.

Le collègue et ami JP Bouzac, par exemple, est, dans toutes ses histoires, resté jeune et, entre nous soit dit, passablement égocentrique. Ecolier des champs, étudiant débile, bidasse héroïque... tels sont ses rôles préférés (Il a paraît-il des quantités d'histoires du même acabit dans ses tiroirs). Dommage qu'il ne nous fasse pas profiter de son expérience de gastronome. Sans doute ne peut-on pas à la fois passer sa vie derrière les fourneaux et pondre des brèves de comptoir.

Comme nous l'ont fait remarquer nos quelques lecteurs communs, il y a des similitudes surprenantes dans nos histoires. Bien sûr, certains trucs nous ont été soufflés par notre éditailleur, un sacré filou celui-là. Par exemple, le coup des dédicaces. Génial ! On voit bien qu'il a fait des études poussées.

C'est simple : vous écrivez n'importe quoi, enfin une petite histoire comme les autres et quand elle est finie, vous la dédicacez à quelqu'un qui pourrait se sentir concerné. Le résultat se passe de commentaires...

Puisque vous insistez, sachez que c'est une manière quasi infaillible de trouver au moins un lecteur par histoire (quoique dans le cas de la poule inconnue...). Et en plus, ils en redemandent ! L'une de mes dédicacées ne m'a-t-elle pas annoncé, alors que tout laisser penser qu'elle était encore en pleine possession de ses capacités intellectuelles, qu'elle voulait absolument apprendre par cœur l'histoire en question, parce que *« les expressions françaises sont très belles »*. De toute évidence, l'effet est encore renforcé si l'on dédicace un texte écrit dans une langue autre que la langue maternelle de l'heureuse élue.

En ce qui me concerne et au nom des collègues polyglottes, je dois vous avouer qu'il est très frustrant de traduire ses propres textes. D'abord, on est surpris par le nombre d'incohérences, de répétitions et de facilités accumulées (Là, je ne parle que pour moi). Comment diable traduire toutes ces approximations ?

Au début, je n'écrivais qu'en français. Et je n'étais pas du tout satisfait de mes traductions allemandes. Une amie a judicieusement conseillé à ma femme : *« Il n'a qu'à écrire en allemand ! »*. C'est ce que j'ai fait. Je déteste mes traductions en français. Bizarre, traduisant des textes d'autres auteurs, je m'étais souvent demandé ce qu'ils avaient vraiment voulu dire à tel ou tel endroit ou même s'ils avaient voulu dire quelque chose. Sans trouver de réponse. Qui aurait cru qu'une connaissance intime de l'auteur ne changerait rien au problème ?

Il y a aussi des surprises. Bon nombre de mes lecteurs sont très indulgents ou pleins de bonnes intentions. L'un d'entre eux a tellement pris mon histoire de S-Bahn au sérieux qu'il voulait alerter la presse... ce qui lui a valu une post-dédicace. Mais, jusque-là, aucun d'entre eux n'a réussi à égaler ma tante Sidonie, commentant un texte écrit par mon illustre père :

« C'est très bien Louis ! Dommage que je n'aie pas eu le temps de le lire. »

En cette fin d'année, je suis plein d'espoir dans l'avenir. Je commence à connaître pas mal de recettes assez efficaces, comme par exemple : écrire des vacheries sur des amis communs, ou, encore mieux, écrire des histoires sur mesure, citer directement le haut patron de l'œuvre...

Plein d'espoir ? Tout cela ne m'a pas empêché, au cours des 12 derniers mois, de prendre un mauvais coup de vieux ni la terre de tourner en grinçant sur son orbite. J'y ai gagné une paire de lunettes, pris quelques baffes diverses mais, et c'est toujours ça, pas un kilo de plus.

Grâce à Marek Halter, j'ai enfin compris que j'étais l'un des innombrables petits-fils d'Abraham et de Sarah. Et ne comprends toujours pas pourquoi une bonne partie de la famille continue l'inutile vendetta. Depuis plus de 5000 ans.

Quant à la terre...

Bon, je suis désolé, mais il faut que je vous quitte, j'ai à faire, il faut, entre autres, que je me fasse beau pour le réveillon ! Sans compter qu'il y a encore des feuilles dans le jardin (6 grands sacs, bleus, cette après-midi, tout de même). Rendez-vous à Stockholm en 2043 !

Journal en kit - Journal d'un soir d'hiver
Panketal, nouveau nom de Schweinau, 31 décembre 2003

2004

Troll d'histoire

C'était l'été. Un été splendide. Soleil, ciel outremer et fleurs à volonté. Ils étaient arrivés dans l'après-midi, en stop. Ils, c'est à dire Koboï et Lu Ping, deux Charentais, copains de lycée. S'étaient mis en tête de faire le tour de la Scandinavie aux frais des autochtones. En fait d'autochtones, les rares voitures qui s'étaient arrêtées jusque-là étaient conduites par des touristes, en général des Allemands. Ils avaient passé des heures sur le bord des routes au milieu des prairies colorées. Pris quelques coups de soleil inattendus et d'autant plus cuisants. Etaient maintenant noirs comme des Siciliens. Ce qui était loin d'augmenter leurs chances d'être pris. Par l'une des trois voitures qui passaient. Par heure. Parfois par jour.

Ils avaient essayé plusieurs ruses pour s'attirer la sympathie des conducteurs de Volvo. L'une consistait à étaler un drapeau français sur un sac à dos. Bien en évidence sur le bord de la route. Discutant avec la population, ils avaient été plutôt surpris d'être identifiés comme Hollandais, Allemands voire comme Grecs ou même Egyptiens ! mais jamais comme Français. La seule différence, avec le drapeau, c'est que quelques chauffeurs ou leurs passagers faisaient bonjour de la main... Si ça se trouve, ça n'avait rien à voir.

Ayant enfin compris que le stop n'était pas la meilleure manière de faire du chemin - c'est grand la Scandinavie ! et l'été y est court - ils se mirent à marcher et à prendre le train. La marche à pieds n'était pas mieux vue que le stop. Arrivant dans certains villages isolés, l'accueil des indigènes leur avait plus d'une fois fait penser qu'ils allaient sans tarder être lynchés sur la place centrale ou du moins jetés dans le goudron et roulés dans les plumes.

Parfois, ils faisaient vraiment un bout de route en stop. Les gens qui les prenaient étaient tous charmants, intéressés, cultivés… au Danemark comme en Suède. Le train, c'était plus cher mais aussi plus efficace. Y compris pour se plonger dans la culture locale. Ils n'étaient pas prêts d'oublier leur arrivée à Stockholm, par un samedi après-midi particulièrement ensoleillé.

Dans le hall de la gare centrale, tout le monde était fin saoul. Beaucoup avaient des plaies et des blessures saignantes à la tête. S'étaient-ils bagarrés pour finir une bouteille ou bien avaient-ils rencontré de plein fouet un mur, un réverbère ou un bus de ville plus saoul qu'eux ? Toujours est-il qu'ils décidèrent sur le champ de ne plus boire que du lait.

De toute façon, au prix où était la bière, il n'y avait pas vraiment d'autre solution. D'autant que les frais de voyage en train n'étaient pas prévus dans le budget initial. Leur première bière danoise, sur le ferry, ils l'avaient recrachée par-dessus bord sans se concerter une seconde. En y regardant de plus près, sur la boite en alu, ils s'aperçurent qu'il s'agissait de bière sans alcool. Autant boire du lait.

Et donc, ils étaient arrivés dans l'après-midi. A Gränna. La capitale mondiale des Trolls. Au bord du lac Vättern. A l'entrée de la ville, en venant du sud, un troll en galets accueillait les touristes. Dans les magasins, Trolls en tous genres, en pierre, en bois, rigolards ou sournois…

Ils avaient traversé la ville et escaladé le monticule boisé qui surplombait le lac. Planté leurs tentes à un endroit bien caché au milieu des myrtilles. Mangé du pain et du fromage. Admiré le coucher du soleil, dramatique, en sirotant des myrtilles au sucre et au Cognac. Du Cognac, ils en avaient chacun un flasque dans leur sac à dos.

Après avoir philosophé un moment, chacun se retira sous sa mini tente. La nuit était tombée. Claire comme une nuit de pleine lune. Comme toutes les nuits du Götaland, le sud de la Suède, à cette saison. Ils s'endormirent très vite.

Avaient-ils beaucoup marché ou trop longtemps contemplé le soleil couchant digne des mers du sud ? L'histoire ne le dit pas.

Quelques heures plus tard, Lu Ping se réveilla en sursaut. Il avait entendu des bruits dans les fourrés. Un chien, un renard, un rôdeur ? Il allait se rendormir quand il entendit des clochettes... Connaissant bien son compagnon de route, il cria : « Koboï, arrêtes tes bêtises ! J'ai envie de dormir ! ». Pas de réponse. Silence complet.

Puis à nouveau des clochettes, comme à la messe. Tout d'un coup, le « chien » s'élança vers la toile de Lu Ping et vint ... frapper à la porte. Assis dans son duvet, Lu Ping n'en croyait pas ses yeux. En contre-jour, il voyait à travers la toile de tente un petit bonhomme, haut peut-être d'une cinquantaine de centimètres. Habillé comme un Tyrolien et coiffé d'un chapeau pointu. Plutôt costaud le petit gars.

Lu Ping se leva à toute vitesse, ouvrit la fermeture éclair de la toile et sortit en courant. Rien, sinon le bruit d'un petit animal qui s'enfuyait dans les buissons. Et un bruit de clochettes, secouées. A ce moment-là, il entendit, venant de la tente voisine, la voix endormie de Koboï, qui disait : « Lu Ping, arrêtes tes conneries ! J'ai envie de dormir ! ». Il répondit quelque chose. Mais Koboï était déjà rendormi. Lu Ping alla se recoucher et dormi comme une pierre jusqu'au matin.

Pendant le ptidège, du thé et des gâteaux secs, il raconta sa version des événements de la nuit à Koboï. Ce dernier rigola bien. Il ne souvenait que d'une chose : il avait été réveillé par du bruit et s'était aussitôt rendormi. Comme Lu Ping insistait, il lui conseilla de diminuer la dose de Cognac la prochaine fois qu'il mangerait des myrtilles.

Ils finirent leur toilette matinale avec trois gouttes d'eau, descendirent en ville. Prirent le bac qui menait à la grande île plate au milieu du lac. Visitèrent un petit village bien propre au milieu des champs de fraisiers. Montèrent dans le clocher de l'église.

Virent les champs de fraisiers d'en haut. Les fraises étaient ramassées par des travailleurs émigrés et des étudiants, tous importés de Finlande. Le ramassage des fraises, c'était beaucoup trop fatigant pour les Suédois. Lu Ping se demanda qui ramassait les fraises en Finlande.

Ils achetèrent un paquet de « Hönökakor[4] », soit « Caca de renne », excellents pains ronds et plats rappelant, entres autres, des gros blinis. Des sardines à l'huile. Portugaises. Et un litre de lait.

A la fin de la journée, ils remontèrent à leur camp. Mangèrent. Regardèrent le coucher de soleil, grandiose, une fois de plus. Mise en scène hollywoodienne. Tout ça pour ne même pas disparaître à l'horizon. Ils prirent quelques photos de l'astre exhibitionniste. Se racontèrent deux trois billevesées. Et allèrent dormir.

« Bien le bonjour de ma part aux Trolls ! » dit Koboï. « Mais, puisque je te dis que je l'ai vu... » se défendait Lu Ping. Sans grande conviction.

En pleine nuit, Koboï entendit du bruit. Un peu comme des petites cloches. Il cria, à l'attention de Lu Ping : « C'est bon, je te crois, mais maintenant, laisses moi dormir ! ». Pas de réponse. Lu Ping dormait ou, plutôt, faisait sûrement semblant. Koboï entendit des pas. Puis, quelqu'un vint donner des coups contre l'entrée de sa toile. En colère, il se leva et se dirigeant vers la sortie, s'arrêta net. En contre-jour, exactement comme l'avait raconté cet illuminé de Lu Ping, au moins cinquante fois, il voyait... un Troll !

Stupéfait, il resta un moment à observer la créature qui commençait à s'énerver et cognait de toutes ses forces contre la toile avec la main droite tandis qu'elle agitait frénétiquement quelque chose de la main gauche. Ce quelque chose n'était pas identifiable au travers de la toile. Ce qui est sûr, c'est que cela produisait un bruit de clochettes. Plusieurs petites clochettes au son cristallin.

Koboï appela Lu Ping qui ne répondit pas. Le petit bonhomme semblait ne rien entendre ou du moins cela le laissait complètement indifférent.

---

4 On dit aussi : « Polarkaka » ou tout simplement « Polarbröd », ce qui, entre-temps, a donné en français « pain polaire »

N'y tenant plus, Koboï se leva et se lança à la poursuite du Troll qui s'enfuyait entre les pieds de myrtilles, son chapeau pointu, de couleur grise, en feutre ? se balançant de droite à gauche au rythme de la course. Koboï revint bredouille à la tente. Se recoucha et se rendormit aussitôt.

Cette fois-ci, c'est Lu Ping qui n'avait rien entendu. Il rigola bien le matin suivant, en écoutant le récit de Koboï.

Depuis cette rencontre estivale, plus d'un quart de siècle a passé. Leur histoire, ils l'ont raconté bien des fois. Juste après leur retour. Puis, de temps en temps. Jamais ils n'ont trouvé un seul auditeur les prenant au sérieux. Qu'ils la racontent ensemble ou chacun pour soi.

Et pourtant, moi qui vous parle aujourd'hui, je sais qu'ils n'avaient pas menti. Le Troll, c'était moi.

Dédié au Troll inconnu

Journal d'un global trotteur - Tyroliennes
Histoire originale : été 1979
Propos recueillis en Autriche (Zillertal), en février 2004

L'histoire m'a été racontée par un vieux monsieur, au cours d'une halte pendant une randonnée hivernale au Tyrol. Nous étions assis dans un coin mal éclairé d'une auberge sans âge tout en bois appelée « Alpenstube ». Le conteur avait une voix très basse et un drôle d'accent, sec, nordique ? Il portait une longue cape sombre, et était assis sur une pile de coussins, peut-être dans l'espoir de cacher sa très petite taille. Son visage aux traits rugueux, comme ces troncs de sapins sculptés chers aux montagnards, était en grande partie caché par un chapeau de feutre gris, pointu.

L'auberge du cochon blanc[5]

Ce matin, comme depuis notre arrivée à Zell-am-Ziller, au Tyrol, nous avons pris le petit déjeuner en plein air. La pointe sud des prairies en bordure du village, seul endroit plat de la vallée, accueille la ferme de la famille Hofer et le camping du même nom. Tant que le soleil (Sonne) est caché au-delà des montagnes, il fait drôlement frisquet. Dès qu'il apparaît, on comprend pourquoi la moitié des hôtels, auberges et pensions des environs s'appellent : « Zur Sonne, Sonnenhof, Sonnenalm... ».

Je suis impatient à l'idée de retourner dans la montagne pour y chercher des « cailloux », enfin des roches et surtout des minéraux. Aujourd'hui, mes sœurs Dominique, dite « la Grenouille » et Mireille, dite « la Mimi » ou « Mimi » seront de la partie. Vostock, jeune boxer fou, ignorant la peur, veillera à ce que le ciel ne nous tombe pas sur la tête.

Sur le trottoir, devant le camping, comme tous les matins, une vieille dame en tenue sombre mène une grosse truie à la baguette. Pendant des années, toute la famille croira qu'il s'agissait là d'une coutume locale.

En fait, comme me l'ont dit il y a peu les Hofer, cousins des Hofer habitant en face du camping, il s'agissait sans aucun doute de Madame Moser. La « Mère Moser », comme tout le monde l'appelait au village, était connue pour sa manie de la propreté. Une fois par jour, l'étable de la truie - y compris la truie - était nettoyée de fond en comble. Pendant l'heure qui suivait, l'étable, ouverte à tous vents, prenait le bon air des montagnes.

Pendant ce temps, la Mère Moser et sa truie (en 1976, ce devait être Schnitzl III... ou peut-être déjà Veronika ?), faisaient le tour des prairies, sur le trottoir.

---

[5] *Une fine allusion à l'opérette « L'auberge du cheval blanc » qui a bercé mon enfance (avec ses copines) ne peut être complètement exclue.*

L'itinéraire était fixé depuis la nuit des temps. La Mère Moser était d'une précision tout helvétique. Aussi, quand le duo insolite et pourtant familier passait devant la poste, l'épicerie ou, à environ la moitié de la boucle, devant la brasserie « Zillertaler Bier », tout le monde savait l'heure qu'il était, à la minute près. Ni l'âge de la truie, ni même celui de la Mère Moser ne changeaient quoi que ce soit à ce rite. Il faut dire que dès le départ, à une époque tellement lointaine que les cousins Hofer ne s'en rappelaient plus, la Mère Moser, alors fille cadette des patrons de la célèbre « Auberge du cochon blanc », avait pris l'habitude de ses tours quotidiens et choisi une fois pour toutes une vitesse de croisière très raisonnable.

Nous traversons le village jusqu'à la rivière. Sur la petite place centrale, le « Musikpavillon » en bois, flambant neuf, est vide. Hier soir, des Tyroliens en costume et chapeau à plume ont joué de la musique populaire. Le joueur de tuba avait fort à faire, sa plume se balançant en mesure. Mais à cette heure matinale, seuls quelques randonneurs retraités sirotent leur chocolat chaud à la crème - la crème autrichienne, la seule, la vraie – à la terrasse du café en bordure du Ziller qui roule ses cailloux et son eau verte.

Une fois traversé la rivière, nous montons dans la montagne. L'air sent bon le sapin et les fleurs estivales. Après deux heures de marche sur les sentiers forestiers, nous coupons au travers des bois, parmi les clairières pleines de « dos de baleines » en roches grises et vertes.

Je frappe comme un malade avec mon marteau de maçon et mon burin. La récolte est bonne, surtout pour un gars des plaines de calcaire, d'argile et de silex. Cristal de roche, modeste certes, mais je l'ai trouvé tout seul, sans hélicoptère, ni dynamite. Grenats almandins, la spécialité locale, micas, feldspaths et amphiboles… Cette montagne a trois cent à quatre cent millions d'années. Elle a eu le temps de suer toutes sortes de merveilles.

Le sac à dos de Zabeth, troisième sœur, absente, se remplit à vue d'œil et commence à peser. Je suis obligé de retirer des cailloux, de comparer anciens et nouveaux, de trier et d'en rejeter certains, bien à contrecœur.

Pendant ce temps, Domi et Mimi ramassent aussi tout ce qui brille, prennent quelques photos et courent après le chien. Ce dernier se prend pour un chasseur. Renifle, l'air très sérieux. Reste immobile. Puis fonce comme une flèche sans prévenir en suivant des traces invisibles. Marmotte ? Lapin ? Chamois ? Touriste ? Vostock court en ligne droite sans tenir compte du relief. Glisse plusieurs fois dans les éboulis. Mais il en faut plus pour l'impressionner.

C'est qu'il s'intéresse beaucoup à la nature. Une fois, n'est-il pas descendu au jardin en plein orage, et assis près de l'étendoir à linge, bientôt trempé jusqu'aux os, il avait observé les éclairs et écouté le tonnerre, sinon tranquille du moins confiant dans la beauté - la bonté ? - du monde.

Sans y faire vraiment attention, nous montons peu à peu. De moins en moins d'arbres et de plus en plus de rochers. Le chien continue ses galipettes. Que font maintenant mes sœurs ? Je n'en sais rien, bien trop occupé par mes cailloux.

Tout d'un coup, alors que je suis accroupi sur un aplomb rocheux, mon marteau dans une main, le sac à dos dans l'autre, j'entends crier « Je tombe, au secou-ou-ours ! ». C'est Mimi. Comment a-t-elle réussi à se fourrer là ? Je te jure, la prochaine fois, elle pourra rester au camping et faire du tricot ! Mais elle ne blague pas. « La prochaine fois… » Ça veut dire quand elle aura quitté ce rocher instable et rejoint le flanc de la montagne. Le problème, c'est qu'elle en est tout à fait incapable seule.

Domi, Vostock et moi. Tous les trois, nous la regardons, là, légèrement en contrebas. Elle est pâle. Ce qui ne l'empêche pas de crier de plus belle. Pour attraper Mimi, il faut que je lâche mon marteau et le sac à dos. J'hésite. Je mets le marteau dans le sac et cherche un endroit à peu près plat. Il n'y en a pas. Mimi crie de plus belle. Vostock essaye de l'approcher, sans succès. Il glisse dans une ravine. Plusieurs mètres d'un coup. On ne le voit plus. Je me penche, attrape la main de la Mimi et lâche automatiquement le sac qui suit aussitôt Vostock. Une fois la Mimi sauvée, ce qui n'est pas bien dur, vu qu'elle est grasse comme un coucou des Alpes à la sortie du Ramadan, nous descendons en faisant un grand détour.

Assez vite, Vostock vient nous rejoindre. En pleine forme. Longtemps, nous cherchons le sac. Puis renonçons. L'après-midi tire sur sa fin. Nous n'avons pas envie de passer la nuit dans la montagne. Même si le loup est de notre côté. Prêt à manger une chèvre, même sans pain, s'il le faut.

Au camping, nous racontons l'aventure du jour à nos parents. C'est leur anniversaire, qui une fois de plus, miracle, est tombé le même jour pour tous les deux. Ils sont allés se régaler dans une auberge. Sonia, la mère de Vostock, pas très montagnarde, est restée avec eux. En fait de randonnée, elle préférerait accompagner la Mère Moser dans sa tournée matinale.

On ne peut pas dire que la perte du sac les impressionne beaucoup. Le récit héroïque du sauvetage de la Mimi, non plus. Ils se disent sûrement que j'en rajoute. Je ne sais pas où ils vont chercher ça. Comme dit mon Papa :

« Vous êtes tous sains et saufs, c'est le principal ! ».

*Dédié au sac à dos à Zabeth, et à la Mimi,
la plus aventurière de mes sœurs*

*Journal d'un global trotteur - Tyroliennes
Histoire qui s'est déroulée pendant l'été 1976, le 24 août, semble-t-il*

Zell-am-Ziller, terrasse du « Café am Musikpavillon », février 2004

97

De quoi je m'y mêle ?

Il avait passé la nuit dans la « First Class Lounge » de l'aéroport de Ouagadougou. Dans la petite pièce « climatisée », il faisait froid comme dans une glacière. Sans doute pour faire oublier la moiteur de la nuit et le vent rouge du Sahara, l'Harmattan. Il avait dormi sur un canapé en cuir noir. Une riche Africaine couverte de bijoux reposait ses montagnes de chairs sur un double canapé, le plus grand meuble du salon. Son ronflement sonore remplaçait celui des avions absents.
Il restait seulement quelques jours d'ici la fin du Ramadan. Le plan de vol en avait été un peu perturbé. Ils auraient dû décoller en début de soirée en vol direct pour Dakar. A l'heure dite, rien. On avait fini par conseiller à la poignée de passagers de prendre place dans le salon des VIP pour être sûr de ne pas rater la première occasion. La plupart étaient alors rentrés chez eux. Lui n'avait pas le choix, n'ayant plus, ni hôtel, ni visa. Quant à sa voisine, elle avait poussé un juron qu'il n'avait pas compris, puis s'était précipitée dans le frigo vitré.

Dans la matinée, il prit le premier avion venu, « son » avion, comme on lui avait confirmé, et atterrit peu après à... Abidjan. L'avion revenait de La Mecque. Il était rempli de pèlerins épuisés mais heureux et sereins, chargés de cubitainers d'eau bénite. Avant l'atterrissage, un court reportage fut projeté pour vanter les charmes de la Côte d'Ivoire.

La Côte d'Ivoire, il venait d'y passer une semaine au début du mois et n'était pas particulièrement enchanté à l'idée de revoir l'aéroport qui ne lui avait pas laissé que des bons souvenirs. Le personnel de sécurité semblait prendre un malin plaisir à contrôler à outrance les bagages des « hommes d'affaires » blancs. Ils étaient en uniforme, armés, et traitaient tout un chacun comme s'ils voulaient rééquilibrer dans la minute le mépris accumulé pendant des siècles de racisme envers leurs semblables.

A leur décharge, il devait reconnaître que la très jolie tête en bronze d'une reine du Bénin, qu'il avait laissée dans son bagage à mains, ressemblait, une fois passée aux rayons X, à s'y méprendre à une grosse grenade à fragmentation... Mais de là à lui enfonçait trois Kalachnikov dans la bedaine en hurlant, il y a des limites !

Une heure plus tard, ils reprirent leur route, s'arrêtant à… Ouagadougou, Bamako puis, beaucoup plus tard, à Nouakchott. Non sans avoir vu avec intérêt les films documentaires correspondants gracieusement présentés par le très sympathique personnel d'Air Afrique.

L'aéroport mauritanien était quasiment désert. L'air tragique, le très smart steward des premières classes vint annoncer aux rares passagers deux nouvelles inquiétantes. Un moteur était en panne. Il faudrait le réparer et même peut-être le changer. Pire encore, il n'y avait plus de cacahuètes. Tant pis, on continuerait au Champagne pur, se dit-il, amusé malgré lui. Par le hublot, il observait les dromadaires qui paissaient aux abords de la piste.

Quelques heures plus tard, l'avion repartit comme par miracle et finit par atterrir à Dakar, pratiquement vide. Il était temps, il n'y avait même plus de Champagne à bord. Il avait très exactement 24 heures de retard. Une journée de sa vie. Une page du grand livre du monde.

Il se rendit en toute hâte à l'université dans l'espoir de sauver le dernier rendez-vous pris pour cette journée finalement passée dans les airs. C'était le dernier jour ouvrable avant l'Aïd. Il eut de la chance et rencontra le Prof. Diallo. Ce dernier semblait n'avoir jamais douté de sa venue.

De retour à l'hôtel, sur la corniche, il dégusta, seul, sur la terrasse face à la mer, un excellent plat de « thiof », le meilleur des mérous locaux. Il s'endormit peu après pour une longue nuit dans une grande chambre aussi propre qu'anonyme. Il fut réveillé deux ou trois fois par ce qu'il prit pour des tirs d'armes automatiques. Jeta un coup d'œil discret mais inutile au travers des rideaux. Se rendormit aussitôt.

Pendant le petit-déjeuner, il réfléchit à la meilleure manière de réaliser autant que possible son programme. Il lui restait trois jours dans la capitale. Trois jours fériés. Il aurait dû rencontrer une bonne dizaine de représentants de ministères, de laboratoires, de l'industrie, et même une association locale de protection de l'environnement.

Il passa toute une série de coups de téléphone. Pratiquement sans succès. Il avait réussi à décrocher un rendez-vous avec une représentante de l'Ambassade d'Allemagne, un autre dans un centre de recherche et le dernier dans l'association écologique.

Un rendez-vous par jour. Maigre récolte qui lui laisserait le temps de visiter l'Ile de Gorée, mémorial à la mémoire des victimes de l'esclavage, endroit lugubre qui n'en ressemblait pas moins à un merveilleux Club Med. Et d'aller saluer les baobabs de banlieues et leurs tresses de petites filles.

Le siège de l'association se trouvait à quelques kilomètres de l'hôtel, en bordure de la vieille ville. Le rendez-vous avait été fixé en fin de matinée. Il décida de s'y rendre à pieds, en prenant son temps. Il longea les grandes avenues coloniales et se retrouva bientôt sur le marché.

Décidemment, les Sénégalais aimaient vraiment beaucoup les vêtements colorés et fantaisistes. La variété des tenues et des motifs portés aussi bien par les hommes que par les femmes l'impressionna. Et ce, bien qu'il vînt de séjourner dans bon nombre de capitales entre Cotonou et le ventre de l'Afrique.

Habillé simplement, la peau brûlée par le soleil, il passait pour un expat. Ce qui lui assurait une tranquillité quasi complète. Mais ne l'empêchait pas pour autant de baigner dans sa sueur.

De l'autre côté du marché, se trouvait un quartier résidentiel, avec grandes villas et immeubles peu élevés, petits jardins et garages. Encore deux rues et il se retrouva devant le bâtiment, un h.l.m. moyennement bien entretenu, comme les bâtiments voisins.

Une fois dans le hall d'entrée, il remarqua qu'il n'y avait pas d'ascenseur. Ce qui n'était pas vraiment une surprise. En tout cas pas une mauvaise surprise. Il se rappelait sans joie aucune un séjour prolongé dans l'ascenseur en panne d'un ministère ivoirien. Sans climatisation, dans l'obscurité et une épaisse odeur de moisi et d'êtres humains las. Par contre, la forte odeur de poisson lui rappela qu'on était samedi. Un samedi de fête. On cuisinait pour après le coucher du soleil. Il monta un étage après l'autre, humant au passage les odeurs de chaque palier. Toujours du poisson, mais les épices semblaient varier au gré des recettes ? La gourmandise n'empêche pas la curiosité.

Au cinquième et dernier étage, il trouva la porte du bureau de l'association et sonna. Après avoir été invité à entrer, il ouvrit la porte et salua son hôte en le remerciant de bien vouloir le recevoir pendant le week-end, pendant ce week-end. Il s'assit dans un bureau clair, rempli de livres et de revues en papier recyclé, qui aurait pu se trouver dans n'importe quelle arrière-cour du quartier alternatif berlinois de Kreuzberg.

La discussion était technique et pourtant très cordiale. Ils se mirent d'accord sur plusieurs points y compris sur les modalités d'une éventuelle coopération.

A la fin de l'entretien, M. Dhiam, le responsable de l'association, proposa à son visiteur d'échanger leurs adresses électroniques. Ce dernier, jusque-là très à l'aise, se demanda bien de quoi il pouvait s'agir... M. D. lui expliqua de quoi il s'agissait en insistant sur les avantages économiques du système. A condition d'avoir un ordinateur en état de marche, bien sûr.

Il repartit un peu penaud mais riche d'un échange nord-sud inattendu. Il se rappela avoir été très choqué par le prix exorbitant du fax - une page - qu'il avait envoyé le mois précédent à son bureau en Allemagne, depuis un bureau de poste de Yamoussoukro.

Un mois plus tard, de retour en Europe, son nouvel employeur lui attribua d'office une adresse email. Pendant les six prochains mois, il dû expliquer à des quantités de gens en quoi cette innovation révolutionnaire consistait. A chaque fois, au moins au début, il reniflait des effluves marins. L'océan Atlantique ? Ou bien un bon ragoût de poissons ?

Journal d'un global trotteur – Afrique
Histoire originale : mars 1994

écrit dans la « S-Bahn », Berlin, juin 2004

Portugal 2004

Ils chantent crient
sur la pelouse jouent
une poignée de héros
au ballon

Sie singen schreien
auf dem Rasen spielen
eine Handvoll Helden
mit einem Ball

Elle hoche la tête
dégoûtée
se tient le menton
but raté

Sie schüttelt den Kopf
entsetzt
hält ihr Kinn
verpatztes Tor

Dans le bistrot enfumé
hurlent les fans
où est passé la balle ?

In der verräucherten Kneipe
brüllen die Fans
wo ist bloß der Ball geblieben?

Un médicament
dit la vieille Dame
du jus d'artichaut ?
non du schnaps de topinambour

Medizin! Sagt die alte Dame
Artischockensaft?
Nein Topinamburschnaps

Petites histoires franco-allemandes - Haïkus franco-allemands
Baden-Baden, juillet 2004

Baden-Baden

Crêtes pelées
souches moisies
Lothar est passé par ici !

Sur le banc étendue
elle rêve d'une grande tâche
de ciel bleu

Auf der Bank liegend
träumt sie von einem großen Fleck
blauen Himmels

Petites histoires franco-allemandes - Haïkus franco-allemands
Baden-Baden, juillet 2004

L'odeur du blé mûr

Me voilà chez Folles farines
En Gaspésie

Der Geruch reifen Weizens
Schon bin ich bei « Folles farines »
In der Gaspésie

Petites histoires franco-allemandes - Haïkus franco-allemands
Barnim (et souvenir du Québec), Août 2004

Fruits défendus

M. K. était arrivé la veille. « C'est très important de pouvoir se faire une première impression personnelle » avait-il répété. « Et puis, il est hors de question d'arriver en retard ! Le rendez-vous est à neuf heures du matin. Impossible de venir directement de Berlin. Quitte à faire une halte, autant passer la nuit au cœur du parc technologique de Sophia Antipolis. »

Sophia Antipolis est l'un des plus grands centres d'innovation de la planète, l'un des plus anciens en Europe. Le parc s'étend dans la garrigue, des portes d'Antibes, dont il porte le nom grec d'origine, aux premières crêtes calcaires hérissées de petits villages provençaux pittoresques.

Arrivé une heure avant le coucher du soleil, encore impressionné par l'atterrissage acrobatique à Nice, il fit le tour du domaine dans une limousine (ou bien une berline ?) de location conduite par son assistant. Depuis le rond-point de la route des Colles, il aperçut la Méditerranée et son bleu unique. Se retournant, il découvrit sur sa gauche les cimes du Mercantour. « Quelle splendeur ! Quelle odeur ! Non, décidément, il n'était pas étonnant que les Grecs, il y a trois mille ans, soient venus ici et non dans les marécages du Brandebourg... Un site exceptionnel ! Qu'en dites-vous, M. N. ? ». « Oui, c'est vrai que les bâtiments sont un peu perdus dans la verdure, mais ça a beaucoup de charme. A condition d'être motorisé, bien sûr ! »

Pendant le dîner dans la vieille ville d'Antibes, au pied du musée Picasso, le grand patron berlinois ne s'était toujours pas remis de sa première impression.

« Il me semble, disait-il désabusé, que la surface totale des terrains de golf du parc est supérieure à celle de notre Ville des sciences, de la technologie et des médias... »

« Possible... » murmurait M. N., très occupé qu'il était à savourer son hors d'œuvre local préféré : des sardines marinées aux herbes et aux épices, arrosées d'un verre de blanc de Cassis, bouqueté et nerveux, au goût prononcé de pierre à fusil.

Le lendemain matin, dès 8.30 heures, ils étaient tous les deux devant l'entrée du bâtiment qui devait abriter leur réunion de travail. A leur grande surprise, la porte était fermée à clef. La lumière éteinte. Comme d'ailleurs dans les autres édifices autour de la petite place déserte au milieu des pins parasol. Ils marchèrent jusqu'au café, ouvert, lui, mais quasiment vide. Traversant le bistrot, ils se retrouvèrent sur la terrasse, au grand air. La journée s'annonçait magnifique. Les impressions de la veille reprenaient le dessus. La garrigue les enivrait.

A 8.45 h., toujours personne. 5 puis 10 minutes de plus ne changèrent rien à la situation. Ils passèrent les dernières minutes fatidiques à trépigner devant l'entrée. On ne pouvait pas les rater. D'ailleurs, *on* n'était toujours pas là.

Peu après neuf heures, c'est du moins ce qu'elle croyait (en réalité, il était exactement 9.11 h. !), arriva une jeune femme qui dit vaguement bonjour. Elle ouvrit la porte d'entrée et proposa aux visiteurs de la suivre ou d'attendre dehors, au soleil, comme bon leur semblerait.

C'était une de ces blondes du sud, avec des yeux noisette et un léger accent chantant. Elle prit tout son temps pour ouvrir son bureau puis une salle de conférence qui sentait le renfermé. A en juger par la poussière recouvrant les fauteuils empilés devant la baie vitrée, il y avait longtemps que la salle avait accueilli qui que ce soit.

Ils prirent place l'un à côté de l'autre en évitant les extrémités de la grande table ovale. Ils sortirent les documents qu'ils voulaient remettre à leur hôte et en oublièrent presque l'absurde de la situation. Ils avaient parcouru près de deux mille km pour rendre hommage au fondateur de ce haut lieu de l'innovation. Avaient préparé quelques transparents mais ne voyaient pas la moindre trace d'un rétroprojecteur dans la pièce. On ne pouvait pas se permettre de rencontrer le pape de la haute technologie avec les mains vides. Leur parc à eux était tout jeune et pratiquement inconnu. Ils se sentaient un peu comme des écoliers devant expliquer au maître d'école leurs projets d'avenir.

Tout d'un coup, il arriva. Chevelure blanche d'artiste, le regard malicieux et un sourire aux lèvres, le patriarche salua ses invités. Il semblait ne pas avoir remarqué sa demi-heure de retard. Il dit seulement : « Bonjour, j'ai tenu à cueillir pour vous, dans mon jardin, ces quelques fruits. Servez-vous, je vous en prie ! » Ils se regardèrent interloqués. Ignorèrent superbement les figues, raisins... qu'on leur présentait dans un petit panier tressé. Le grand chef local ne s'offusqua pas pour autant. Lui qui recevait ministres, prix Nobel et autres stars à longueur de journée, connaissait aussi l'impatience des jeunes loups aux dents longues.

L'entretien se déroula sans grande surprise et encore moins de résultat. Le courant n'était pas passé. La chimie n'avait pas fonctionné, comme disent les Allemands. M. K. n'oublia jamais l'extrême impolitesse de son hôte que ce dernier avait trouvé bon d'accentuer pas son comportement puéril. De son côté, le sénateur-président ne vit aucune raison de modifier ses plans. Il continua sa très fructueuse coopération avec la Bavière. Berlin, ses brumes nordiques et ses businessmen pressés, ce serait pour une autre fois, peut-être.

Petites histoires franco-allemandes
Sophia Antipolis, Panketal, septembre 2004

Petite recette d'éternité

Ce week-end, il y aura les élections régionales dans le Land d'Allemagne où j'habite depuis plus de dix ans. Depuis des semaines, les affiches font un concours de nullité. Entre celles qui promettent la lune et celles qui vomissent la haine, on comprend que les Brandebourgeois hésitent à se déplacer pour voter. Lors des élections européennes, en juin dernier, un électeur sur cinq a voté. Moi, à cette même occasion, j'étais un peu ému. Ma première élection européenne remonte à 1979, il y a tout juste vingt-cinq ans. Le monde a bien changé en ce quart de siècle. Et je vote toujours pour le même parti. Qui a pourtant lui aussi laissé pas mal de plumes en route.

Pour les élections régionales, j'ai décidé de faire une exception. Voter pour mon petit parti préféré reviendrait à faire le jeu de l'autre camp. Et franchement, l'autre camp, qui comprend, entre autres, les ex-communistes dont certains affirment sans rougir (!) que « La réunification a ruiné l'économie de la RDA !» et les néo-nazis qui promettent à tour de bras du travail pour la jeunesse désœuvrée (on commence par les autoroutes ?) ... non vraiment, l'autre camp n'a pas mérité de détrôner le pas très efficace mais non moins sympathique Ministre Président sortant. Vous en connaissez beaucoup, vous, des ministres présidents efficaces ? Je ne parle que de ceux qui ne sont pas en prison ou poursuivis par la justice.

Alors que j'annonce à ma femme ma décision longuement mûrie, celle-ci éclate de rire. C'est que je suis étranger et n'ai pas le droit de voter aux élections régionales ou nationales. D'ailleurs, j'ai voté pour la première fois cette année en Allemagne pour le parlement européen. Même que ce n'était pas facile. Au jour J, je n'étais toujours pas sur la liste des électeurs autorisés à voter. Les bénévoles mobilisés par la commune se sont beaucoup démenés pour me permettre de réaliser mon vœu.

Il n'y a pas si longtemps, on continuait à me demander par écrit si je souhaitais que l'on refasse la route qui mène au cimetière ou plutôt celle de l'école. Dans le village où habitent mes parents, en Saintonge, à la limite entre les deux Charentes. Village que j'ai quitté il y a aussi près de vingt-cinq ans... Quand la route a été goudronnée, ici, devant ma maison, dans le sud du Barnim, j'ai reçu la facture. On ne m'avait donc pas complètement oublié.

Bizarre, cette fois-ci, je suis choqué d'être laissé pour compte. Et je me retrouve instantanément au lycée. Mon avis n'intéresse personne. Je suis mineur. Le réchauffement de la planète, la globalisation, le terrorisme international, connais pas. Après tout, pourquoi pas ? C'est rien de moins que la jeunesse éternelle qui m'est offerte sur un plateau.

Oubliez le yoga, la chirurgie esthétique, les régimes miracles et le footing avant le petit-déjeuner, rester jeune, c'est facile et ça ne coûte pas grand-chose. Pour cela, il suffit de changer de pays à l'intérieur de l'Union Européenne. Pas besoin d'aller loin. Les frontières existent toujours. Allemand en France. Français en Allemagne. Et le tour est joué.

Dédié à tous les privés de vote

Petites histoires franco-allemandes
Panketal, septembre 2004

2005

Interv-you (entre nous ?)

JFR : « M. Bouzac, vous êtes l'un des 40 lauréats du concours « Racontez-nous votre histoire franco-allemande », organisé par l'Office franco-allemand pour la jeunesse, l'OFAJ, en 2003, à l'occasion du 40ème anniversaire du Traité de l'Elysée ? »

JPB : « C'est exact. »

JFR : « Pourriez-vous me raconter dans quelles circonstances vous avez entendu parler de ce concours ? »

JPB : « Bien sûr. C'est très simple. Je vis depuis longtemps en Allemagne, suis un ancien boursier de l'OFAJ et travaille de temps à autre avec cette fameuse institution. »

JFR : « Alors, vous avez été informé par un collègue ? »

JPB : « Non, simplement, je jette régulièrement un coup d'œil sur le site de l'OFAJ. Il se passe beaucoup de choses. Souvent, je préviens amis et connaissances de l'imminence d'un concert, d'une rencontre... »

JFR : « Avez-vous aussitôt décidé de participer ? »

JPB : « Oui. J'adore écrire des petites histoires. Beaucoup d'entre elles sont autobiographiques et donc franco-allemandes. »

JFR : « Mais, si vous êtes depuis si longtemps dans ce... milieu franco-allemand, vous aviez certainement le choix entre plusieurs anecdotes qui ont marqué votre vie. »

JPB : « Tout à fait. Mais, j'ai fait comme d'habitude quand j'écris. Je n'ai pas réfléchi. J'ai pris un stylo et du papier. Une heure plus tard, j'avais mon histoire. »

JFR : « C'est tout ? »

JPB : « Oui et non. Excusez-moi si je suis un peu normand. J'ai montré cette histoire à ma femme qui est allemande. »

JFR : « Elle lui a plu ? »

JPB : « Pas du tout ! »

JFR : « Comment ça ? »

JPB : « J'avais raconté mon premier amour pour une jeune allemande. »

JFR : « Il ne s'agissait pas de votre future femme ? »

JPB : « Non. C'est d'ailleurs très exactement ce qu'elle m'a dit. Je lui ai répondu que cette histoire, un peu mièvre certes, me tenait à cœur. Et lui ai conseillé de prendre la plume ou l'ordinateur et de raconter notre rencontre à sa façon. »

JFR : « A-t-elle suivi votre conseil ? »

JPB : « Et comment ! D'ailleurs son histoire fait aussi partie des 40 récits sélectionnés par le jury parmi les 712 histoires envoyées. »

JFR : « Comment se fait-il alors que votre nom n'apparaisse pas deux fois dans la liste des auteurs ? »

JPB : « En fait, notre véritable nom n'apparaît pas une seule fois dans le livre. Comme je vous l'ai dit tout à l'heure, mes relations étroites avec les organisateurs, au moins alors, m'ont poussé à écrire sous un pseudonyme. L'histoire de ma femme, rédigée en allemand, a-t-elle aussi été envoyée sous un pseudonyme. Un pseudonyme féminin, plus ou moins allemand, en tout cas différent du mien. »

JFR : « Et comment avez-vous choisi ces pseudonymes ? »

JPB : « A l'époque, j'écrivais mes histoires, pourtant seulement destinées à la famille et aux amis, sous différents pseudonymes, chacun correspondant soi-disant à une facette de ma personnalité. »

JFR : « Vous avez beaucoup de facettes ? »

JPB : « Je n'en sais trop rien. Avec ce nom de JP(ascal ?) Bouzac, je revendiquais à la fois ma venue au monde au printemps et mes origines paysannes du Sud-ouest de la France. Tout un programme. »

JFR : « Il est vrai que votre style, si l'on peut parler de style, est très populaire, voire argotique, mêlé çà et là de remarques dignes du maître de l'école communale... »

JPB : « Si vous le dites. »

JFR : « Et pour votre femme ? Katrin Pineaudech, vous n'allez tout de même pas prétendre que cela vient de... Pineau des Charentes ? »

JPB : « Pourquoi pas ? Il y a bien pire ! Si vous avez des doutes, posez-lui donc la question. »

JFR : « J'en avais bien l'intention. Merci de m'avoir accordé cette interview et bonne chance pour le prix Nobel ! »

****

JFR : « Mme Pineaudech, euh, je peux vous appeler comme ça ? »

KP : « Ce sont les règles du jeu. Mais, avouez que c'est un drôle de nom. »

JFR : « Vous n'aimez pas le Pineau des Charentes ? »

KP : « Oh que si ! Le blanc comme le rosé. Et de préférence, celui qui a une belle couleur dorée, comme on en trouve par exemple à Cherves de Cognac... »

JFR : « Je vois que j'ai affaire à un fin connaisseur. Mais alors, pourquoi avoir choisi ce nom ? »

KP : « C'est mon mari qui l'a choisi. Il avait déjà écrit sous le pseudonyme de... Franz Pineaudech, je crois. »

JFR : « Et pourquoi Katrin ? »

113

KP : « Ça, c'est très simple. Nous avons de nombreuses amies portant ce prénom. De toute évidence, il était très à la mode à l'époque de ma naissance. »

JFR : « Votre histoire relate votre première rencontre avec votre futur mari, c'est bien ça ? »

KP : « Oui. »

JFR : « Le traiter d'Ours de Berlin, ce n'est pas très flatteur ! »

KP : « Ça lui va très bien ! D'ailleurs, vous l'avez vu vous-même. Mais si vous aviez lu l'histoire, vous sauriez que ce surnom lui a été donné à l'armée. »

JFR : « Ce n'est quand même pas l'armée qui a choisi le titre de l'histoire ! »

KP : « Là, vous avez raison. Le titre actuel, d'une beauté toute relative, a été proposé par les gentils organisateurs du concours, suite à un virulent échange d'emails. »

JFR : « Virulent ? »

KP : « La lectrice qui a revu le texte était obsédée par la grammaire et ne tolérait ni blague, ni dérision, ni banalité, ni... »

JFR : « Quel était le titre original ? »

KP : « Ma petite histoire franco-allemande »

JFR : « Pas très original en effet ! »

KP : « Entre nous, vous savez quoi, tout ça m'est bien égal. Si vous voulez approfondir le sujet, le mieux serait de parler avec l'auteur ! »

JFR : « ? »

KP : « Comment, vous ne le savez pas ? »

JFR : « Vous n'êtes pas l'auteure de cette histoire ? »

KP : « Non. D'ailleurs, j'aime beaucoup lire, mais je n'écris pas. »

JFR : « Alors qui ? »

KP : « Mon mari, évidemment ! JP Bouzac, si vous préférez. Je ne vois pas très bien qui d'autre aurait pu écrire ces lignes ! »

JFR : « C'est vrai, je suis bête. »

KP : « Ça, je ne le vous fais pas dire ! »

JFR : « Moquez-vous donc. Mais n'allez pas me raconter que c'est une surprise pour vous. Après plus de quinze ans de vie commune !!! »

Dédié aux histoires en quête d'auteur

Journal en kit – vocations
Ecrit dans la S-Bahn berlinoise, janvier 2005

Petites histoires de mes petites histoires

Il neige. Nous sommes donc toujours bien en hiver. Un peu de plus, je n'arrivais pas à trouver à temps un moment pour écrire mon 3ème « journal d'un soir d'hiver » ! Encore heureux que, me connaissant, je n'ai pas prévu un seul instant d'écrire mon journal tous les jours, ni même tous les mois, mais bel et bien une fois par an et une seule. En hiver. Par l'une des soi-disant longues soirées d'hiver. Mais plus que jamais, j'ai la bougeotte et n'ai pas passé beaucoup de temps à la maison ces derniers mois. J'ai quand même réussi à aider ma tendre épouse à nous débarrasser de la plupart de nos trop célèbres feuilles de chêne. Les autres sont prises dans une fine couche de glace et recouvertes de neige. Nous les retrouverons au printemps, fraîches comme au premier jour.

Que dire de l'année passée une fois de plus en coup de vent ?

Que, pour me contenter des choses vraiment fondamentales, si je continue comme ça, je serais mort, retraité ou les deux, avant d'avoir produit quoi que ce soit de vraiment intéressant. Dire que j'ai aujourd'hui déjà vécu plus longtemps que beaucoup de plumes célèbres... Mais quand je pense au nombre de suicidés, assassinés et autres fous à lier (nés) parmi mes auteurs préférés, mon envie de gloire en prend un sacré coup.

Au moins, en quantité, la cuvé 2004 fut faste : nouvelles histoires de la ceinture de gras (religieuses), de métro (fumeuses), de filles et de bêtes (tu parles, c'est le dessinateur qui récolte tous les compliments), histoires franco-allemandes en tous genres, de guerre froide, réchauffées, histoires d'eaux, ballades anciennes et nouvelles, scandinave ou tyroliennes, africaines ou polonaises...

2004, année de la Pologne ? Peut-être, en tous cas, je n'y avais pas passé autant de temps depuis ma première visite en 1984. Sans compter les heures de cours de Polonais. Qui ne servent à rien d'après un ami. Si on n'a pas une petite copine du pays, dit-il. J'en ai parlé à ma femme qui trouve bizarrement que le

« Triangle de Weimar » devrait rester une histoire de ministres...

Deux œuvres immortelles écrites à la va vite en 2003, à l'occasion du 40ème anniversaire du Traité de l'Elysée, ont connu au printemps un certain succès. Non seulement l'une des deux plaît encore à Sabine (Si j'vous dis qu'elle me l'a dit !), mais en plus, ces deux courtes histoires, l'une en français, l'autre en allemand, envoyées sous des pseudonymes différents (français et allemand, masculin et féminin) ont été sélectionnées parmi les quelques 700 autres contributions au concours de l'OFAJ pour figurer sur Internet dans la liste des « 40 plus belles histoires franco-allemandes ». Alors, une réussite totale ? Pas vraiment, car mon style populaire et un tant soit peu irrespectueux (quelle ingratitude de la part de l'un des profiteurs longue durée de la coopération franco-allemande institutionnelle !), ne m'a permis d'atteindre les premières marches du podium. 10 histoires « deluxe » ont été sélectionnées parmi les 40... 10 histoires lourdes de signification. Je tenterais de faire mieux pour le 50ème anniversaire.

A défaut de publier quoi que ce soit, j'ai contribué à la nouvelle revue franco-allemande en ligne « www.rencontres.de ». Modestement, certes, avec quelques traductions de courts textes satyriques ou culturels. Les jeunes brillants et dynamiques qui ont inventé et font tourner la boutique n'ont pas jugé bon jusque-là de « publier » l'un de mes textes. D'ailleurs, ils sont pleins de qualités, mais en même temps, ils ont un peu la grosse tête et puis, ils sont un peu coincés ! Ils n'arrivent pas à s'imaginer qu'un Français puisse écrire en allemand... Le contraire non plus, comme de bien entendu.

La traduction, qui d'après mon papa, toujours l'un de mes meilleurs lecteurs, serait ce qu'il attendait de moi depuis longtemps... s'est imposée à moi, non seulement par le biais de « rencontres », mais aussi, suite à des rencontres véritables, avec des auteurs, à l'occasion de lectures. Cette pratique, très répandue en Allemagne, consiste à inviter un auteur à lire des extraits de ses œuvres avant de discuter, souvent d'une manière plus large, avec le public. C'est beaucoup plus intéressant que de faire bavasser une douzaine d'auteurs de la pluie et du beau temps, comme il est (paraît-il) toujours d'usage dans les salons littéraires de France et de Navarre.

En 2004, nous avons assisté à plusieurs lectures exceptionnelles. Par deux fois je me suis amusé à traduire en français l'un des textes lus et à l'envoyer à l'auteur : une Allemande (Wessi) d'origine turque, une autre Allemande (Ossi) vivant en Alsace. J'ai aussi continué, entre deux portes ou deux avions, à me traduire, dans les deux sens. Dans la catégorie version, j'ai travaillé, au compte-gouttes, un peu de mon cher Tucholsky, et puis des chansons tristes d'Herbert Grönemeyer. Cette star de la Ruhr a sorti en 2002 le disque « Mensch » (soit : être humain) entièrement consacré à la mémoire de sa femme qui venait de succomber à un cancer.

L'une de mes histoires, qui me plaît assez, traite elle aussi de musique, d'Afrique et surtout de mort. De Brel à Mozart ou Purcell, en passant par les musiques rituelles de tous les coins de la planète, j'avoue être très sensible à la beauté de nombreuses musiques funèbres. Ce court texte, pas vraiment drôle comme on s'en doute, m'a valu le plus beau des compliments que l'on m'ait fait à ce jour pour mes activités d'écriveur anonyme. Une collègue et amie qui sait de quoi elle parle, m'a dit que, pour écrire cela, il fallait que quelque part, au fond de moi (c'est pas la place qui manque...), je sois noir moi aussi. Merci Arlette !

L'échange d'emails avec les surdoués de « rencontres » m'a aussi conduit à prendre une décision qui s'imposait depuis longtemps : j'ai assassiné sans broncher tous mes pseudonymes... conséquence inattendue : n'ayant plus de doutes sur leur paternité, j'ai ressorti d'un seul coup tous les restes de mes écrits de jeunesse. La plupart sont maintenant computerisés ou passés aux vieux papiers. Ce qui est un peu la même chose, après une longue vie de fond de tiroir. Ont-ils quitté ce monde heureux ?

L'année dernière, je me suis aussi permis un luxe original. J'ai commencé deux histoires restées inachevées à ce jour. L'une tragi-comique, qui relate un « accident de la route interculturel ».

A la fin de l'année, ce cas dramatique faisait toujours la une des médias en attendant d'être définitivement réglé par les autorités compétentes. Ce litige juridique prouve -si besoin en était- que je ne suis toujours pas intégré dans ce beau pays. Ce que confirme le fait, autrement plus grave, que je n'ai pas encore porté plainte contre mes voisins pour une raison quelconque et débile et suis donc là encore membre d'une minorité en voie de disparition.

L'autre histoire relève de la pathologie du travail. Après des mois de torture à organiser une impossible conférence sur l'énergie, aux ordres d'une poignée d'individus souvent odieux ou grotesques, j'ai craché sur le papier cette vacherie salvatrice.

Une fois passée la conférence, j'ai aussitôt oublié ce coup d'humeur écrit dans un allemand très approximatif : le mien. De ces deux histoires, je finirais sûrement bientôt la première et vraisemblablement un jour la seconde. Je les voie mal se prendre pour des « chefs d'œuvre inachevés » mais je n'ai pas encore envie de les poubelliser.

Pour en revenir à des choses beaucoup plus terre à terre, j'ai une fois de plus appris plein de choses formidables. Y compris l'explication d'un mystère qui remonte quasiment à la nuit des temps : pourquoi mes chaussures me font-elles mal aux pieds ?

Depuis x années, je chausse du 43,5. Et depuis ? longtemps, j'ai mal aux pieds. J'ai expliqué la chose de bien des manières : mon foutu mal au dos de naissance, les économies faites par les producteurs de chaussures, suite à la vertigineuse augmentation du prix du cuir, la hausse de la pression atmosphérique au ras du sol résultant du réchauffement de la planète…

Je n'achetais plus que des chaussures de luxe, à base de matériaux choisis, garantis écolo, et produites en Allemagne ou en Autriche, par les nuits de pleine lune. Tout cela n'a fait que repousser d'autant la découverte de la vérité.

C'est en lisant la Berliner Zeitung dans le métro, celle de la veille, comme d'habitude, que l'illumination a eu lieu :

« *Une étude publiée par l'hôpital XY de Hambourg vient de prouver que les pieds grandissaient avec l'âge. Chez les patients de sexe masculin, de grande taille et de forte corpulence, cette augmentation atteint souvent 2 pointures entre la 25ème et la 45ème année.* »

Pas étonnant que les chaussures achetées en août au Leclerc de Cognac, pourtant pas chères, m'aillent si bien : c'est du 45. Jusque-là, j'aurais juré qu'il y avait une erreur d'étiquetage.

Pour finir, j'ai fait un tour à Stockholm début juillet pour repérer les lieux. Déguisé en Japonais, je suis passé complètement inaperçu. Pour ma prochaine visite préparatoire, il faudra que je trouve autre chose : pèlerinage sur la tombe de Tucholsky ? Safari-photo spécial Trolls ?

Journal en kit - Journal d'un soir d'hiver
Panketal, février 2005

Du Bouddha,

J'ai déjà le ventre.
A quand la sagesse ?

Vom Buddha
Hab' ich schon den Bauch.
Ab wann die Weisheit?

Petites histoires franco-allemandes - Haïkus franco-allemands
Train de nuit Paris – Berlin, mars 2005

La véritable histoire de Son-Hya-Ji

De passage chez les Bishnoïs[6], communauté écolo pure et dure des alentours de Jodhpur, nous avions joué le jeu : après un nouveau repas végétarien arrosé « d'eau potable embouteillée » par Pepsi Coca India, nous avions renoncé d'office aux seules drogues admises par la coutume locale, à savoir le tabac et surtout l'opium.

Mais ces dignes ancêtres de Greenpeace et d'autres modernes fous de la nature méritent quelques mots. Au quinzième siècle, Jambhoji, leur fondateur, édicta vingt-neuf principes de vie qui donnèrent leur nom à ses disciples. Outre une nourriture végétarienne stricte, avec lait mais sans œuf, ils pratiquaient et pratiquent toujours la non-violence envers les êtres humains, les animaux et même les arbres.

C'est que l'ancien royaume de Marwar, aujourd'hui province de l'état fédéral du Rajasthan, est quasi désertique. On comprend facilement que les quelques arbres et buissons épineux, qui survivent en extirpant des profondeurs du sol les rares réserves d'eau saumâtre, soient sacrés. Ils sont la dernière et d'ailleurs la seule protection contre une désertification sans retour. Antilopes, vaches, dromadaires, chèvres et chiens… se partagent leur ombre chétive avec les paysans.

Lorsqu'au dix-huitième siècle, le seigneur des lieux, le Maharaja de Jodhpur, décida de changer de meubles et de faire abattre dans ce but la plupart des grands arbres, les Bishnoïs firent de la résistance. Trois cent soixante-trois d'entre eux, hommes et femmes, jeunes et vieux, perdirent la vie pour s'être enlacés aux arbres dans l'espoir fou d'amadouer les sbires du tyran armés de scies de long.

Après avoir lu dans l'incomparable Guide du Routard cette émouvante histoire, à peine croyable et donc tellement indienne, je luttais pendant plusieurs heures contre des hordes de moustiques en regrettant infiniment que ces foutues bestioles ne soient

---

6 *« 29 » en hindi*

pas, elles aussi, végétariennes ! Je finis par m'endormir, bercé par les mille bruits infatigables de la nuit : chants et tambours des temples voisins, sirènes des trains, klaxons, aboiements des chiens...

Au milieu de la nuit, je me réveillai soudain, heureux. J'avais fait un drôle de rêve. Sonia, notre chienne boxer familiale (1969 – 1980) m'avait lancé un défi. Elle voulait fêter ici et maintenant son centième anniversaire (!) et comptait sur moi pour lui trouver d'urgence des œufs et du chocolat...

Je ne me rappelle pas de tous les détails de mon rêve, mais je sais que j'ai intensément vécu une seconde fois plus d'un épisode de la vie de cet être peu commun que fut Sonia. Je l'ai revue jeune chiot alors que nous venions d'aller la chercher en famille au chenil. Ses longues oreilles, sa vitalité et sa grande beauté nous avaient bien vite convaincus d'avoir fait le bon choix.

Sonia était surdouée. Elle comprenait parfaitement plus de mots que bien des êtres humains. Facétieuse, elle prenait un malin plaisir à tendre des pièges en déclarant certaines zones taboues. Plutôt imbue de sa personne, elle se vengeait de tout ce qu'elle considérait comme une injustice ou pire, un crime de lèse-majesté, en prenant en otage au fond du jardin casquettes (à papa), chaussons (à maman) et autres objets de sacrifice.

Sonia était affreusement gourmande. Une conséquence logique était son poids hors normes. Une autre plus inattendue était la grande spécialisation de son vocabulaire.

Croyez ce que vous voulez : Sonia avait une âme. Elle avait conscience d'exister. Ainsi, elle ignorait tout chien anonyme passant à la télé ou sur un film amateur. Si, au contraire, elle se voyait sur l'écran, ou bien son fils préféré, elle s'en donnait à cœur joie comme pour saluer un ami de longue date.

Sur la fin de sa vie, Sonia passait de longues heures à se regarder en silence dans la glace de l'armoire à linge de la chambre de mes parents et à méditer sur la vie dans l'au-delà. Si l'on rentrait dans la chambre à ce moment-là, elle ne nous voyait pas, ne nous entendait pas, ne nous sentait pas...

Enfin, Sonia était folle de son vétérinaire ! Elle traversait la salle d'attente du cabinet en coup de vent, renversant au passage tous ces idiots d'invalides tremblants et se précipitait dans le bureau de son idole, histoire de le saluer de grands coups de langue des pieds à la tête.

Le jour, où, adolescent, j'ai dû décider, en l'absence des parents pour une fois partis seuls en congé, d'appeler ce même vétérinaire pour qu'il lui donne la piqûre qui la soulagerait pour toujours d'insupportables douleurs, mes deux jeunes sœurs pleuraient à chaudes larmes. Peu après, le vétérinaire pleurait lui aussi.

Sonia a obtenu ses œufs et du chocolat. Heureusement qu'elle ne voulait pas de Château Margaux ! L'heureux dénouement de mon rêve me remplit d'un bonheur intense. Je me rendormis, non sans avoir gribouillé au préalable quelques lignes dans le noir.

Le lendemain matin, je fus attiré dès la sortie du bungalow par un minuscule oiseau bleu nuit qui butinait un peu comme un colibri. Je le suivis de buisson en buisson et me retrouvai au fond du parc.

De l'autre côté du mur d'enceinte en grès rouge me parvinrent des chants religieux comme ceux entendus au cours de la nuit. Je grimpai tant bien que mal sur le mur pour jeter un coup d'œil au temple hindou, jaïn, bouddhiste… ?

Des femmes vêtues de magnifiques saris couleur safran psalmodiaient une mélodie répétitive. Au milieu de la petite cour ombragée par un banian qui débordait du terrain voisin, j'aperçus de dos, la statue d'un animal corpulent, éléphant, buffle ou autre.

Pendant le petit déjeuner, je demandai à Sanjay, notre hôte, à quelle divinité était dédié le temple au fond du jardin. Il répondit avec un grand sourire :

« A l'une des cent huit incarnations de Ganesha, le dieu du bonheur et de la sagesse, le bon gros bonhomme à la tête d'éléphant, à la déesse des enfants bien nourris, des familles unies et de la gourmandise. La nuit dernière marquait le début de la célébration annuelle qui lui est consacrée ».

« Combien de temps dure-t-elle ? » demandai-je, me rappelant soudain que la fête des couleurs « Holi », qui s'était achevée la veille, avait duré un mois.

« Quatorze nuits d'affilée ».

« Et quand dorment les fidèles ? ».

« Maintenant ! ».

Plus tard, il me montra tout fier un portrait de l'incarnation, nommée Son-Hya-Ji. Aucun doute, c'était bien elle, avec un corps de Bouddha chinois, c'est-à-dire bien gras, et sa bonne goule de boxer chimpanzé !

Dédié à Sonia

Journal d'un global trotteur – Incredible India
Mandore, Inde, avril 2005

Les tribulations de M. Lan en R.F.A.

Qui aurait pu imaginer, il y a très exactement dix ans de cela, au cœur du premier « été meurtrier », autant de bouleversements en une seule décade ?

Au début du nouveau millénaire, le changement climatique, avec son cortège « d'inondations du siècle », de « tempêtes tropicales » et de « canicules africaines » avait enfin obtenu auprès des foules européennes le succès qu'il avait depuis longtemps mérité.

Jusqu'alors injustement relégué par les médias entre la rubrique « Comment traiter les pois de senteur double fleurs contre la pelade ? » et l'émission spéciale sur les nouvelles méthodes d'élimination des tâches de rouge à lèvre sur les DVD, il avait gravi une à une les marches de la célébrité et s'était finalement imposé sur le podium d'honneur entre les chômeurs, les terroristes, les chômeurs terroristes, les terroristes chômeurs (ce doit être une erreur…) et le bouton sur le nez de la dernière Reality Star de Big Sister.

Rétrospectivement, il est très difficile de comprendre comment cette prise de conscience tardive n'a pas alors été suivie par des mesures concrètes urgentes pour sauver les meubles à défaut des banquises tant qu'il était encore temps… D'ailleurs personne ne saura jamais si, en 2003 de l'ère chrétienne, il était vraiment encore temps.

Mort depuis longtemps, Reiser n'aura pas vécu cette « époque formidable » qui est encore la nôtre et qui aura vu et montré – en direct et en couleurs s.v.p. – les plus grands bouleversements climatiques et politiques survenus sur terre depuis des millénaires.

Le nouvel ordre mondial que les américains avaient tenté d'établir suite aux terribles attentats du 11 septembre 2001 avait fait long feu. Dès l'automne 2003, des nouvelles toutes plus incroyables les unes que les autres s'étaient succédées à un rythme frénétique à tel point que le dernier atlas géographique et politique à jour connu – conservé en un lieu inconnu et sous protection d'un régiment spécial de l'armée onusienne – date de cette année-là. L'Irak, l'Afghanistan, plus tard les E.U.A. (en français dans le texte : les Etats-Unis d'Amérique), la Chine, la Russie… Pas un coin de la planète ne fut épargné. Mais je n'ai ni la prétention ni même l'intention de dresser l'impossible bilan de ce tourbillon de révolutions et autres catastrophes.

Incorrigible optimiste, je me dis que vraisemblablement, une fois de plus, l'humanité survivra et qu'il se trouvera peut-être un jour un chercheur pour s'intéresser aux évènements qui se sont produits à Berlin, - où j'habitais à l'époque - évènements qui, parmi beaucoup d'autres, contribuèrent de manière souvent inattendue à accélérer le turbo-tourbillon ou « turbouillon ».

Ce texte est un simple témoignage. En racontant ce que je sais, c'est-à-dire quelques bribes de la petite histoire franco-allemande côté cour (le pouvoir) et côté arrière-cour (les poubelles), j'ai essayé d'être aussi objectif que possible. A Berlin donc, la France était alors, en 2003, officiellement toujours représentée par un couple infernal, triste vestige de la cohabitation pourtant morte et enterrée depuis plus d'un an dans ce qu'on appelait alors « l'hexagone » (en France métouopolitaine) et « la Grand' Natzionne » (en Allemagne).

Et s'il n'est pas surprenant que M. Sardine, tête gauche et soi-disant culturelle du monstre bicéphale soit subitement morte de sa belle mort – un peu comme Molière – à savoir d'apoplexie, après sa troisième bouteille de Château Margaux, lors de ses agapes quotidiennes dans le restaurant du même nom, laissant ainsi inutilisée une partie des subventions détournées (c'est ainsi que fut sauvée – in extremis – l'université franco-allemande…) pour financer son gargantuesque train de vie, et vacants une myriade de postes mirobolants qui ne rêvez que de sa prochaine et messianique venue - d'ailleurs sans grande importance pour les affaires de la planète - avouez que le récent retour à Berlin de « M. Lan », alors ambassadeur de France en Allemagne, sous un autre nom, il est vrai, est, même pour nos contemporains les plus blasés, qui sont aussi les plus nombreux, pour le moins surprenant.

Plusieurs mois avant la subite disparition de sa diabolique moitié, M. Lan avait tenté d'imposer sa volonté au Quai d'Orsay afin d'obtenir la nomination de son excellente personne à Washington. Sans succès, il avait cru bon de publier dans la B.A.Z. (journal universel créé par la B.Z. et la F.A.Z.) des extraits choisis de sa collection privée de documents secrets relatifs à l'affaire Elf Aquitaine - LEUNA, collection qui, paraît-il, n'avait jusque-là pas le moins du monde nuit à sa brillante carrière, bien au contraire. Cette fois, il avait misé gros et perdu.

Son ami le roi, oh pardon, le président de la République, avait alors dû abandonner son poste, ce qui était pourtant la seule chose dont les françaises et les français, ces chères concitoyennes et chers concitoyens, le croyaient bien incapable. Depuis, il composait des haïkus fatalistes dans une prison aménagée à son goût par égard aux services rendus à la Patrie.

M. Lan s'était enfui. On avait pensé qu'il s'était réfugié en Chine Populaire, son pays préféré et on avait pensé juste. En pleine débâcle internationale, on s'était ému un instant et puis on l'avait tout simplement oublié. M. Lan était bien planqué en Chine et prêt à tout pour revenir sur le devant de la scène, seul endroit digne de son Excellence. Il avait pris la nationalité chinoise et son nouveau nom. Dans un moment de doute (?), il avait donné son accord pour que l'on tente sur son auguste personne une opération extrêmement délicate ayant pour but de lui restituer la taille que, pour des raisons obscures, la nature avait refusé de lui accorder.

Globalement, cette opération extraordinaire avait réussi : avec 41,5 cm de plus, le corps diplomatique de SE était maintenant presque à la même hauteur que son orgueil. On ne pouvait toutefois pas parler de chirurgie « esthétique ». En effet, si l'allongement des jambes, des pieds et des bras avait fonctionné, même au-delà de toute espérance, la tête, inchangée, semblait avoir subi un traitement à la mode jivaro. Pour tout dire, SE ressemblait maintenant comme un frère à Pierre le Grand de Russie, tel qu'il est statufié dans les jardins de la forteresse Pierre & Paul, à Saint-Pét'. Après tout, il y a pire comme comparaison (SE disait-elle).

Par la suite, M. Lan avait exercé plusieurs fonctions administratives « au-dessous de son niveau » dans des nids de province tout en travaillant durement à son comme bach. Comme il l'avait toujours pressenti, en tout cas dès le jardin d'enfants pour surdoués de bonne famille, ses anciennes relations avec les stars du showbiz lui furent très utiles.

Lorsqu'en 2008, la République Populaire de Chine redevint officiellement « l'Empire du Milieu », avec Jacky Chang junior comme fondateur d'une nouvelle dynastie, M. Lan se propulsa très vite dans les hauteurs du ministère des inévitables relations avec les barbares d'outre-grande-muraille, à Chang-hai, la nouvelle capitale impériale.

Et c'est en tant que « Très Eminent Plénipotentiaire de sa majesté l'Empereur des puissances célestes et de la plus grande bourse mondiale high tech (TEP, pour les intimes) » que M. Lan rejoignit Berlin à l'automne 2012. De nouveau Ambassadeur, il renoua aussitôt avec son ancienne marotte d'architecte-décorateur amateur (éclairé, cela va sans dire). L'ambassade de Chine et ses façades hermétiques en plus pur style des années 90 (Gründerzeit II) se miroitant dans les eaux sombres de la Spree lui semblait tout à fait convenir pour son innombrable et néanmoins dévoué personnel.

Mais le TEP n'avait pas oublié pour autant le bâtiment de la « nouvelle ambassade de France » sur la Pariser Platz, dont il avait façonné l'intérieur avec amour et inspiration, ainsi qu'avec l'admiration et surtout l'argent des contribuables et s'était réjoui d'apprendre que ce chef-d'œuvre architectural était libre suite à la toute récente création de la République Franco-Allemande (« R.F.A. »), mini-révolution imaginée en plein chaos provoqué par l'emprisonnement du président français et rendue inévitable par la dissolution précipitée de l'Union Européenne. Cette r-évolution (rêve-olution ?) lui avait d'ailleurs valu sa nomination à Berlin.

M. Lan racheta très vite l'ensemble des bâtiments et fit faire des travaux à son image pour en faire, enfin, son pied à terre personnel. Lors de son précédent séjour, ses nombreux efforts n'avaient pas réussi à le débarrasser complètement du peuple inculte qui avilissait de sa présence son humble demeure.

A l'occasion de son inauguration, début 2003 (au début de l'année du 40ème anniversaire du Traité de l'Elysée…), on – c'est-à-dire le populo berlinois et quelques français renégats - avait reproché à l'ambassade le style « bunker » de la façade donnant directement sur la Porte de Brandebourg. Le diplomate-créateur fit installer par des jardiniers néerlandais réfugiés (suite à la récente inondation des Pays-Bas et de quelques millions de kilomètres carrés de régions côtières) des jardins en terrasse avec bonsaïs, carpes et fontaines jusqu'à mi-hauteur de l'édifice et dorer à l'or fin la partie supérieure de ladite façade.

La gigantesque pagode à toit ouvrable installée à cheval sur les bâtiments et les cours intérieures fit beaucoup jaser et encore plus de jaloux. Non seulement les briques rouge sang vernissées étaient visibles à des kilomètres à la ronde et le toit d'un mètre plus haut que celui du plus élevé des bâtiments officiels de la nouvelle capitale franco-allemande mais en plus cet ensemble à première vue inspiré par un temple à la manu shaolin abritait discrètement deux héliports destinés à faciliter les relations avec les (nombreux) autres bâtiments relevant de l'autorité du TEP répartis dans toute la ville.

Depuis le dramatique tremblement de terre qui avait pour toujours anéanti le Japon et la Corée tout juste réunifiée, depuis l'incroyable victoire des rebelles tchétchènes sur les forces russes et l'instauration à Moscou d' « ISLAMOS », république islamique de Russie (ils l'avaient bien cherché !, répétait Mme Stoiber, notre femme de ménage, à qui voulait l'entendre) et surtout depuis l'épouvantable vague d'attentats meurtriers à l'origine de l'éclatement des Etats-Unis d'Amérique en plusieurs (3 à 7 selon les sources) « entités » indépendantes et pour la plupart soumises à l'anarchie réservée jusque-là aux états africains démocratisés par la CIA et le FBI, bref, depuis que la planète et en particulier les nations civilisées avaient complètement perdu la boule, il ne restait plus que deux « puissances », l'une gigantesque, incontournable, la Chine, qui contrôlait toute l'Asie jusqu'à l'Oural et y compris la péninsule indienne, l'Océanie et, indirectement, une bonne partie de l'Afrique, l'autre, la modeste République franco-allemande, qui faisait certes figure d'éclopé, mais n'en était pas moins le dernier représentant de ce qui, pendant des siècles, avait été, d'abord « l'Europe », puis, plus tard « l'Occident ».

Autant dire que M. Lan avait plutôt bien réussi son recyclage. Et c'est sans le moindre complexe qu'il consacrait le plus clair de son temps, comme aux périodes les plus fastes de sa première carrière diplomatique, aux choses de l'esprit. La culture et les footballeurs (à la condition qu'ils soient champions du monde), ça l'avait toujours passionné. La politique et la diplomatie, comme c'était ennuyeux, déjà à l'époque et aujourd'hui encore... D'ailleurs, pourquoi se décarcasser la cervelle pour ces peuples décadents qui seraient de toute façon disparus un jour ou l'autre de mort naturelle, avec ou sans changement climatique et terrorisme ? Quitte à rejoindre les dinosaures, qu'importe la date exacte ?

Et cette histoire, cette manie du « franco-allemand », ri-di-cule ! Il ne s'était pourtant pas privé, lors de son premier séjour berlinois, de faire profiter de ses réflexions profondes une élite judicieusement choisie. Mais on l'avait mal compris, voire pas compris du tout. Le message était pourtant clair : « français et allemands sont trop différents pour s'entendre, toute coopération étroite entraînera automatiquement la perte de ces anciennes grandes nations ». Il avait même donné, sans le moindre résultat, un exemple positif à ses auditeurs incrédules : la coopération franco-chinoise. Qui avait eu raison, une fois de plus ?

Il ne savait que penser de l'ironie du destin qui consacrait sa lucidité tout en le renvoyant sur le lieu de son crime, disons plutôt, de son échec passé. Et l'idée de devoir serrer la main au premier Président-Chancelier, J. Fischer, lui répugnait au plus haut point. Pensez donc, un prolétaire, ancien casseur de flics, qui plus est !

Pauvre Joschka ! Les épreuves des dernières années avaient fait perdre tous ses cheveux à l'ancien compagnon de combat de Cohn-Bendit. Malgré la récession, ses gènes de fils de boucher-charcutier de Bohème l'avaient trahi. Sa bedaine énorme, son crâne lisse et ses traits bouffis l'avaient transformé en Bouddha.

Et dire que c'est justement ce qui plaisait en lui à sa Majesté Impériale... Dans le même temps, quel plaisir c'était de revenir dans la peau du plus fort, offrant la protection bienveillante de la première puissance mondiale aux derniers des Néandertaliens, du moins à ceux qui avaient survécu à l'irrésistible fonte des glaciers.

En tant qu'ancien Maître des cérémonies du 40ème anniversaire du Traité de l'Elysée, il avait, à peine en poste à Berlin, proposé ses services entièrement bénévoles et désintéressés au gouvernement franco-allemand pour les festivités du 50ème anniversaire. Ses services et un gigantesque feu d'artifices offert par sa majesté impériale. Il regrettait vivement de ne pas être cette fois-ci habilité à choisir les invités, l'une de ses disciplines préférées et qu'il maîtrisait à la perfection. En 2003, SE avait brillamment réussi – et ce souvenir le remplissait à chaque fois d'une joie indicible - à inviter toutes ses stars préférées et à exclure (ce qui était beaucoup plus difficile), par des moyens subtiles et variés, inspirés par la lecture approfondie des anciens maîtres... chinois, toute personne ayant un rapport direct avec la coopération franco-allemande, toute celle vulgaire racaille pique-assiette.

Au moins, 10,5 étés meurtriers plus tard, la vieille garde « De Gaulle – Adenauer » avait complètement disparu, d'elle-même. Place aux jeunes ! Dans le même temps, et cette pensée irritait aujourd'hui tout autant le grand TEP qu'autrefois S(a petit)E, dans ce pays, la « R.F.A. », depuis maintenant presque cinq ans, tout et tout le monde était par définition franco-allemand.

On n'allait tout de même pas convier les 32 millions de « francal » à la fête ! Décidément, on n'aurait pas le choix, même la soi-disant réincarnation du Bouddha finirait par suivre son exemple en invitant sa cour préférée : cinéastes oscacésarisés, philosophes-troubadours et autres sportifs en or. Une fête bien classique, somme toute.

Lui, bien sûr, ferait beaucoup mieux lors de la fête nationale de sa nouvelle patrie. La fête serait superbe, digne des grandes cérémonies de l'antiquité et de la renaissance. On oublierait instantanément la trop célèbre « Swiss Surprise » du début du siècle ou la confondrait dorénavant avec la fête des apprentis coiffeurs de Kreuzberg...

Tels étaient les projets de M. Lan, dit le « TEP », à la fin 2012, quand je le vis pour la dernière fois. Depuis des années, j'étais candidat pour participer à la première mission habitée en direction de la planète rouge. A ma grande surprise, étant donné mon grand âge, j'ai été choisi en novembre dernier, avec tout un groupe d'individus paraît-il représentatif du bétail humain, pour l'expédition Terre - Mars, bizarrement intitulée « cobaye 2013 – ? ». Sans nouvelle de vous depuis mon départ, je vous écris depuis le « jardin d'hiver » de notre vaisseau. Assis confortablement dans un fauteuil en teck indonésien, à l'ombre d'un arbre du voyageur, je déguste un excellent espresso qu'accompagne un merveilleux petit « pastel de nata » portugais. Je devrais être heureux et serein.

Et pourtant, est-ce le changement d'air ? Moi qui n'ai jamais été ambassadeur ni de qui ni de quoi, je me suis mis dans la tête de retourner différent sur la planète qui fut bleue. Pas plus tard que la nuit dernière, j'ai rêvé en couleurs qualité photographique que les autorités martiennes (je n'en peux plus d'attendre de vérifier s'ils sont bien verts) me renvoyaient à la case départ, investi d'une mission qui n'était pas sans rappeler celle du TEP : « ambassadeur auprès des derniers terriens » avant leur départ définitif pour des cieux plus sûrs ou, ce qui serait certainement plus efficace pour le maintien de la paix dans le système solaire X3, leur disparition...

Auteur inconnu, email intergalactique daté du 12 août 2013

Commentaire de Louis-Clément Renault :
Est-ce triste ou réjouissant de trouver que son fils est au moins aussi fou que soi ? A l'échelle évidemment du vécu de chacun.
Bon, faut voir. Puisque ton incroyable histoire se passe en 2013, je vais m'économiser pour durer jusque-là, rajeuni entre temps par tout ce que la science aura pu inventer. Et moi aussi je puis rêver ding-ding, j'espère qu'en 2013 j'aurai enfin vingt ans. (E-mail du 26 mai 2005)

Le dernier jour de Kuldhara

Souvent, je me réveille la nuit et je pense à notre village, tout près de Jaisalmer, la capitale du désert de Thar. En quelques heures de marche ou à dos de dromadaire, nous nous rendions à la forteresse flanquée de ses tours rondes comme des pieds d'éléphant. La ville grouillait de marchands tous plus riches les uns que les autres : la soie autrefois et, plus tard, l'opium, les avaient enrichis à un point dépassant l'entendement. Chacun d'eux se faisait construire un palais de pierre, un « haveli » plus beau encore que ceux des voisins, déjà tous magnifiques. Au coucher du soleil, les dentelles de pierre des façades resplendissaient comme de l'or.

De l'or véritable, pièces, bijoux, lingots, vaisselle... il y en avait en quantité derrière les murs épais, dans les trésors cachés au fond de pièces voûtées et à peine éclairées auxquelles on accédait seulement depuis la troisième ou la quatrième arrière-cour, loin des regards indiscrets, loin de l'agitation du bazar. Les caravanes qui revenaient de Chine croisaient celles qui arrivaient de Perse. Les dromadaires étaient fiers comme des... dromadaires. Ecrasés sous le poids de leurs marchandises, ils semblaient ne rien remarquer d'autre que leur évidente supériorité sur l'ensemble des êtres vivants.

Bien sûr, notre village n'était pas aussi beau que la ville d'or. Nous n'étions pas non plus aussi riches que nos voisins marchands. Mais nous étions des brahmanes agriculteurs du désert. Nous avions la foi, de l'eau et les plus belles femmes de l'univers. Nous, les « Paliwals », c'est ainsi qu'on nous appelait, vivions dans près de cent beaux villages de pierre répartis autour de la ville. Kuldhara était le plus grand et le plus parfait d'entre eux. Nous avions quitté la ville de Pali, au sud de Jodhpur, et ses temples fabuleux, depuis des siècles[7]. Là-bas, déjà, notre bonheur tout simple avait fait des jaloux.

---

7 *En 1243*

Kuldhara était un gros village avec presque mille maisons en pierre jaune à un étage. Chaque maison abritait une famille complète et son bétail, selon un ordre bien établi, dans des pièces qui donnaient toutes sur une petite cour intérieure. Il y avait une rue principale longue de plus d'un kilomètre et large de vingt mètres. A peu près au centre du bourg se dressait le temple dédié à Shiva. Au sous-sol, les prêtres et leurs aides préparaient tous les jours les offrandes divines dans une grande cuisine dans laquelle un foyer brûlait jour et nuit.

A quelques centaines de mètres de là commençait le périmètre sacré de l'unique puits, marqué par des bornes en calcaire ocre finement sculptées. La source coulait à trente mètres de profondeur. On allait chercher l'eau en prenant un escalier raide taillé à même le roc. Les murs et les linteaux les soutenant étaient ornés de niches abritant des statues de Ganesha et d'autres dieux porte-bonheur. Depuis sa création en 1291, le puits avait toujours fourni en abondance une eau claire et fraîche.

Grâce à un système d'irrigation élaboré, dit « Khadin », l'eau de pluie était récupérée et utilisée dans les champs voisins, comme le faisaient déjà les paysans d'Ur, il y a des milliers d'années. Cela suffisait amplement à nourrir tout le monde. La vente d'une partie des récoltes de blé nous permettait même d'acheter du sel et d'autres denrées aux caravanes qui faisaient étape au village une fois par lune.

Tout aurait était parfait si nos femmes n'avaient pas été si belles. Les rajpoutes nous les enviaient. Pour eux, tous les moyens étaient bons. Ils offraient des fortunes aux pères des jeunes filles à marier. Comme il n'était pas question de marier une fille de brahmanes avec un guerrier, ces offres étaient toujours ignorées. Enragés comme ils l'étaient, ils n'hésitaient pas à kidnapper nos filles pour les enfermer dans leurs harems et leurs havelis. Dès qu'elles le pouvaient, elles s'enfuyaient ou, le plus souvent, se donnaient la mort. Fous de rages, les rajpoutes avaient plusieurs fois attaqué et même incendié nos villages.

Le pire de tous ces sauvages était Salam Singh. Tous le détestaient, brahmanes, bergers, marchands, guerriers et nomades. Premier ministre du royaume rajpoute, il avait en quelques années ruiné la région avec ses impôts à outrance et abreuvé le sable du sang de ses victimes.

Salam Singh s'était fait construire un haveli fabuleux à environ trois cent mètres de la citadelle. Comme il n'appréciait pas de devoir emprunter la porte du fort comme le commun des mortels, il avait décidé de faire bâtir un pont de pierre qui relierait le dernier étage de son palais et le palais royal au centre de la vielle ville, derrière les remparts. Personne n'arrivait à lui construire cette passerelle et son humeur empirait d'heure en heure. Pour un rien, il faisait empaler n'importe qui ou empoisonner l'un de ses plus fidèles serviteurs.

Son harem regorgeait de beautés venues de tous les pays civilisés, de Madras à Samarkand et de Bagdad à Kiev. Il avait même acheté à prix d'or une splendide Abyssinienne à un marchand de passage. Mais, il ne possédait pas de fille Paliwal.

Plus son projet de construction de pont était repoussé, plus il était impatient de compléter sa collection de concubines. Un jour, au bazar, déguisé en marchand persan, il surprit une conversation au sujet d'une certaine Layla, « belle comme le démon ».

Fou d'elle à l'instant, il courut chez lui et fit convoquer ses cinq conseillers les plus proches. L'un d'eux arriva avec un quart d'heure de retard. Il le fit jeter au cachot et on ne l'a jamais revu depuis. Les autres, qui ne quittaient pas le palais par peur des représailles, furent chargés d'identifier et de capturer au plus vite la belle Layla. Dès le jour même, il apprit que Layla, âgée de seize ans, était la fille du grand Brahmane de Kuldhara.

Il savait que le grand Brahmane était le chef spirituel de tous les Paliwals. Il savait aussi que celui-ci ne lui donnerait jamais sa fille en mariage. Amoureux fou comme il l'était, il décida toutefois de faire une exception. Rien n'était plus facile que d'envoyer ses gardes cueillir la belle dans sa maison. Les Brahmanes n'avaient pas d'arme et ne combattaient jamais. Quels drôles d'individus ! Mais il savait que Layla ne survivrait que quelques heures au harem s'il la capturait comme une vulgaire esclave.

Salam fit envoyer à Kuldhara trois émissaires cultivés et vêtus de la plus belle soie de Chine. Ceux-ci devaient vanter les mérites de Salam et demander la main de Layla à son père en son nom. Ils s'exprimaient en vers et apportaient plusieurs malles remplies de cadeaux précieux. Salam promettait d'exempter pour toujours le village de tout impôt et de placer Kuldhara sous son auguste protection.

Krishna, le père de Layla, un sourire figé aux lèvres, écouta en silence les émissaires. Quand ils eurent fini, il réfléchit un bon moment, sans que l'on sache ce qu'il pensait. Puis, il se leva posément, pris l'une des malles, sortit devant la maison et le plus naturellement du monde, toujours souriant, versa son contenu dans le caniveau.

Les émissaires de Salam se lancèrent dans une dispute très violente. L'un était d'avis qu'il fallait tout de suite laver cet affront. L'autre voulait d'abord rapporter au tyran. Le troisième essayait de gagner du temps, proposant d'ignorer le geste malheureux et de revenir le lendemain. Finalement, ils se mirent d'accord pour aller raconter leur mésaventure à leur chef.

A peine les émissaires hors de vue, Krishna fit convoquer d'urgence le conseil des anciens. En très peu de temps, les sages décidèrent de la seule issue possible. Il fallait fuir. On envoya des messagers dans les autres villages. Chacun devait emporter autant d'eau et de sel qu'il pouvait porter. Le bétail suivrait ou rejoindrait ses cousins sauvages. Le lendemain, lorsque Salam arriva au village à la tête d'une première escorte armée jusqu'aux dents, il ne trouva personne. Le village était entièrement désert.

Hors de lui, il ordonna que l'on détruise tous les villages Paliwals. Mais les villages étaient vides. Pas une âme. Rien. De retour à Kuldhara, il donna l'ordre d'empoisonner le puits, puis décida de s'en occuper personnellement.

Il croyait que les habitants s'étaient cachés dans le désert et reviendraient une fois la menace disparue. Une torche allumée dans la main gauche, sa fiole de poison en pendentif, il sauta de son dromadaire et couru jusqu'à l'escalier qu'il dévala comme une pluie d'été. Arrivé au pied de l'escalier, il failli tomber dans l'orifice. Il n'y avait pas la moindre barrière. Eclairant comme il le pouvait la source, il resta bouche bée devant le spectacle. Le puits était à sec. Pas la moindre trace d'humidité. Ces sorciers de Brahmanes avaient emporté l'eau !

Depuis plus d'un siècle, les villages Paliwals sont balayés par les vents brûlants du désert. Les maisons sont toujours là, peu à peu envahies par le sable. Rien ne pousse, pas même les mauvaises herbes. Toutes les sources sont taries. Mais sur un point, l'abominable Salam avait raison : depuis sa visite, plus personne n'a payé d'impôt.

*Dédié à mon meilleur lecteur, Louis-Clément
mon très cher papa*

*Journal d'un global trotteur – Incredible India
Panketalstan, juin 2005*

Vocation(s) – 30 ans de

Adolescent, j'ai été un vendangeur à la petite semaine. Assez rapide et même d'autant plus productif qu'il faisait froid ou humide. Mais, je baillais aux corneilles ou plutôt je zieutais nappes de brumes, nids et mulots. Et puis, je m'empiffrais de raisin, des meilleurs raisins : des grains jaune doré gonflés de jus sucré, ceux du bout des rangs, exposés au sud. Il fallait en recracher la peau, indigeste. Le raisin, à Cognac, c'est pas fait pour la table, mais pour l'alambic ! Si aujourd'hui mon c.v. n'était pas si encombré, les vendanges seraient sans doute ma première « expérience professionnelle ». Mais qui s'intéresse encore aux métiers en voie de disparition ?

Entre les vendanges et les foins, j'ai fait mes débuts d' « ouvrier cartonnier » un beau jour de juillet. Là, j'ai fait connaissance avec les 3 x 8, avec quelques contremaîtres tatillons, une poignée d'ouvriers et d'ouvrières consciencieux et surtout avec une sacrée bande de fainéants de première classe. Le boulot n'était pas compliqué. Il fallait charger à la main des machines gigantesques avec des plaques de carton aux bords coupants comme des scalpels. Quand tout marchait bien et qu'il ne faisait pas trop chaud, c'était facile. Sinon, il fallait charger et décharger et suer beaucoup pour pas grand-chose.

Un jour, mon chef me demanda de nettoyer les rouleaux d'une imprimante en marche. Quelques mètres de longueur, peut-être 80 cm de diamètre pour des rouleaux en acier massif recouverts d'une fine couche de caoutchouc gorgé d'encres. Cet ennemi du grand capitalisme - dont il me croyait à tort être l'un des représentants - avait débranché le système de sécurité sans me le dire. Je me retrouvais à l'hôpital avec la main droite écrasée, à dix-huit ans. Ma main a miraculeusement survécu. Et je venais de passer, avec succès ? un drôle de rite d'initiation à l'âge adulte / industriel.

Pendant très longtemps, j'ai donné des cours particuliers. En général, c'était des maths et de la physique. Et des écoliers moyennement doués qui voulaient ou plutôt devaient obtenir quelques bonnes notes pour éviter de redoubler. La plupart des parents étaient plus motivés que leurs enfants. Les résultats étaient rarement extraordinaires. Certains élèves, pleins de bonne volonté, mais d'une nullité accablante, me démoralisaient. Parmi la multitude de mes jeunes client(e)s, deux ou trois étaient des surdoués jamais satisfaits. J'étais bien ennuyé avec ces individus dont le niveau dépassait de loin le mien à leur âge voire même plus tard… Ma carrière de donneur de cours privés a pris fin comme elle avait commencé, sans prévenir. Et j'ai pratiquement oublié depuis ce savoir si utile pendant des années.

Si l'on m'avait dit pendant mon service à Berlin que, des années plus tard, je me rappellerais de ma vie de soldat comme d'un travail, j'aurais bien ri. Et pourtant, à défaut de vraiment bosser, j'ai appris bien des choses utiles. Ce fut un apprentissage accéléré de la survie en milieu administratif international y compris une introduction à l'art du Caviar, du Champagne et des vins de Bourgogne, une formation sur le tas au rôle ingrat de traducteur interprète et d'organisateur « d'évènements », mes premières réceptions mondaines, moult « missions » à Berlin-Est et un incroyable jeu de cache-cache avec de vrais espions …

D'après les documents top secret que je transportais dans mon Kombi (minibus Volkswagen) pendant les manœuvres, nous autres Alliés (de l'ouest) aurions tenu tout au plus une heure en cas d'attaque des Soviets. Alors à quoi bon toute cette mascarade ? Je n'en sais rien, mais les Soviets sont rentrés chez eux. Les Américains, eux, sont encore-là. Moi aussi.

Mon activité de garçon de café / serveur de resto a été de très courte durée. Pourtant, elle m'a beaucoup marqué. Voilà encore un travail fatigant, complexe et bien mal récompensé ! Entre les soiffards, les pressés, les indécis, les râleurs et ceux qui payent avec des chèques en bois, on aurait vite fait de douter de l'engeance humaine. D'autant que j'allais oublier ces touristes britanniques qui, après avoir renvoyé trois fois à la cuisine leur steak « cru » dans un nuage d'insultes, s'étaient levé d'un seul coup pour fuir la vue de ces chairs carbonisées qu'ils trouvaient encore « sanguinolentes ». Des fois, il y avait même des clients sympas, souriants ou intéressés. Il paraît même que certains d'entre n'étaient pas des collègues en voyage.

Parmi tous les boulots que j'ai eu l'honneur d'exercer un jour, il y en a un qui m'a laissé des souvenirs inoubliables : celui de chauffeur-livreur pour une entreprise familiale berlinoise de construction métallique. Dès le matin très tôt, je commençais par prendre les commandes de tout le personnel (trente personnes) pour leur imminent petit déjeuner. Chacun avait son saucisson, son yaourt ou son pain préféré. Gare à moi si le moindre détail ne répondait pas à l'attente intransigeante de mes clients gâtés.

Ensuite, commençait mon job proprement dit. J'allais livrer, apporter ou récupérer toutes sortes de pièces métalliques petites ou grandes devant subir ou ayant subi tous les traitements possibles, chimiques ou autres. Je visitais par le menu plus d'une arrière-cour de Kreuzberg, Wedding…, des pièces mal aérées et sombres, pleines de vapeurs d'acide et peuplées d'ombres baragouinant un espéranto teinté de dialecte berlinois. Régulièrement je me perdais. Une chance, je finissais toujours par tomber sur le fameux mur. Demi-tour. Faites vos jeux… Retour à la case départ.

Cette époque est bien révolue. Berlin-Ouest n'existe plus. Mon dos non plus. Et il y a bien dix ans que j'ai vu (et mangé) pour la dernière fois un döner kebab composé de tranches de viande véritable.

Tout petit, je ramassais des cailloux et voyait de l'or, des diamants et des oreilles de dinosaures partout. Pas étonnant que je sois devenu géologue. Pour des raisons diverses et variées, j'ai peu exercé cette profession formidable. Mon premier amour pour les minéraux et fossiles avait peu à peu fait place à celui des montagnes (et du fond de la mer, mais c'est plus difficile à expliquer). Je rêvais d'Himalaya, je me suis réveillé au sommet d'une gigantesque décharge d'ordures berlinoise.

Depuis toujours écolo sans le savoir, je me plongeais tête baissée dans la bataille de la protection de l'environnement. Les fanatiques, les juristes, les profiteurs et autres environnementeurs se chargèrent de me faire atterrir au plus vite. La nature mérite beaucoup mieux que cette racaille ! Depuis, je suis plein d'admiration pour les actifs désintéressés. Il y en a. Et j'ai dû admettre que, sans cadre juridique ni intérêt économique, il ne faut pas attendre grand-chose du commun des mortels, pour l'environnement, comme pour le reste.

L'expérience précédente explique sans doute la suite. Depuis maintenant de nombreuses années, je suis devenu « serviteur de l'innovation », à l'international s.v.p. Je vous épargne les détails. Mon travail de médiateur est simple, mais complètement virtuel et je me heurte souvent à l'incompréhension des néophytes.

Comme la plupart d'entre nous, je ne sais pas où (et même pas si) je travaillerais demain, mais en toute logique, s'il y en a une, je devrais succomber aux charmes du développement durable qui n'est rien d'autre que de l'innovation écologique ou de l'écologie innovante, si vous préférez. D'autant que l'innovation pure et dure, c'est un sujet formidable pour les discours et colloques, mais dans la vie quotidienne de la « jeune entreprise innovante », ça n'est rien d'autre qu'un groupe de personnes douées et motivées qui perdent la moitié de leur temps à courir après un financement qu'on leur refuse le plus souvent...

Mais alors, si j'ai fait tant de choses différentes (entre autres aussi : enseignant de français, importateur de pineau des Charentes, apprenti journaliste, expert européen en mobilité humaine...) était-ce parce que je ne savais pas vraiment faire grand-chose à part très vite perdre mes illusions ?

Ce que je sais faire : apprendre, faire partager savoir et motivation.

Ce que j'aime faire : la même chose, voyager, lire et écrire. Apprendre et voyager, ce qui est souvent la même chose, c'est un luxe extraordinaire. Pour le reste, j'enseigne (un peu), je conseille (beaucoup) et je concilie (à la folie).

Et l'écriture ? Devenir écrivain, un rêve ? A en juger par la biographie de mes auteurs préférés, je ferais mieux d'ouvrir une cabane à frites sur une plage aux Antilles. C'est que beaucoup d'entre eux étaient inconnus ou miséreux de leur vivant et la plupart sont morts trop tôt pour réussir à se suicider à temps ! Assassinat, accident, maladie, drogues… Mais je suis optimiste et, en cherchant bien, on trouve même des écrivailleurs heureux.

A-t-on besoin de mes œuvres ? Non bien sûr. Elles ne sont ni pires ni meilleures que bon nombre des 80 000 nouvelles publications qui inondent le marché chaque année rien qu'en Allemagne.

En résumé, chère lectrice, cher lecteur, ne prend pas mes œuvres pour un affront personnel, si j'écris, c'est parce que c'est gravé depuis la nuit des temps dans le grand livre de l'humanité. N'importe quoi ! Si j'écris, c'est qu'après de nombreux essais peu convaincants, je n'ai plus grand-chose à perdre, pas même mes dernières illusions. Sur ce, bonne lecture !

Journal en kit – Vocation(s)
Panketal, Juillet 2005

Les fraises à Voltaire

Depuis toujours, je suis amateur de jardins. Mes préférés sont ceux créés par la nature, d'un bout à l'autre de la planète et jusque dans le moindre recoin de rocaille, de désert. Parmi les jardins humains, les parcs anglais et japonais, qui ont la folle prétention de faire mieux que l'original, me fascinent néanmoins. La recherche de la perfection, d'une perfection, n'est pas l'apanage des insulaires excentriques. Jardins chinois, arabes ou persans, à la française, à l'italienne, balinais... tous sont, à leur manière, à la recherche du temps perdu.

Notre petit jardin de banlieue n'entre bien sûr dans aucune de ces prestigieuses catégories. L'observateur (trop ?) attentif y entendra les trains de marchandise, l'autoroute, les avions et les fous du volant qui confondent notre rue limitée à trente à l'heure avec une piste d'essai. Certains jours, il sera surpris par l'âcre odeur des étables ou de la décharge toutes proches.

S'il vient le week-end, il aura en plus beaucoup de mal à ignorer le vacarme des tondeuses, tronçonneuses et autres scies sauteuses. Difficile aussi de ne pas entendre la voisine (sur la gauche), qui tout en hurlant dans son maudit téléphone sans fil, comme s'il en allait de sa tête, trouve moyen d'engueuler « vertement » son mari, qui vient – sur ses ordres ! – de transplanter, au mauvais endroit, pour la nième fois, un arbuste décidément très robuste, à défaut d'être encore décoratif.

Nos voisins du nord (sur la droite) sont en général beaucoup plus calmes : soit ils ronflent ostensiblement sur leurs chaises longues, histoire de nous rappeler à notre devoir de discrétion, soit ils ont la visite de toute la famille y compris un gros chien noir que je n'aimerais pas rencontrer seul pendant l'un de mes rares footings matinaux. Si la famille est là, tout ce beau monde joue aux cartes pendant des heures en poussant de gros jurons et en piaffant de fou rire pour un rien. C'est beau la vie !

Et pourtant, j'aime justement notre jardin pour son calme propice à la méditation. Chaque année, le miracle se reproduit. Un jour, après de longues hésitations, nous sortons les plantes exotiques des cachettes où elles ont passé l'hiver. Le bananier est tout pelé. Les citronniers pleins de pucerons. Les géraniums passent aussitôt à la poubelle, comme tous les ans.

Il n'y a pas encore beaucoup de verdure dans les arbres et les haies. Les plantes libérées, encore marquées par de longs mois de claustrophobie, supportent mal d'être livrées aux premiers rayons du soleil et à la curiosité sans limite de notre voisine (laquelle ?). Une semaine plus tard, car notre jardin n'existe que deux jours par semaine, c'est... l'enfer vert. Un mur de plusieurs mètres de haut enclot de toutes parts un petit bout de prairie résiduel qui met tous ses espoirs de survie dans l'arrivée impromptue d'une poignée de paysans brésiliens défricheurs à la solde de MacDonald's. En vain. Seule ma femme, à cheval sur sa tondeuse électrique sans fil et avec microbroyeur intégré, se risque dans les sous-bois gluants d'où pendent, aux aguets, araignées tigrées, tiques de sang assoiffées et écureuils enragés.

Quelques semaines, quelques mois à peine, et Noël est devant la porte. Mais nous n'en sommes pas là. Aujourd'hui, nous sommes sous les tropiques, attendant la mousson, envahis par l'herbe aux goutteux (Aegopodium podagraria pour les intimes), les liserons et les fraises du Mecklembourg / Poméranie antérieure. « MacPom », région au nord du Brandebourg, avec les pieds dans la Baltique, est surtout connue pour ses champs de Kartoffel, d'où son surnom.

On m'a offert, il y a quelques années, vingt pieds de fraisiers très vivaces originaires de ce paradis agricole. Depuis, notre jardin d'agrément est passé d'un seul coup dans l'ère industrielle. Il faut avoir vécu, au moment de la récolte, en juin juillet, pendant les nuits grises du Barnim, autour d'un gigantesque feu de bois de bouleau, les chants tour à tour plaintifs et joyeux de la vingtaine de familles venues des profondeurs de l'Europe Centrale pour nous aider à venir à bout de la calamité et qui campent dans le jardin, à la bonne franquette.

Ces fraises sont énormes, parfumées, sucrées. Merveilleuses !

Et pourtant, en les dégustant gloutonnement – chacun déguste comme il peut ! – j'ai un arrière-goût amer sur le bout de la langue. Je les ai chouchoutées pendant des semaines. Massacrant sans pitié toute mauvaise herbe. Le problème, c'est que les fraisiers profitent de la situation. Ils ont envahi tout un coin du jardin et sont au moins deux cent. Sur les bords, ils dépassent sur la pelouse. Et se plaignent du « mauvais entretien » ! Mais la mauvaise herbe, c'est eux ! Je me surprends à décider au cas par cas sans trop réfléchir : là où les colonies sauvages sont bien développées, j'arrache la pelouse. Là où elles sont rabougries, je les supprime. Allez savoir pourquoi, je pense tout à coup au Proche-Orient. Pauvre Sharon !

Ces terribles baies ont plus d'un tour dans leur sac. Imaginez un instant que l'autre jour, me retrouvant devant un tapis de fraisiers entremêlés, cette fois-ci en plein milieu du carré de fraises, je commence par ne laisser qu'un pied tous les vingt centimètres, pour aérer. J'arrache un pied plein de petites fraises qui me traitent d'assassin sans cœur. Aussitôt convaincu et repentant, je change de tactique.

Maintenant, j'épargne les familles nombreuses et trucide les pieds stériles. C'est en jetant l'un de ses derniers dans un grand sac bleu en plastique que ma victime me jette un regard triomphateur et me crache à la figure plus qu'il ne me le dit : « Dire que tu trouves injuste de payer plus d'impôts parce que tu n'as pas d'enfants ! ». Je lui expliquerais bien que ce n'est pas du tout la même chose, que l'on devrait tenir compte du nombre d'arbres plantés et pas seulement du nombre de gamins, dont la moitié finira au chômage et l'autre dans la fonction publique (et ne paiera ainsi la retraite de personne) ... mais il m'ignore et fait le mort au fond du sac.

Dégoûté, je me venge sur le « Giersch », l'herbe des goutteux déjà citée, qui est le seul vrai concurrent des fraisiers, à part pour la production de fraises. Le Giersch, vous l'arrachez d'une main, le jetez dans le sac, il a déjà repoussé. Ecœurant. Même notre bambou est jaloux. Tout ce que j'ai trouvé pour lui porter un coup sérieux, c'est la guérilla psychologique. Je le prends par surprise et ne fais pas de quartiers. J'essaye d'arracher autant de

racines que possible, à main nue. Dire qu'il y a plein de gens qui font de la musculation dans des pièces mal aérées au son du disco-pop. Après une heure de destruction sauvage, le Giersch capitule, sur trois m^2, pour deux trois jours. Après, il est encore plus grand et plus vert qu'avant. Il paraît qu'on peut manger les jeunes pousses en salade ou sous forme de pesto, comme le basilic. Qui sait, c'est peut-être la seule solution ?
Alors, Candide, à quoi bon cultiver son jardin ? Pour les confitures de fraises ? Sans doute. Mais surtout, pour admettre que le temps passe, en trombe, et qu'on n'y peut rien. Que l'herbe pousse, « bonne » ou « mauvaise ». Et qu'elle se fiche pas mal des délocalisations, de la Constitution Européenne et des râleries de la voisine.

Dédié aux fraises de mon jardin et, bien sûr, à Voltaire

Petites histoires de la ceinture de gras
Panketal, juillet 2005

Déjà vu

« Tu sais, les jeunes, même à la campagne, ils n'hésitent pas à donner leur avis ! Surtout, ils n'aiment pas qu'on leur serve deux fois la même chose. La semaine dernière, par exemple, j'étais en remplacement au lycée de B., en Beaujolais. Je causais à peine depuis trois minutes devant une classe de sixièmes sages comme des images lorsqu'une petite toute mignonne au premier rang lève le doigt et me dit sans détour :

« *Madame, ça, on l'a déjà fait la semaine dernière ! J'ai changé de sujet et tout est rentré dans l'ordre* ».

Cette anecdote racontée par Bab, pendant une promenade dans les vignes, me rappela une expérience désagréable qui m'est arrivée alors que je donnais moi-même des cours, il y a un bail de cela. Je préparais mon admission en thèse à l'université libre de Berlin sur un sujet passionnant. Une histoire de sols contaminés par des avaries industrielles. Passons.

Pour arrondir mes fins de mois (je n'avais pas encore de bourse), et surtout, par amour pour l'enseignement, j'avais accepté de donner des cours sur des sujets proches de mon thème de recherche. C'est une amie de la chorale qui me l'avait proposé. Elle avait signé le contrat quelques mois auparavant, mais devait maintenant subitement déménager à Bonn, pour y exercer un vrai boulot dans un grand centre de recherche.

J'étais depuis peu en Allemagne, étrangère et ne maîtrisait pas parfaitement la langue. J'acceptais pourtant et me préparais longuement pour mon premier cours.

A ma grande surprise, ce centre de formation continue de l'Union des syndicats allemands avait réussi à convaincre quelques-uns des plus grands spécialistes du domaine à venir donner des cours dans le même cycle d'étude.

Après cette découverte faite par hasard, en regardant distraitement le tableau d'affichage dans l'entrée, mon trac explosa pour atteindre un sommet inconnu jusque-là. Trop tard, mon cours commençait dans une minute. J'entrai dans la grande salle aménagée dans un ancien atelier. Il y avait bien trente personnes issues de quinze pays différents. Tous avaient une formation universitaire complète et étaient actuellement au chômage. Tout se passa très bien. Le cours était très vivant. Une chance, car il durait quatre heures d'affilée. On me bombarda de questions, très souvent dans un allemand pas meilleur que le mien. Je perdis vite toute timidité et restais à la fin du cours pour discuter encore un peu avec une bande de bavards autour d'une tasse de café. Puis, je me rappelais de tout ce qui m'attendait au labo, à quelques centaines de mètres de là, et m'enfuis, non sans avoir salué tout le monde.

Je donnais ainsi des cours sur des sujets variés à plusieurs groupes pendant plusieurs années. Tout marchait comme sur des boulettes, comme on dit à Berlin. J'avais appris beaucoup de choses dont certaines me furent très utiles par la suite pour ma thèse. Et j'avais fait de réels progrès en allemand scientifique et technique. Entre-temps, sans prévenir, le mur tomba. C'était clair qu'il devait tomber un jour, mais personne ne savait quand il serait... mûr. Et là, c'était fait.

C'est la raison pour laquelle, quelques mois après cet évènement historique, je me retrouvais à Adlershof, site principal de l'Académie des sciences de RDA. Il s'agissait d'un ensemble imposant de grands bâtiments aux murs crépis et gris et de baraques en bois, provisoires, datant des années vingt. Le terrain était clôturé et les entrées et sorties minutieusement contrôlées. Je me rendis dans le bâtiment de formation professionnelle qui se trouvait tout près de l'entrée principale et me présentais au directeur qui m'accueillit chaleureusement.

La série de cours qui allait commencer avait été confiée à deux personnes, M. Franz, le grand spécialiste est-allemand de la contamination des sols et... moi-même. Je n'étais pas peu fière.

La seule chose, c'est que M. Franz travaillait et habitait en dehors de Berlin et que je n'avais pas réussi à le joindre au téléphone avant le début des cours, comme il avait été convenu par les organisateurs. Après des années d'abstinence forcée, les liaisons téléphoniques entre la campagne et Berlin-ouest avaient bien du mal à se remettre en route.

« *M. Franz a donné un cours d'introduction générale* », me dit le directeur. Consciente du problème, j'avais apporté plusieurs cours. Je choisis le cours numéro deux, consacré à une présentation comparative des différentes classifications des sols, leurs avantages et leurs faiblesses quand il s'agissait d'étudier une contamination éventuelle.

Je me retrouvais devant une salle remplie de gens plus âgés qu'à l'habitude, plus calmes aussi. Ils étaient tous est-allemands sans exception, au moins Doktor, plusieurs étaient professeurs. Comme toujours lors de la première rencontre, je leur proposais de se présenter rapidement à leur tour. Très disciplinés et peu bavards comme ils étaient, la présentation fut vraiment courte.

Je savais qu'ils étaient tous chercheurs à l'Académie et que celle-ci risquait d'être fermée d'un jour à l'autre. C'est la raison pour laquelle ils s'étaient inscrits à une formation qui devait par la suite faciliter leur réinsertion dans le monde du travail.

Je distribuais les documents photocopiés que j'avais préparés et commençais mon cours. C'était une drôle de situation. Tout le monde était silencieux. Pas la moindre question. Et en plus, je sentais une atmosphère hostile. J'étais jeune, étrangère, même pas docteur… Ça faisait sans doute un peu beaucoup pour ces ex-chouchous du régime qui se voyaient déjà à la rue. L'avenir prouva assez vite que, sur ce point, ils avaient complètement raison. Pendant la petite pause après deux heures de cours, personne ne m'adressa la parole.

Le cours recommença peu après dans la même ambiance glaciale. Je m'aperçus bientôt que je devais un peu ralentir mon débit sinon le sujet ne suffirait pas à occuper les quatre heures. Avec quelques variations – je n'ai jamais fait deux fois exactement le même cours ! -, j'avais traité ce sujet plusieurs fois. Mais, j'avais l'habitude des questions. Et même un peu peur d'elles. Non que j'eusse peur de ne pas connaître la réponse. C'était très souvent le cas. Je notais alors la question et tentais de trouver une réponse satisfaisante d'ici le prochain cours, la semaine suivante.

Si j'avais peur des questions, c'est que ma clientèle habituelle, un mélange d'Ouest-Allemands alternatifs, d'Africains, d'Arabes, de Turcs et de Persans avait plutôt tendance à poser trop de questions. Tant et si bien que nous passions parfois près d'une heure, plus ou moins hors sujet, pour essayer de contenter tout le monde. C'est qu'il s'agissait la plupart du temps de questions à rallonges avec moult commentaires, interprétations et réponses spontanées des autres participants. On ne s'ennuyait pas une minute. Mais je veillais à boucler à chaque fois pendant les quatre heures le sujet prévu.

Cette fois-là, je m'ennuyais très sérieusement et me sentais de plus en plus mal à l'aise. Je finis le cours un peu en avance et demandais une fois de plus, mécaniquement, s'il y avait des questions. Un homme d'une quarantaine d'années leva la main et me dit :

« Au nom du groupe (du « Kollektiv »), je tiens à vous informer de la chose suivante : vous venez de nous faire un cours en tous points identique à celui donné la semaine passée par M. Franz. Nous allons nous plaindre par écrit auprès de l'Académie. ».

Je lui demandais pourquoi il n'avait pas pris la parole plus tôt. Cette question resta sans réponse.

Quelques jours plus tard, je reçus un courrier de mon employeur. Il y était dit sans explication aucune que je ne donnerais que quatre des huit cours prévus à l'Académie. Le centre de formation professionnelle de l'Union des syndicats n'a par la suite plus jamais fait appel à mes services. C'est d'autant plus étonnant que j'avais réussi, selon les propres dires de mes victimes, moi doctorante inconnue, à égaler le gourou local...

Il y a bien longtemps que je ne m'intéresse plus aux sols contaminés. Mais, aujourd'hui encore, quel que soit le sujet concerné, lorsque je suis amenée à faire un exposé, animer une discussion... je n'oublie jamais de préciser que je serais très reconnaissante à l'audience de m'interrompre sans hésiter si quelqu'un a l'impression qu'on lui sert du réchauffé.

151

Par chance, depuis cette sombre histoire, pratiquement personne ne s'est plaint ou alors tout de suite. Il semble qu'ils avaient tous suivi des cours à la campagne, chez Bab ?

Dédié à Bab et à M. Confucius,
Deux férus d'étude et d'enseignement

Journal en kit - Ecoles
Panketal, octobre 2005

2006

Petit conte bédouin

On dit que la Mer Rouge n'a jamais été rouge, qu'elle s'appelait depuis la nuit des temps « Mer des roseaux » et qu'un beau jour son nom a été mal traduit par un scribe peu inspiré.

Ce qui est sûr, c'est que les récifs de corail de cette mer chaude abritent poissons, plantes et autres créatures de toutes les couleurs et que ses eaux sont plus bleues que les fausses turquoises des magasins de souvenirs.

On dit que le Sinaï est le plus beau des déserts. C'est entendu, le Gobi est plus haut, le Sahara plus grand, l'Atacama plus sec... Mais, s'agit-il bien d'un désert ? A y regarder de plus près, on dirait un massif montagneux. Certes pas aussi élevé que l'Himalaya, moins long que les Andes et plus calme que le Fuji-Yama...

Ce qui est sûr, c'est que le sable y est doré, rouge, blanc, vert... Rouge comme les dômes de granites mangés par les vents, blanc comme les bancs de calcaire pleins de coquillages fossiles et vert comme les veines de basalte qui balafrent le tout.

On dit que le « Canyon multicolore » est unique au monde. Vous vous en doutez un peu : il n'est pas aussi gigantesque que le Grand Canyon, ni aussi boisé que le Canyon du Verdon.

On dit que, depuis peu, des touristes venus de l'Est y ont gravé leurs noms par milliers : Igor de Kazan, Natacha de Moscou et même Vladimir de Mourmansk. On dit aussi que beaucoup de ces touristes ont mystérieusement disparu peu après leur forfait. Et que de nombreuses colonnes de sel ont fait leur apparition tout près de la tente bédouine sous laquelle les chauffeurs des Jeeps – qui sont des Toyota – attendent le retour de leurs clients.

Ce qui est sûr, c'est que l'érosion et le temps ont dessiné des rosaces et d'autres figures sublimes à rendre jaloux peintres et calligraphes, de la Bretagne à Hokkaido, de l'antiquité à nos jours.

On dit que les Bédouins habitent au paradis et que les amandiers fleurissent pour la fête de Tou-Bi-Shevat. C'est vrai que, çà et là, l'eau douce suinte sous la roche et que mainte fissure est fleurie. Mais le vent est si fort que les dromadaires en ont perdu leurs cornes depuis belle lurette. Vent ou pas, ni le voile, ni le khôl ne sauraient cacher le regard triste des jeunes femmes des oasis.

Ce qui est sûr aussi, c'est qu'il n'y a pas de paradis sur cette terre.

On dit que Moïse a reçu des mains du Créateur les Tables de la Loi sur le Djebel Musa. Et que les hommes et les femmes sont devenus plus sages depuis que, par trois fois, la parole divine leur a été révélée dans le désert. Ce désert qui est l'antichambre commune de l'Afrique, de l'Asie et de l'Europe.

Ce qui est sûr, c'est que Moïse devait être un bon grimpeur car il n'y avait vraisemblablement, à son époque, ni le terrible escalier en plaques de granit et ses trois mille sept-cent marches de guingois, ni le chemin des Pachas qui fait le tour de la montagne et permet aux fainéants d'admirer le paysage sur le dos d'un dromadaire impassible paré de pompons colorés.

Et la sagesse, dans tout cela ?

Le Créateur (en français, on n'a le choix qu'entre le masculin et le féminin) a accordé aux êtres humains une intelligence limitée qu'ils ont bien du mal à utiliser à bon escient. Après des milliers d'années de tâtonnements, ils ont fini par découvrir l'âge de l'univers. Ils connaissent à peu près la date de naissance de leur système solaire et même celle de sa mort probable.

Ceux qui comprennent la terre (on appelle ça des « géologues ») revivent dans le sud du Sinaï l'histoire banale et fascinante d'un bout de planète, nu depuis des lustres, avec ses granites rouges plus vieux que mes robes (Plus de huit cent millions d'années, selon ces mêmes géologues) et ses minuscules cubes de sel sur la lagune, pas encore sûrs de vouloir quitter leur mer.

Mais, dans le meilleur des cas, l'homme a seulement compris un peu du « comment ? ». On dit que la réponse au « pourquoi ? » est dans les livres sacrés. Ce qui est sûr, c'est que chacun a sa réponse et que celle-ci mérite le respect. Mais alors, si l'un a raison, absolument raison, alors tous les autres ont-ils tort, complètement tort, aujourd'hui, depuis des siècles et pour toujours ?

A moins que tous ces écrits ne soient que le fruit de l'angoisse de l'homme devant sa (trop) courte destinée ?

Et si tous avaient raison ? Si toutes ces vérités exclusives n'étaient que les multiples facettes d'un diamant beaucoup plus grand ?

Dédié aux victimes des attentats terroristes du 24 avril 2006, à celles et ceux qui ont perdu la vie, la santé, leur travail, la paix intérieure

Journal d'un global trotteur – Moyen-Orient
Dahab, Egypte, février 2006

!ncredible Ingrid

Ça fait longtemps que je voulais parler de toi. Non pas pour raconter ton histoire. J'en serais bien incapable. De toi, je n'ai jamais su grand-chose. Et puis, j'ai tant oublié en si peu de temps. La semaine passée - pour la première fois depuis longtemps, je l'avoue - j'ai pensé à toi. En voyant les mains pleines de cambouis d'un sympathique professeur polonais. La veille, il m'avait fait découvrir quelques hauts lieux de sa région en pleine reconversion économique, agrémentant la visite de ses commentaires corrosifs.

En fin d'après-midi, il m'avait proposé d'aller découvrir le « désert de Błędów ». Un désert de sable en pleine Silésie ? J'ai évidemment dit oui.

La vieille Ford avait bien du mal à se frayer un chemin entre les nids de poule des routes rongées par un hiver exceptionnel. Après avoir traversé d'innombrables friches industrielles et une « zone spéciale de développement régional », nous avons fini par nous retrouver en pleine campagne. Paysage hivernal idyllique. A part les bords de route disparaissant sous des montagnes de neige sale. Nous avons fait plusieurs fois demi-tour. Nous nous étions perdus. Et avons finalement renoncé à notre excursion. Prof. B. m'a confié ou plutôt avait marmonné dans le vide, qu'il n'avait pas très envie de passer la nuit dans les bois gelés à réparer sa voiture. Ça tombait bien : moi non plus.

Le lendemain, B. est arrivé en retard à notre rendez-vous à l'hôtel... les mains noires de cambouis. Il n'en a pas fallu plus pour que je me revoie jeune étudiant au laboratoire de géologie structurale, sur le nouveau campus de l'université de Poitiers. En pleine discussion avec un thésard et une poignée d'autres étudiants en D.E.A. Tout d'un coup, on frappa à la porte du labo et celle-ci s'entrouvrit. Un jeune garçon au regard bleu d'acier. Les cheveux courts. Il nous dit, avec un léger accent vaguement nordique :

« *Vous pouvez m'aider, je dois démonter le moteur de ma voiture ?* »

Ce petit garçon maigrichon en jeans et chemise à carreaux, et, on s'en doute un peu, avec les mains noires de cambouis, c'était toi, la nouvelle assistante du directeur du labo.

Tu venais de Berlin. C'est dans cette ville que j'écris ces lignes sur un banc, par un froid matin d'hiver enneigé. J'attends la « S-Bahn », le métro qui me permettra de retourner à mon bureau après un entretien au centre-ville.

A la station « Potsdamer Platz » les affiches numériques se suivaient et se ressemblaient, vantant pour la plupart les charmes de pays ensoleillés, comme il se doit quelques jours avant « ITB », une gigantesque foire aux voyages. Je regardais distraitement en maudissant les courants d'air glacé. Soudain apparurent sur l'écran mural trois étonnantes vues panoramiques superposées. Des montagnes sèches, un groupe de « chortens », ces petits édifices religieux bouddhistes typiques de l'Himalaya. Légende en rouge : « Incredible India - !ncredible Ladakh ! ».

Je restai planté là et attendis que les dix affiches se déroulent encore une fois et encore une fois. Quand la S-Bahn est arrivée, je suis monté, j'ai sorti de mon sac mon gros cahier et un stylo. Je n'avais plus le choix.

Ton arrivée à Poitiers n'était que la dernière étape d'une trajectoire impressionnante. La géologie, tu l'avais étudiée à l'université de technologie de Berlin (celle-là même où je devais passer ma thèse, en géologie, évidemment, pas mal d'années plus tard). Mais très vite, cela ne t'avait pas suffi.

Tu es partie en Turquie, en Oman, en Inde… Tu bossais dans les mines comme conducteur d'engins pour financer tes recherches et tes thèses de doctorat. Tu parlais plutôt bien, voire couramment, quantités de langues. Tes talents de mécanicienne t'ont valu bien des éloges et pas moins de hochements de tête de vrais mecs qui ne s'en laissaient pas conter…

Ta passion, c'était les « ophiolites », ces roches vertes dont l'aspect rappelle, paraît-il, la peau des serpents et qui naissent au fond des océans. Tu es descendue en sous-marin de poche pour aller les surprendre au jardin d'enfants. Et tu as traversé plus d'un désert, gravi plus d'une montagne, à la recherche des derniers vestiges d'océans disparus, d'ophiolites fossiles.

Dur à croire pour les néophytes – qui représentent dans ce cas une bonne partie des habitants de la planète – mais il se trouve que l'Himalaya est le résultat de la formidable collision entre un morceau de « croûte » détaché du « Gondwana », gigantesque masse continentale de l'époque, et le continent eurasiatique.

Quoi qu'en pense ma grande sœur, les traces de cet accident mémorable, vieux d'une cinquantaine de millions d'années, sont bien visibles, en particulier au Ladakh, cette partie du Tibet qui est à la fois un massif de haute montagne et un désert de pierres.

C'est le type même d'endroit qui fait rêver les pierrologues. Pour eux, c'est un grand livre ouvert. D'accord, le livre est assez abîmé. Il est passé plusieurs fois par la fenêtre d'un ixième étage et sous les roues d'un proto-TGV.

Dommage pour les assoiffés de savoir, cette région du monde, est convoitée par plusieurs grandes puissances « pour raison stratégique ». Comme dans la plupart des déserts de cette planète, on tombe constamment sur une bande de soldats voire sur tout un régiment de la même engeance.

Entre l'Inde et la Chine, il y a même une zone tampon strictement interdite aux non uniformisés. Qui pénètre dans ce no man's land ne doit pas s'étonner si on lui tire dessus sans sommation. Je n'oublierais pas de si tôt la première fois où j'ai lu cet avertissement sans équivoque gravé en ladakhi et (heureusement) en anglais sur une grosse pierre. Avec quelques apprentis géologues, nous venions de marcher plusieurs heures dans cette maudite zone sans même nous en apercevoir. Et avions eu de la chance.

Un territoire non cartographié, surtout dans une région clef comme celle-ci, ça attire les géos de tous poils comme la confiture les guêpes. Pour notre part, les montagnes autorisées nous suffisaient amplement. Par la suite, nous avons fait tout notre possible pour ne pas nous retrouver dans le guêpier.

Après que mes projets de coopération au Pakistan fussent subitement partis en fumée, tu m'avais aidé à trouver un poste de doctorant intéressant. A peine têtue comme tu l'étais, tu avais continué à me proposer des postes alors que j'étais déjà incorporé comme « chasseur » pour un service on ne peut plus militaire… à Berlin. Une fois, de passage dans ta ville natale, tu m'as invité à te rendre visite chez tes parents, tous les deux professeurs, si ma mémoire est bonne. Dans ce bel appartement d'un quartier chic du sud de Berlin-ouest, tu faisais un peu déplacée. Un ami à toi, photographe pakistanais, nous montra des clichés magnifiques de paysages australiens minéraux.

Un jour, j'ai appris par un ami poitevin commun que tu n'étais pas rentrée de ta dernière mission en solitaire au Ladakh. Il semble bien que tu sois allée - une fois de plus ? - dans le no man's land. Et que tu n'aies pas eu de chance.

Dédié à Ingrid R., moine géologue internationale

Héros de notre temps
Berlin, mars 2006

Wer zu spät kommt... (qui est en retard...)

J'ai écrit le premier texte de cette « série » un soir tard en décembre 2002, dans mon perchoir. L'année suivante, je me suis dit que ce serait une bonne idée de remettre ça, histoire de faire un petit bilan personnel des douze mois écoulés.

Je me doutais bien que j'aurais toutes les peines du monde à rester fidèle à la date d'origine. C'est pourquoi, j'ai prudemment choisi le titre générique « Journal *d'un soir* d'hiver ». Quand on sait qu'un hiver traditionnel peut durer jusqu'à six mois, on comprend que j'avais prévu large. En 2003, il n'y a pas eu de problème. En 2004, je ne sais plus pourquoi, j'ai écrit un texte tout à la fin de l'hiver.

Cette année, le flop est complet. Après un hiver qui ne voulait pas finir, nous voilà au printemps, enfin à une sorte de printemps discount et je n'ai toujours pas livré cette œuvre destinée à un public très choisi : mon papa et moi.

C'est pourquoi je suis assis dans la S-Bahn, le métro aérien berlinois bien connu de mes lecteurs, et griffonne ces lignes sous les yeux effarés des autres passagers. C'est incroyable mais vrai : Vous pouvez écouter la plus horrible des musiques aussi fort que vos tympans (ou ce qu'il en reste) vous permettent. Pas de réaction.

Vous pouvez raconter les plus grosses conneries dans votre portable dont la sonnerie grotesque a au préalable réveillé en sursaut les dormeurs au long cours. Pas de réaction. Vous pouvez aussi essuyer vos chaussures pleines de boue sur la banquette, y installer votre chien, de préférence pouilleux, être saoul comme une barrique, raconter votre vie, toujours la même histoire qui finit par « donnes-moi des sous ! », enfumer vos voisins, leur casser la gueule si elle ne vous revient pas. Toujours rien.

Mais s'il vous vient à l'idée de prendre du papier et un stylo (tapoter sur son ordinateur, c'est complètement différent), alors là, le succès est garanti.

Vous récoltez une quantité de regards interrogateurs, sceptiques, lourds de reproche. Il y a vraiment peu de gens qui écrivent dans le métro. Une grande majorité d'usagers lit le journal, un livre ou un Ersatz de l'un des deux.

Parfois, un petit chef de ministère lit avec tout le sérieux qui sied à son rang des documents de travail couverts de tampons attestant de l'importance du document. Il souligne au marqueur fluo une ligne sur deux d'un trait énergique. Et prouve ainsi qu'il a, comme beaucoup de ses collègues, perdu le sens des priorités, tant et si bien qu'il l'ait eu un jour.

Il y a de temps à autre des employés de la S-Bahn en civil qui enquêtent sur les flux de passagers. Un carnet ouvert sur les genoux, ils font une croix à chaque fois qu'un passager monte ou descend. Ils sont vite repérés et en général considérés comme inoffensifs.

Mais quelqu'un qui écrit comme ça, à la main, dans un grand cahier, voilà qui est très louche. Cette méfiance est peut-être un héritage de l'ancien régime soi-disant communiste. Je me souviens d'une anecdote survenue il y a plus de vingt ans alors que mes parents et moi traversions la RDA en voiture. Nous avions longtemps cherché un parking à la fois autorisé aux étrangers en transit et permettant d'accueillir une voiture avec caravane.

Ne trouvant rien, nous avions fini par nous garer dans une espèce de niche coincée dans une bretelle de sortie et dont nous ignorions la fonction. Nous avions commencé à pique-niquer sur le pouce en toute ingénuité. La circulation était très clairsemée. Pourtant, une Trabi s'arrêta bientôt juste derrière nous. Il était donc bien permis de se garer. Telle fut notre réaction un tantinet naïve.

De la voiture tout en plastique descendit un homme qui regardait notre équipage avec curiosité. Il s'approcha tout en nous ignorant. Il sortit un carnet de sa poche et entreprit de noter notre numéro d'immatriculation. Je courus chercher le petit carnet dans lequel je notais jusqu'à présent mes impressions de voyage et me mis à écrire moi aussi avec application le numéro de la voiture de l'espion venu du froid.

L'effet de ma contre-attaque fut fulgurant : Dans la minute qui suivit, l'intrus avait sauté dans son bolide et rejoint l'autoroute dans un vrombissement d'aspirateur. Ne restait de son passage qu'un nuage bleu, tenace et âcre.

Si je continue comme ça, il faudra changer le titre pour quelque chose comme : « biographie écrite en tranches et dans le désordre par un matin de printemps... ». Alors, que s'est-il donc passé de formidable depuis la dernière fois ? 2005 a été une année très baladeuse. L'occasion de revoir certaines villes comme Delhi, Oslo ou Helsinki, ou des régions aussi différentes que le Périgord, la Haute Silésie ou le Pays basque. Et de faire plus d'une nouvelle connaissance : le Rajasthan, Riga, Tallin, le Salentino, le désert du Sinaï... Un bon cru. Ce sera difficile de faire « mieux » l'année prochaine, ou plutôt cette année.

En octobre 2005 est sortie l'histoire « Aigre-douce Allemagne » en français et en allemand sur Internet. Moi qui croyais ce texte intraduisible, j'ai bien été obligé d'admettre mon erreur.

Début 2006, à l'occasion de la journée franco-allemande (c'est le 22 janvier depuis 2004, bande d'ignorants !), j'ai eu le plaisir de participer à une rencontre accueillant les auteurs des « 40 histoires franco-allemandes » sélectionnées suite au concours du même nom lancé en 2003 (!).

J'étais le seul lauréat à avoir été choisi, sous deux noms différents, pour une histoire « masculine » en français et une autre histoire « féminine » en allemand. Je me suis bien amusé. Pourtant, je ne suis pas du tout convaincu par les traductions approximatives, moralisantes et étriquées de ces deux textes publiés avec leurs collègues, dans deux petits bouquins, chacun dans une des deux langues.

L'amitié franco-allemande, ce n'est pas gagné ! Non seulement les autorités concernées n'ont toujours pas entendu parler des éditions bilingues, mais en plus elles propagent une image bien tristounette de la question.

Et que dire du fait que, sur 40 histoires « à l'occasion de la réconciliation », un quart est consacré à des souvenirs de guerre politiquement corrects. Et encore, le jury nous a annoncé que les histoires de la première guerre mondiale n'avaient pas été retenues. Et celle de 70 alors ? C'est vrai que Maupassant a largement, et brillamment, traité le sujet. Soyons honnêtes, ce même jury est bien méritoire. Il a paraît-il lu plus de 700 histoires... A en juger par la maigre récolte, cela n'a pas dû être une partie de plaisir...

Journal en kit - Journal d'un soir d'hiver
Panketal, avril 2006

Oiseau rebelle

Qui l'aurait cru ? L'été commence à peine. Après un printemps interminable et d'ailleurs minable. Les rayons du soleil tant attendus titillent enfin la nature. Les asperges, prenant leur courage à deux mains, jaillissent d'un seul coup du sable de la Marche. La plupart du temps, cela finit très mal, d'un coup de couteau et d'un seul. C'est vrai que le saisonnier polonais est chirurgien le reste de l'année. Les fraises et les cerises font un concours de rougissement digne de Marivaux. Les premières girolles pointent leur nez à travers le tapis d'aiguilles des forêts de pins des alentours. Je les sens très tôt le matin quand je quitte la maison.

Le soleil est aussi arrivé à temps pour les accros du foot. Pour le premier match de la coupe du monde ! Quelle aubaine pour les brasseurs, les pompeurs d'eau et les marchands de parapluie (on ne sait jamais !). Et quelle chance pour les fans qui sont quasiment obligés - pour raison médicale - d'étancher leur soif exceptionnelle de grands sportifs.

Le soleil réchauffe aussi les cœurs, c'est bien connu. La mode très répandue du tout – tout (qui consiste à quasiment tout montrer à tout le monde) ne calme pas vraiment les appétits tirés sans ménagement de leur long sommeil hivernal. La rue, les parcs, les stades sont remplis de couples bras dessus, bras dessous : jeunes et vieux, hétéros, homos, sapiens ou pas, venus de toute la planète. Les moineaux, les vélos et les patrouilles de sécurité ne sont pas en reste.

Pourtant la surprise est totale pour le plus que quadragénaire heureux que je suis. Car je ne m'attendais pas à ce qu'une jeunette me fasse de telles avances. Elle est sombre et belle comme le péché. Ses yeux de diamant noir en font l'égale des princesses des miniatures persanes.

Elle ne me lâche pas d'un pas et me regarde éblouie comme si j'étais le maître du monde en personne...

Peut-être est-elle myope ? Sans doute me confond-elle avec quelqu'un d'autre. Ou bien elle fait partie de ces donzelles qui n'ont d'yeux que pour les mâles marqués par la vie.

Je reviens tout juste d'une mission à l'étranger dans un pays où il faisait froid. Sur le chemin du retour, j'ai attendu de longues heures dans plusieurs aéroports bondés et affreusement bruyants. Seul dans notre jardin, j'espérais bien goûter la sérénité et la chaleur retrouvées. Mais elle est arrivée comme par enchantement et s'est aussitôt précipitée sur moi. De toute évidence, l'effrontée savait très bien que ma femme, passionnée de football, était plongée corps et âme dans un match décisif, à l'ombre d'un parasol sur la terrasse. D'ici, on n'entend pas la télévision, mais seulement de temps à autre les commentaires passionnés de ma tendre épouse.

Alors que je vais chercher le tuyau d'arrosage pour une intervention humanitaire urgente destinée aux fraises du fond du jardin, je m'aperçois qu'elle a subitement disparu, comme elle était apparue. Mais non, la revoilà qui joue avec le jet d'eau.

Elle fait des allers et retours sous la douche improvisée, s'amuse follement. Ses yeux pétillent comme du champagne. Je me prends au jeu et l'arrose exprès. Mais, piquée ? - elle m'ignore complètement, se retourne soudain, prend un gros ver dans son bec et s'envole à tire d'ailes. Sacrée merlette !

Petites histoires de la ceinture de gras
Panketal, en juin 2006

Les yeux verts

Il avait pris l'avion sans se poser la moindre question. L'avion, c'était son deuxième domicile, sa résidence secondaire. Une fois à bord de la machine d'Aeroflot, il s'amusa du désordre. Sa place près de la fenêtre était occupée par un jeune Russe très costaud. Il lui fit comprendre par signes son intention de récupérer son dû. Le bulldozer émis un grognement, se leva et finit par se rasseoir sur le fauteuil près du couloir. Peu après, une Allemande entre deux âges fit elle aussi valoir ses droits. M. Muscle se retrouva au milieu, entre eux.

Dix bonnes minutes après l'heure prévue pour le décollage, une poignée de passagers fit son apparition, prenant tout son temps pour rejoindre les quelques places restées inoccupées. Un jeune Polonais anglophone expliqua, preuve à l'appui, au champion de body-building, qu'il ferait bien d'aller voir ailleurs si la vue était plus belle. Ce dernier répondit mollement en russe qu'il était avec les trois femmes assises juste derrière lui. Les trois dames, d'un chic provincial indéniable, confirmèrent toutes en même temps dans un joyeux brouhaha. Devenu tout rouge, Ivan, c'est ainsi que l'appelaient ses sœurs, ses maîtresses ou ses associées en business, se leva et disparut vers le fond de l'appareil.

Le vol se passa sans incident notable. Le plateau repas rustique l'avait convaincu, le thé fort comme un espresso aussi.

A peine la machine avait touché le sol, que presque tous les passagers se levèrent d'un seul coup, ouvrirent les casiers à bagage et essayèrent de se faufiler vers l'avant pour descendre en premier. A l'aéroport, en sortant de l'avion, il aperçut une ancienne collègue. Elle partait avec un groupe faire de la randonnée au Kamtchatka. Escalader les volcans et titiller le saumon sauvage... Il aurait bien changé avec elle !

Comme toujours, il y avait la queue au contrôle des passeports. La grande salle enfumée, dont le seul luxe était un sol en granite rouge véritable - un reste datant de la construction du mausolée de Lénine ? - retentissait des ordres de donzelles uniformisées qui lui firent irrésistiblement penser à un bataillon de charcutières dodues.

Après un quart d'attente sur place, l'une des furies l'envoya, lui et ses voisins, au poste de contrôle d'ordinaire réservé aux diplomates. Faute d'ambassadeurs et étant donné l'engorgement généralisé, le commun des mortels était exceptionnellement autorisé à franchir la porte des dieux. La grosse fausse blonde qui leur avait intimé l'ordre de décamper lui rappelait beaucoup plus une vachère en colère qu'une employée du contrôle des frontières.

Il s'approcha de la guérite en verre, regarda la brune dans les yeux, lui dit bonjour en russe en souriant discrètement. Elle ne quitta pas un instant son masque de porte de prison et le transperçait du regard. Sûr qu'elle avait une caméra à rayons x implantée dans le cerveau et recherchait systématiquement en le regardant toute trace d'arme ou d'explosif cachée entre sa nuque et ses chaussettes. Elle examina soigneusement chaque page du passeport une à une. Sans le quitter des yeux une seconde, elle prit machinalement le tampon qui allait confirmer officiellement son arrivée dans la Fédération de toutes les Russies quand elle poussa un cri rauque. Elle referma alors passeport et documents divers et les repoussa dans un coin sans même les regarder. Il lui demanda en anglais s'il y avait un problème. Mais elle se contenta de crier à nouveau en lui faisant signe de disparaître de sa vue.

La fausse blonde de tout à l'heure s'approcha, empocha les papiers et lui dit dans un anglais approximatif : « Asseyez-vous ! ». Jetant un coup d'œil autour de lui, il vit que le seul siège à cent mètres à la ronde se trouvait dans le petit bureau de la dame aux gros mollets sur talons hauts. Faisant mine de s'asseoir sur un fauteuil datant de Staline et complètement recouvert de deux centimètres de nicotine pure, elle cria sans le regarder : « Pas là ! Dehors. ».

Il ressortit et, ne voyant pas de fauteuil, décida de s'amuser un peu. Son collègue, l'inévitable Brenny Fajer[8], avait déjà passé le contrôle et lui fit signe qu'il allait récupérer leurs valises. Il traversa la grande salle pour rejoindre le coin le plus désert et s'assis... par terre. Aussitôt, les blondes uniformisées se retournèrent et le regardèrent sans rien dire. Un étranger en costume et cravate assis par terre, ce n'était pas prévu.

De l'autre côté de la salle, quelques jeunes au teint basané, qui semblaient attendre depuis longtemps dieu sait quoi, l'imitèrent aussitôt. Une minute plus tard, deux policiers leurs rappelaient les bonnes manières. Ils ignorèrent le fou. Au bout d'une demi-heure, tous les postes de contrôle étaient fermés, les rideaux baissés et les employées parties en fumer une dans un coin.

Un jeune employé s'approcha de lui, son passeport dans les mains et lui expliqua que son visa était faux. Faux ? Oui, tout était correct à un détail près : la lettre « J », qui signifiait... qu'il était une femme.

Il fallait refaire le visa. Cela allait prendre beaucoup de temps et coûter pas mal de devises. En fait, il devait retourner en Allemagne à ses frais et régler le problème tout seul. Mais, c'est l'ambassade de Russie en Allemagne qui s'est trompée ! Cru-t-il bon de préciser. Il repensa au cinéma habituel pour obtenir un visa en moins de deux semaines à Berlin pour un étranger comme lui. Plusieurs longues visites dans une ambiance glaciale, beaucoup d'argent, et en plus ils s'étaient trompés ! Il montra au jeune policier sa collection de visas corrects, arborant tous un « M » pour « homme ». Tous, sauf le dernier en date. Rien n'y fit.

Il joua le tout pour le tout, sortit son téléphone portable et dit : « François, l'Ambassadeur de France m'attends. Si vous n'êtes pas là dans un quart d'heure avec un nouveau visa gratuit, je l'appelle pour qu'il s'occupe de cette histoire ! ». Il avait réussi à garder l'air sérieux et retourna s'asseoir dans son coin par terre

---

8 *Le héros de « Tempête de neige sur la Place rouge » extrait de « 20 ans en Prusse »* et d'histoires inédites écrites en allemand

sans attendre la réaction du jeune homme. Ce dernier quitta la salle sans bruit.

Il commença à se poser des questions. Et si le blanc-bec était parti à la clinique pour prévenir de l'opération imminente ? Car enfin, pourquoi changer le visa, propriété de l'état, alors qu'on pouvait le changer lui, l'insolent fauteur de trouble ?

Il sortit un cahier et un stylo et se mit à écrire sur ses genoux comme si de rien n'était. Les grosses dames lui tournaient autour comme des forteresses volantes en évitant de croiser son regard. Soit elles étaient gênées qu'on le traitât ainsi, qu'il les traitât ainsi, soit, au contraire, elles étaient au courant de ce qui l'attendait et ne voulaient pas se mêler de cette affaire.

Une bonne demi-heure plus tard, la blonde platinée du début vint se planter au milieu de la salle et regardant furtivement dans sa direction, cria à la dérobée : « Gaspadine Channe Pascallllle ! ». De toute évidence, elle ne savait pas ce qui était le nom et le prénom de cet individu mal éduqué. Lui continua à écrire en se disant que sa fin était proche et qu'il fallait gagner du temps. Elle se posta jusque devant lui et lui secoua son passeport sous le nez : « Gaspadine Channe Pascallllle ! ».

A ce moment, une horde de passagers fit irruption dans la salle et les fausses blondes rejoignirent sans empressement leurs cages en verre. Il se dit qu'il était bon pour attendre une demi-heure de plus et que, cette fois, il l'avait bien mérité. Mais non, on le fit passer devant tout le monde et il se retrouva au même poste que tout à l'heure devant une brune très mignonne.

Elle avait des yeux verts surnaturels et, quel que soit l'effort qu'elle faisait, n'arrivait pas à avoir l'air vraiment méchante. Il ne dit pas un mot et attendit en regardant ses pieds de manière ostensible et ses yeux à elles en cachette. Elle finit par lui tendre son passeport en règle sans dire un mot. Il hocha la tête involontairement et pensa en lui-même : « Merci, Irina ! ».

Dédié aux yeux verts de toutes les Russies
Journal d'un global trotteur – Rossia
Sheremetevo, Panketal, Septembre - Octobre 2006

Rembrandt, Genie auf der Suche (Génie en quête)

Il y a tellement d'expositions à Berlin que même un résident amateur averti a toutes les chances d'en rater la moitié, et même les trois quarts, s'il a la drôle d'idée d'habiter *jwd*[9], c'est-à-dire en pleine cambrousse.

Entre le travail, les vacances, les voyages d'affaires (on appelle ça des missions, c'est plus chic) et l'entretien du jardin, pas facile de trouver un créneau pour une plongée au pays de l'art.

Bien sûr, tout ne m'intéresse pas. Aussi, c'est volontairement que je n'ai pas fait la queue pour participer à la grand-messe du MOMA, l'an passé. Le MOMA, au risque de passer pour un frimeur, j'irai le voir un jour à New York, dans son nouveau bâtiment futuriste.

D'autant que les expositions qui m'ont laissé les souvenirs les plus marquants n'étaient pas forcément les plus célèbres. Il y a quelques années « Agatha Christie et l'Orient - Criminalistique et archéologie » fut l'une de ces formidables surprises auxquelles je pense de temps à autre, en me disant que j'irais là-bas moi aussi un jour quand ils auront fini de s'entretuer.

Mais je ne boude pas pour autant mon plaisir simplement parce que tout le monde doit voir - ou pire : a déjà vu - la « plus fantastique exposition de tous les temps ».

J'ai encore la chair de poule – de poulpe ? – quand je revois en pensée les trésors engloutis devant Alexandrie qui ont fait courir les foules pendant des mois au Martin-Gropius-Bau. Au-delà de l'indiscutable beauté plastique de la plupart des pièces présentées, c'est l'histoire fascinante d'un bout de planète particulièrement dynamique qui était offerte au visiteur sur un plateau. Une succession de peuples et de religions, de guerres et de métis-

---

9 Dialecte berlinois : abréviation pour « *janz weit draußen* », soit « très loin dehors »

sages, de périodes de richesse et de disettes, le tout finissant brutalement. Une simple glissade le long de quelques failles qui s'entraînaient pour les jeux olympiques en cachette depuis belle lurette, et hop, toute la région se retrouva sous l'eau pour toujours... enfin jusqu'à aujourd'hui.

En allant voir « Rembrandt, un génie en quête », je n'avais aucun à priori. Je ne suis pas grand amateur de montagnes de chairs bibliques ou de portraits d'austères célébrités oubliées. Mais j'avoue que l'observation rapprochée des tâches de lumière, des yeux[10] et des lourds brocarts m'a laissé bouche bée. C'est que, quelques coups de pinceau apparemment désordonnés ont suffi pour faire naître, lorsqu'on les regarde à deux mètres de distance, des objets qui ont l'air si vrais qu'on s'étonne de ne pas les entendre parler.

« L'homme au casque d'or », ex Rembrandt reclassé « Atelier de Rembrandt », en fournit un exemple frappant. Vu de près, cet or éblouissant ressemble à s'y méprendre à un peu de plâtre sale.

Parfois, on découvre bien involontairement un lien entre un tableau et son propriétaire actuel. Ainsi, après avoir lu « Prêt de Sa Majesté la Reine Elisabeth II », il était permis de douter un instant en déchiffrant le titre du tableau accroché juste à côté. En fait d'autoportrait, il manquait juste un couvre-chef rose british pour que l'évidence s'impose à toutes et à tous : l'artiste avait, avec plusieurs siècles d'avance, exécuté le portrait de la monarque le jour de son cinquantième anniversaire...

A propos de doute, on imagine facilement les affres vécues par les spécialistes. Pour éclairer notre lanterne, ils avaient pris la peine de préciser pour chaque tableau s'il s'agissait d'un « Rembrandt », d'un « Nouvellement attribué à Rembrandt », d'un « Atelier de Rembrandt », « Rembrandt et atelier », « Rembrandt et / ou atelier », « Entourage de Rembrandt ». Et les voisins dans tout ça ?

---

10 *« Les mains et les pieds sont nuls ! » dit Sabine. « Soit ils étaient tous affreusement laids à l'époque, soit le peintre s'en moquait comme de sa première layette ».*

Entre deux toiles juxtaposées traitant du même sujet, il n'y avait pas besoin d'être expert pour identifier l'œuvre du Maître et celle d'une bande de décimaîtres. Et je ne parle pas des tricheurs qui avaient loué un audioguide leur dévoilant pas à pas les secrets de la création artistique.

Apercevant un sinistre portrait originaire du Rijksmuseum, je me souvins soudain de notre visite en famille à Amsterdam, il y a très exactement trente ans. Ma petite sœur Dominique, alors adolescente, souffrait depuis des années de sa soi-disant trop grande taille. Ici, en Hollande, elle avait vite déchanté. Au musée, pas moyen de voir un tableau : ils étaient tous cachés derrière un mur de géants ensabotés. Logique et plutôt décomplexée, elle avait acheté des sabots en bois avec une semelle épaisse comme ça, peu après avoir quitté le musée.

A propos, dans la famille, notre sortie du musée est restée célèbre. J'étais en train d'admirer les jeux d'ombre et de lumière de « La ronde de nuit », lorsque j'entendis dans mon dos une altercation. Me retournant, je vis deux surveillants du musée, uniformisés. Entre eux, ils portaient mon père comme un sac de farine, un sac qui se débattait et les traiter de Nazis, ce qui les intéresser très moyennement. Mon père, qui marchait très mal depuis que je le connaissais, s'était assis un instant sur l'un des rares fauteuils disponibles. Pas de chance, ce dernier, contrairement à mon géniteur, faisait partie des meubles. Il était interdit de s'asseoir dessus et c'était très certainement écrit quelque part en Néerlandais, sinon en Néandertalais ?

Les gardiens du temple, dans le genre muscles et bouche cousue, traînèrent leur fardeau jusque devant la porte principale et le mirent dehors sans façon.

Comme par hasard, le reste de la famille avait subitement décidé que la visite était terminée. Mon père, très choqué de n'avoir même pas pu exposer son point de vue aux énergumènes, continuait de maudire le personnel, le musée et d'ailleurs l'ensemble des Pays-Bas jusqu'à la treizième génération.

Pauvre Papa, nous (c'est-à-dire « je ») lui avions drôlement forcé la main pour le convaincre d'aller faire un tour de l'autre côté de

Paris, au pays des nuages. Le résultat était plutôt mitigé car on ne peut pas dire que l'accueil du Plat pays avait été particulièrement chaleureux…

Est-ce pour ça que je suis allé voir Rembrandt l'alchimiste au Kulturforum de la Potsdamer Platz (juste à côté de la Philharmonie pour ceux qui ne sont pas familiers du coin) ? Je n'en sais rien. Ce que sais, c'est que je souhaite à tout un chacun d'intéresser autant de monde pour le quatre centième anniversaire de sa naissance !

Dédié à Dominique, à la Grenouille
et à la plus grande de mes petites sœurs

Petites histoires de la ceinture de gras
Berlin, Octobre 2006

Le jasmin nouveau

Son séjour dans la ville blanche arrivait à sa fin. On l'avait déposé tôt le matin à l'aéroport Dar El Beida d'où il devait poursuivre son périple en rejoignant Tunis.

L'aérogare était en piteux état. On ne s'était pas vraiment donné la peine de cacher les traces du dernier attentat. Quelques bâches en plastique et des plaques en bois recouvraient tant bien que mal les trous béants. Le tout ressemblait plus au chantier de fouilles d'un labyrinthe antique qu'au hall d'aéroport d'une capitale.

Pas la peine de chercher : il n'y avait pas le moindre panneau d'information. Pour pallier à ce manque, le bâtiment grouillait de soldats en treillis, le doigt sur la détente de leur pistolet mitrailleur, qui, tout en gesticulant avec leur arme, aboyaient dès qu'un passager feignait de s'éloigner du droit chemin. Un système simple, efficace et compréhensible dans toutes les langues de la planète.

Il était bien content de quitter cette ambiance martiale, lui qui était venu pour donner un séminaire sur la protection de l'environnement. Pour avoir ignoré la réalité connue de tous, il s'était retrouvé d'un seul coup en pleine guerre civile.

Heureusement, le « deuxième printemps » de ce magnifique mois de novembre l'avait enchanté à tout instant. Du moins à tout instant passé en plein air, car, à l'intérieur des bâtiments, y compris dans la salle qui avait accueilli le séminaire plusieurs jours durant, tout le monde fumait sans interruption des brunes à la fumée âcre.

Vu le nombre de victimes quotidiennes de la violence aveugle qui opposait « forces gouvernementales » et « Islamistes », le risque de mourir d'un cancer du poumon ne semblait pas inquiéter grand monde. A plusieurs reprises, les yeux en pleurs, il avait demandé aux participants de se modérer un peu car il ne pouvait plus lire ses transparents sur le rétroprojecteur.

Ils avaient tous ri de bon cœur de ce qu'ils avaient pris pour des manières de jeune fille effarouchée.

Ali, le responsable du programme au ministère, qui passait le chercher chaque matin à l'hôtel avec sa voiture, avait fini par prendre l'habitude de ramasser une grosse poignée de fleurs de jasmin frais avant de monter dans sa voiture, une sorte de cendrier à moteur équipé de fauteuils. Le jasmin était si fort qu'il arrivait à couvrir la puanteur du tabac froid pendant un court moment. Par chance, le ministère n'était pas loin de l'hôtel.

A son arrivée à Alger, dans ce même aéroport, sa valise avait été deux fois entièrement vidée sous ses yeux. Après quoi, on l'avait laissé filer sans plus de commentaires.

Cette fois-ci, les soldats étaient encore plus bourrus. L'un d'entre eux lui fit ouvrir son bagage sur une table basse et en retourna nerveusement le contenu de la pointe de son arme. D'un grognement, il lui intima l'ordre d'avancer d'un mètre pour un nouveau contrôle en tous points identique, sauf que le « contrôleur » était un autre soldat et la table basse un autre support bancal en formica.

Après deux heures de politesse de cet acabit, on le mit dehors en lui précisant qu'il n'y avait pas de vol pour Tunis aujourd'hui. Devant la porte, il s'arrêta un instant et fit un bref bilan en silence. Son visa était expiré. Il n'avait plus un sou, l'exportation de dinars étant formellement interdite. Il n'avait plus de chambre d'hôtel. Et devait de surcroît animer une conférence le lendemain soir à Tunis.

Il fit quelques pas en direction d'une cabine téléphonique délabrée tout en retournant machinalement le fond des poches de son costume. Il avait facilement trouvé le numéro de l'Institut Goethe, son employeur, mais pas la moindre pièce. Et avait l'air plutôt idiot. A ce moment-là, un vieil homme surgi de nulle part, drapé dans un burnous élimé de couleur indéfinie, s'approcha de lui et lui dit en roulant les « r » :

« *Toi, mon frère, t'as des problèmes. Tiens, prends ça !* ».

Il resta muet, pris la pièce que le vieillard lui avait tendue dans sa main osseuse. Puis, comme s'il venait de se réveiller en sursaut, dit à voix basse :

« *Merci...* ».

Mais son bienfaiteur s'éloignait déjà en trottinant dans ses sandales éculées, s'appuyant de guingois sur une canne en bois qui devait dater de l'occupation turque. Abou vint le chercher en taxi, le ramena en ville et le rassura :

« *Pas de problème, si Air Algérie ne vole pas, il y a sûrement un vol Tunisair !* ».

Se retrouvant seul au centre-ville pour quelques heures, il se rendit à la banque près de la Grande Poste et changea la somme minimum obligatoire. Comme c'était beaucoup plus que ce dont il aurait besoin pour la journée, il retourna à la librairie quittée la veille à regret et compléta sa collection de classiques arabes et persans en version française.

Après avoir flâné vers le nord jusqu'au pied de la Casbah, il retourna à pieds à l'institut pour aller aux nouvelles. Dès la première nuit, suite à un bon repas offert par de riches industriels allemands, il avait parcouru ce même itinéraire après une longue promenade solitaire sous la pluie dans les escaliers tortueux de la vieille ville endormie.

Il s'était rappelé les récits de son père, qui avait séjourné ici à la fin des années cinquante. Ce veinard n'était pas venu comme soldat, car il était trop vieux pour ce boulot de sauvage, mais comme représentant d'une librairie plutôt louche, dans la mesure où cette dernière n'avait jamais vraiment eu l'intention de le payer.

Son père lui avait plus d'une fois raconté combien la Casbah était dangereuse et que, pendant la guerre, tout y disparaissait sans laisser de traces même une jeep et son équipage...

Il ne rencontra absolument personne, pas même un chat. Il finit par se demander s'il y avait un couvre-feu ou si les Algérois détestaient la pluie. Et se rappela soudain qu'il devait se rendre tôt au ministère le lendemain. Il prit le chemin de retour.

A part dans les quelques grandes artères du centre, les rues étaient peu éclairées. Avant de rejoindre son hôtel, alors le plus chic des palaces de la ville, il traversa à tâtons plus d'un terrain vague où l'on devinait dans les coins des chiens affamés dormant d'un œil.

Finalement, une fois dans sa chambre dont le charme désuet datait de la grande époque du Saint-Georges, il s'était épongé avec une serviette et avait allumé la vieille télé, un mastodonte qui trônait sur une commode du même âge.

Il était minuit, sur l'écran en noir et blanc, il se retrouva face à face avec Jean Gabin, en voyou traqué, regardant la mer en souriant, une clope au bec, depuis un balcon, quelque part dans la Casbah… Il s'endormit dans son lit devant la télé.

Le lendemain, une excursion à Blida était prévue. Visite de la station de compostage des ordures ménagères. Tout un programme. Les employés du ministère étaient verts de peur. Il leur dit naïvement :

« *Mais, vous êtes du ministère, vous ne risquez rien !* ».

Ils répondirent tous en même temps :

« *Au contraire, dans notre cas, les soldats des postes de contrôle tirent d'abord et nous demandent nos papiers après !* ». Ennuyeux, en effet. Pensa-t-il en lui-même sans insister.

Il revivait ces scènes dans le petit resto en face de l'institut. On lui avait dégoté un vol de nuit. Il avait décidé de dîner d'un sandwich. De toute façon, il ne lui restait presque plus rien, pas même de quoi se payer une boisson. Le jeune garçon derrière le comptoir lui demanda :

« *Tu veux du thé ou de l'eau minérale ?* »

« *Non merci, ça ira comme ça.* »

Répondit-il comme s'il arrivait tout droit de Bruxelles. Le garçon ne le cru pas un instant. Il lui dit en souriant :

« *La boisson, c'est un cadeau de la maison.* » et lui tendit une tasse de thé et un verre d'eau. Il remercia un peu confus.

177

Mais comment faisaient-ils pour être si sympas, si « cools » ?
Il ne se passait pas une journée sans meurtre ni attentat. Et tous le chouchoutaient comme un ami de toujours, lui, le descendant des derniers Colons en date, comme s'ils n'avaient rien de mieux à faire, comme si le jasmin nouveau avait hypnotisé toute la rade, effacé toutes les horreurs d'hier, d'aujourd'hui et de demain.

Journal d'un global trotteur - Afrique
(Alger 1992), Pyrénées espagnoles, Panketal, octobre 2006

2007

Au pays des chats

Autrefois, dans ce pays, les chats étaient adorés comme des divinités. Depuis des temps immémoriaux trônent sur les étals des marchands des statues de chats de toutes les couleurs et de toutes les tailles. Des chats en « basalte » (noir), « malachite » (vert moucheté de blanc), « turquoise », « lapis lazuli » (bleu marine avec des points dorés) ou « granite » (beige à brun). C'est du moins ce que disent tous les vendeurs souriants de ce village bédouin, qu'ils y soient nés ou qu'ils soient venus de Nubie ou du delta du Nil pour y faire fortune.

Un bref examen suffit à expliquer cette étonnante prolifération de matous précieux bon marché. Il ne s'agit pas d'un miracle oublié, mais simplement de résine dure colorée. Les seules bêtes en pierre sont taillées dans du calcaire coquiller. Celles-là même qui sont vendues pour du granite.

Depuis plusieurs jours, j'ai comparé les chats proposés dans la rue du bazar et dans les échoppes du port. Le choix est partout le même. Les explications et les prix varient en fonction de l'heure, du nombre de clients potentiels et de l'imagination des interlocuteurs.

Ce matin, j'ai fini par acheter un chat en plastique. Il est noir (« basalte ») et de taille moyenne (un bon kilo tout de même). Le hasard a voulu qu'il nous accompagne lors de l'ascension d'un piton de granite (du vrai, celui-là), à la limite entre le désert et la plaine côtière.

Une fois là-haut, mon chat volcanique s'est montré très docile. Il a joué le jeu sans broncher pendant toute une série de photos prises dans la lumière dorée qui précède le coucher du soleil. Quand l'astre a disparu à l'horizon derrière les cimes du Sinaï, Al matou s'est spontanément retourné pour admirer avec nous les montages de la côte d'Arabie saoudite, de l'autre côté de la mer, qui venaient de tourner au rose loukoum pour quelques instants féériques.

Dès notre retour à l'hôtel, après une longue marche dans l'obscurité poussiéreuse, entre les coups de klaxons des pick-up fonçant tous feux éteints et quelques chèvres qui s'empiffraient d'ordures en prenant l'air du soir, la statue haute antique s'est postée pour surveiller l'entrée de notre chambre, les lits et même la porte de la salle de bains, avec le sérieux et la dignité du premier Maitre d'hôtel du Cecil Hôtel d'Alexandrie.

Les chats de chair et d'os ne sont pas en reste. Eux aussi sont de toutes les tailles (mais jamais très gros) et de toutes les couleurs (mais c'est un autre catalogue). Dès le petit-déjeuner, dehors sur la terrasse qui surplombe des bougainvillées pleins d'oiseaux chanteurs, nous sommes impatiemment attendus par « Dödel », une splendide jeune chatte noire et jaune. Son élégance et son visage parfait – quels yeux verts magnifiques ! – nous fascinent. Mais alors, quelle idiote !

Elle braille sans interruption comme un bébé qui ferait toutes ses dents en même temps. De quoi attendrir presque tout le monde et énerver les autres, cette fois-ci sans exception. Plongée dans la douleur, ou du moins dans son mélo sans fin, elle continue à miauler avec des accents dramatiques alors qu'un touriste bien attentionné lui a déposé depuis plusieurs minutes un peu d'omelette juste sous le nez. Si bien qu'à la fin, ce n'est pas Dödel qui mange, mais l'un de ses nombreux concurrents plus futés.

Les innombrables chats du village sont fins et soignés. Ils ont tous la même morphologie, celle d'une panthère en miniature, qui n'est pas sans rappeler celle des chats résineux. Parmi nos préférés, il y a « Grise éminence » qui ne quitte pas le restaurant de notre hôtel, sur la promenade en bord de mer. Une très belle chatte au poil gris argenté en soie de Chine. Elle aussi a des yeux de star. Et une très haute opinion de sa personne. Elle ne s'abaisse jamais à miauler ou même à quémander quoi que ce soit. Ses clignements d'yeux sont irrésistibles. Elle le sait. Une fois le butin amoncelé près d'elle, elle prend tout son temps pour l'examiner et choisir ce qu'elle gardera pour elle. Les chats de basse extraction se chargeront du nettoyage…

Il y aussi de vrais matous. L'un d'entre eux, dit « le Pacha », est d'une taille peu ordinaire, et de surcroît très musclé, ce qui en fait automatiquement le chef incontesté du royaume. Tigré de noir et de blanc, avec des yeux jaunes froids, il aime à semer la panique par sa seule apparition martiale dans les restaurants et cafés des alentours. Qui sont les meilleures cantines à chat à des kilomètres à la ronde.

Quand le Pacha arrive, d'un pas leste et pourtant majestueux, quatre ou cinq demi caïds pris de panique sautent de leur chaise et s'enfuient aussi vite que possible sans demander leur reste. Seules Dödel qui ne comprend jamais rien et Grise éminence qui n'a pas l'intention de se laisser impressionner par un mâle, fut-il le plus gros, le plus beau, le chef en quelque sorte, n'ont pas bougé d'un poil. Le Pacha ne s'y trompe pas et feint d'ignorer et la belle et l'idiote. Il fait le tour de toutes les tables en évitant soigneusement de s'approcher des dames.

Faute de trouver une statue digne des vedettes locales de la gente féline, j'ai acheté ce matin, juste avant de prendre le chemin de l'aéroport, un nouveau chat en plastique bleu foncé (« lapis lazuli »). A part la couleur et la taille, plus modeste, lui et son grand-frère se ressemblent comme deux gouttes d'eau. Une fois rentrés à Berlin, nous l'offrirons sans doute. A moins qu'il ne préfère rester en famille et surveiller en silence, je ne sais pas, par exemple... la cuisine, depuis le haut du frigo ?

Journal d'un global trotteur – Moyen-Orient
Commencé à Dahab, février 2006,
achevé au-dessus de la Macédoine, mai 2007

La fabuleuse histoire des trois pébrocs

Dès le premier soir de leur séjour insulaire, on leur avait offert un parapluie. Pendant qu'ils dégustaient leurs nouilles dans un petit resto au coin de la rue, le ciel avait ouvert ses vannes sans prévenir. De toute évidence, personne ne savait comment les refermer. Tout naturellement, la très souriante proprio de l'auberge leur avait gracieusement remis un parapluie maison avant de les laisser regagner leur Ryokan sous les trombes d'eau printanières.

En faisant un tour dans le quartier pendant l'après-midi, ils avaient été surpris par la profusion de pébrocs plantés dans des seaux, corbeilles et autres récipients devant chaque porte d'entrée. La plupart des pépins étaient en plastique, avec un manche blanc. La toile et les baleines étaient transparentes, ce qui permettait de scruter le ciel et d'admirer le paysage pendant les éclaircies. Tel était aussi leur parapluie « panoramique », comme ils le baptisèrent sur le champ.

Une fois rentrés à l'hôtel, ils se dirent que les Japonais étaient décidément très sympas. Et qu'ils rapporteraient le pébroc prêté dès le lendemain, en se rendant à la station de métro. Si tôt le matin, le resto était fermé. Tant pis, ils ramèneraient l'ombrelle imperméable à la fin de leur périple. Première étape : Hakone en Shikansen. Pas facile de traverser la gare centrale de Tokyo avec un gros bagage, un sac à dos et un parapluie sous le bras…

Pendant les jours qui suivirent, ils pestèrent plus d'une fois contre leur poche plastique emmanchée d'un long cou. Le reste du temps, ils étaient très contents de sa présence. Les averses n'avaient pas manqué. Le Japon semblait sérieusement vouloir concurrencer l'Ecosse. A tel point que les montagnes de tous poils - et jusqu'au très saint Fuji - étaient constamment cachées par les nuages. Peut-être que cette île était plate et les montagnes encore une des inventions de Marco Polo.

Quand il avait beaucoup plu, comme à Nara, Miyajima ou encore Hiroshima, le pire avait été évité, grâce au fameux cadeau. Lors des rares apparitions du soleil, il était clair qu'ils ne devaient ce miracle qu'à la présence de leur talisman.

Plus d'une fois, celui-ci avait été oublié dans le train, le bus et même dans un ferry. Chaque fois, un voyageur souriant leur avait rapporté le pébroc en mains propres. C'était comme si la population indigène avait inventé un nouveau jeu qui consistait à leur offrir, chacun à son tour, encore et toujours, le même antiflotte. Certains prétendent que les voyageurs auraient parfois laissé l'objet sur un siège, juste pour voir si l'attention était toujours aussi soutenue.

C'est dans une petite ville de montagne que l'impossible arriva. En quittant leur chambre d'hôte le matin, il avait appuyé le parapluie contre l'étagère à chaussures, le temps de ficeler ses baskets. Ils étaient sortis en discutant de leur programme et c'est seulement une heure plus tard, lors de la première averse, qu'ils se rendirent compte de l'oubli. Comme ils avaient beaucoup marché, ils renoncèrent à l'idée de retourner à l'hôtel.

Ce jour-là, les séjours dans des magasins de céramiques, des cafés et des établissements mixtes proposant des tasses avec ou sans leur contenu, furent plus nombreux qu'à l'accoutumée. Revenus à l'hôtel, ils constatèrent à leur grande surprise que le parapluie avait disparu... Leurs questions embarrassaient visiblement la patronne. Ils n'insistèrent pas. Dans l'entrée, un seul parapluie logeait dans la jarre prévue à cet effet. C'était un grand modèle, automatique, blanc et transparent lui aussi, mais passablement déglingué car plusieurs baleines avaient, dans un élan désespéré, tenté par leurs propres moyens de rejoindre la mer. Il leur fallu se rendre à l'évidence : on leur avait piqué leur pébroc !

« *Sûrement un touriste !!!* » pensèrent-ils tous deux à voix haute en même temps.

Après une nuit très calme, une nouvelle balade à pied commença, cette fois sans parapluie. Le soir, on aperçut deux silhouettes dégoulinantes dans le hall de l'hôtel. Le lendemain matin, ils avaient décidé de faire une excursion dans une petite ville voisine. Le ciel était lourd de gros nuages sombres. Une fois chaussés, ils inspectèrent le vestibule dans l'espoir de retrouver le cher disparu. Comme la veille, le seul représentant de la famille pébroc était le grand machin cassé.

« *C'est toujours mieux que rien !* » dit-elle en empoignant l'infirme adopté sans plus de discussion. Le train local pour Furokawa, une jolie bourgade aux pieds des Alpes, s'ébranla quelques minutes plus tard. Ils descendirent, guides et plans à la main. A peine avaient-ils marché cent mètres en direction du vieux quartier central qu'elle s'écria :

« *Le parapluie ! Je l'ai oublié dans le train...* » Pas de chance, cette fois-ci, ils étaient seuls dans le compartiment. Et le train était déjà reparti.

Le jour suivant, ils décidèrent de mettre de l'ordre dans leurs relations avec la gente parapluietesque. Ils allèrent tout droit dans le prochain magasin proposant tout, n'importe quoi et bien sûr aussi des parapluies. Elle choisit un modèle de taille standard, manuel, le manche abricot et la toile couverte de petites fleurs blanches stylisées sur fond orange. Une sorte de Sakura portable pour se protéger, et de l'eau du ciel, et des rayons du soleil. Une affaire en or !

Le nouveau les accompagna avec bravoure pendant le reste de leur séjour. Il eut bien du mérite car le temps, déjà médiocre, était devenu de plus en plus froid et humide, suite au réchauffement global, selon les journaux anglophones, les seuls qu'ils pouvaient lire.

Le dernier jour de leur voyage leur réserva une surprise : un ciel bleu outremer et un soleil éclatant les attendaient sur la route de l'aéroport. Ils n'en décidèrent pas moins de conserver leur parapluie, comme témoin. A l'aéroport, on leur dit qu'ils pouvaient bien évidemment l'emporter comme bagage à mains, ce qu'ils firent.

Après douze heures de vol, ils atterrirent à Londres. L'escale était très courte. Les jambes encore ankylosées par le vol, il leur fallu courir pour rejoindre leur correspondance pour Berlin. Mais Heathrow est un univers parallèle. Tout passager fait l'objet de nombreux contrôles de sécurité. Y compris un quidam en transit, qui n'a pas de temps à perdre, et descend d'une machine British Airways pour monter dans une autre.

« *Ils feraient mieux de s'occuper de nos bagages !* » maugréèrent-ils de concert. Les bagages transportés en soute arriveraient finalement avec une bonne journée de retard.

Le premier contrôle se passa sans histoire. Le deuxième aussi. Mis à part le fait qu'un individu mal embouché les obligea à vider sur une table leurs sacs à dos pleins de tasses, bols... emballés dans du linge sale et des poches plastiques scotchées. Prenant conscience de l'ampleur du travail qui l'attendait s'il tenait à contrôler sérieusement tout ce bazar, le cerbère de service leur donna leur congé en prenant une mine dégoutée. Sans un mot, il leur avait signifié de disparaître de sa vue.

Instantanément, son coup d'œil de pro avait écarté toute menace éventuelle liée à ces paquets de pacotille emballée à l'égyptienne. Contents de s'en tirer à si bon compte, ils ne demandèrent pas leur reste, un peu confus toutefois de voir qu'il n'en fallait pas plus pour amener à bord une douzaine de grenades ou une Kalachnikov en pièces détachées.

Ils s'approchèrent du troisième et dernier contrôle. Le temps pressait. Il y avait la queue, au moins cinquante personnes. S'ils attendaient leur tour, ils rateraient leur avion. Un appel retentit dans les hauts parleurs. Ils décidèrent que c'était eux que l'on cherchait, ce qui leur donna le courage de doubler tout le monde en dépensant sans compter ce qui leur restait de courbettes nippones. Parmi leurs bagages à main déposés sur le tapis roulant, une dame uniformisée retira d'un geste brusque le parapluie en criant :

« *Il est formellement interdit d'embarquer avec ça dans un avion !* ».

« Mais, je suis en transfert sur British Airways... » Bredouillat-il. L'objet du litige avait déjà changé de mains. Le souvenir des sinistres parapluies bulgares devait encore être très présent dans ce pays. La prochaine agente de sécurité, qui avait déjà rangé l'équipement terroriste potentiel dans une commode, resta inflexible. Ils coururent vers la porte d'embarquement. Offert (prêté ? volé !), volé (emprunté ? perdu...) ou acheté (confisqué !) : aucun des parapluies qui avait vibré à leurs côtés pendant cette visite bien arrosée n'aurait la chance de connaître le fameux climat berlinois.

Journal d'un global trotteur – Japon
Japon, Panketal, avril - mai 2007

Conte de printemps

Une double allée de cerisiers en fleurs. Des vieux troncs noirs, tortueux, couverts de boules cotonneuses, rose pâle. Un maître lapin en goguette ?

Il est jeune et japonais. Haruki, c'est son prénom, sirote son thé vert. Un thé vert en poudre au bon goût d'algue et de sous-bois tropical. Haruki est assis en tailleur à même le sol, dans un petit bistrot sans prétention, quelques mètres carrés entre deux magasins de souvenirs, au bord du vieux canal qui longe le sentier des philosophes.

En face de lui est assise, à la japonaise, les jambes repliées sous les fesses, Claire, une jeune Française. Elle aussi boit une coupe de thé vert. Ce n'est pas une tasse, c'est bien une coupe ou plutôt une coupelle en céramique grise, irrégulière, avec des tâches vertes et brunes qui rappellent les touffes de mousse des jardins zen voisins.

Dans la main droite, elle tient un kimono mauve soigneusement plié qu'elle vient juste d'acheter - pour 1050 Yens ! - avant de rejoindre Haruki. A Paris, 1050 Yens, c'est le prix d'une paire de chaussettes jetables... Haruki hoche la tête, histoire de manifester son incompréhension. Comment peut-on acheter un kimono déjà porté ? Par quelqu'un qui est peut-être déjà mort depuis longtemps... On a beau en faire quasiment cadeau aux touristes de « l'ouest », lui il n'en voudrait à aucun prix.

« Tu exagères ! Il a été nettoyé et repassé. Que veux-tu de plus ? » dit Claire qui a bien remarqué la gêne de son ami, mais n'a pas l'intention de le laisser lui gâter son plaisir.

« ... les... esprits... » murmure Haruki en regardant le tatami.

« Arrête ton cinéma ! » lui lance Claire sans pitié aucune. « Tu portes bien des jeans américains d'occasion et tu... »

« C'est pas la même chose... » assure Haruki d'un air très sérieux.

« Pourquoi pas ? Y'a pas d'esprits aux Etats-Unis ? » coupe Claire du tac au tac.

« Tu comprends pas. » sont les derniers mots de Haruki qui semble maintenant bouder, le nez plongé dans sa tasse. Les yeux fermés, un sourire énigmatique sur les lèvres – des lèvres très fines par ailleurs – il est aux abonnés absents. Un Bouddha de plus. En T-shirt de base-ball et en jeans (d'occasion), ce qui n'est pas vraiment conforme à la tradition, mais un Bouddha en chair et en os. Surtout en os d'ailleurs. Même pour un Japonais, Haruki est décidément très maigre.

Un cerisier pleureur avec des grappes de fleurs doubles immaculées. Deux gigantesques camélias rouge sang aux innombrables fleurs presque fanées. Un couple de renards blancs qui monte la garde à l'ombre d'un grand arbre couvert de lichen.

Claire est venue il y a maintenant un peu plus d'un an à Kyoto pour ses études de physique. Tout le monde ne peut étudier le marketing, l'électronique ou la calligraphie.

En arrivant à la gare centrale en Shikansen depuis Tokyo, elle avait d'abord été très déçue. Depuis l'aéroport, les constructions « modernes » chaotiques s'étaient succédées pratiquement sans interruption, coincées qu'elles étaient entre les montagnes et la mer. On passait d'une ville, d'une banlieue à l'autre sans le remarquer. Seuls les nombreux arrêts du train rappelaient aux passagers qu'ils venaient d'atteindre une nouvelle tranche de l'interminable mégalopole. Après une bonne heure de bus, elle avait trouvé sans difficulté le campus de son université et, peu après, son logement.

Quelques jours plus tard, elle se sentait tout à fait chez elle dans cette ville aux multiples facettes illustrant parfaitement le délicat équilibre japonais entre tradition et modernité, retrait sur soi et ouverture sur le monde. La politesse légendaire des Japonais l'avait tout de suite convaincue. Avant de partir, elle avait vu des films dans lesquels les interminables courbettes l'avaient beaucoup amusée. Une fois sur place, elle n'avait plus trouvé ça drôle, mais simplement naturel.

Ce qui continuait à l'étonner comme au premier jour, c'était la présence incontournable de la religion, ou du moins de la religiosité. Elle était issue d'une famille de paysans communistes des alentours de La Rochelle. A part sa grand-mère maternelle originaire de Vendée et passablement bigote, elle ne connaissait personne pour qui l'au-delà jouait un rôle quelconque dans la vie quotidienne.

Quelle surprise cela avait été de voir tous les gens auxquels elle avait affaire, à la fac ou ailleurs, s'arrêter plusieurs fois par jour devant plusieurs sanctuaires shinto. Ils priaient mécaniquement après avoir jeté une petite pièce dans le tronc qui ne manquait jamais au pied des autels. Un jour, c'était sa colocataire qui expliquait radieuse qu'elle avait fait une offrande pour trouver le mari idéal. Le lendemain, elle apprenait qu'elle était la seule du labo à ne pas avoir demandé leur aide aux puissances divines pour réussir brillamment à ses examens.

Elle respectait ces rites incompréhensibles, fascinée par la perfection de la mise en scène, un peu déroutée par leur côté inéluctable. Des fois, accompagnant un ami au sanctuaire et, tout en admirant le jardin ou les bâtiments anciens, elle se croyait soudain au fond de la jungle africaine ou sur la planète mars. Les paroles de son père lui revenaient alors : « Je ne suis pas superstitieux, parce que ça porte malheur ! ». Voilà bien une pensée profonde qu'elle aurait été incapable de traduire et encore moins d'expliquer à ses connaissances locales.

Et puis il y avait Sakura, la courte saison des cerisiers en fleurs. La première fois, elle avait été littéralement happée par cette ivresse généralisée. Tout individu capable de se déplacer allait tous les jours, seul, avec des amis, des collègues ou en famille, admirer les fleurs de cerisiers, les photographiant sous tous les angles, en poussant des « oh ! » admiratifs comme s'il s'agissait d'un miracle. Cette année, l'hiver avait été plus long que d'habitude. Les cerisiers s'étaient fait attendre. La tension était à son comble.

Depuis plusieurs jours, les foules défilaient sur le sentier des philosophes et inspectaient les arbres nus. Les commentaires d'experts allaient bon train. Les pronostics s'affinaient de jour en jour jusqu'au matin, où, enfin, les premiers bourgeons avaient éclos. Depuis, c'était la folie.

Un arbre bicolore aux fleurs vanille et cassis. Un magnolia sans feuille mais rempli de longs pétales desséchés blanc sale et mauve. Une bande de carpes Koï, la goule ouverte en dehors de l'eau, au cas où.

Petite, svelte et brune, Claire a tout d'une Japonaise. Enfin presque tout. Il lui manque seulement les yeux bridés et la démarche hésitante des ados. Ces dernières, très souvent perchées sur des chaussures à talon aiguille avec lesquels un torero moyen viendrait facilement à bout du plus gros des taureaux, semblent devoir s'affaler de tout leur long à chaque pas. Les accidents sont fréquents. C'est même la principale cause d'hospitalisation pour les jeunes filles, l'opération des yeux bridés mis à part.

Au bout de six mois, son stage fini, Claire aurait dû rentrer en Europe. Elle est restée. La physique, elle a laissé tomber. Du moins, elle ne s'intéresse plus qu'à la physique appliquée. Elle a créé une « agence de démarche féminine » intitulée « pied mignon ». Les affaires… marchent formidablement bien. Elle a dû embaucher, en plus de cinq Japonaises pour l'accueil, l'entretien et l'administration, une Australienne et une Italienne comme enseignantes.

Les clientes entrent et sortent du matin au soir, un sourire aux lèvres. La plupart prennent le temps de se recueillir un instant devant l'autel installé dans l'entrée. C'est Claire qui en a fait les plans. Rien ne manque. Le bassin rituel et sa fontaine moussue, la lampe en granite, quelques bibelots. Sur la gauche, il y a une espèce d'étendoir en bois. Pour une pièce de 100 Yens, on peut y accrocher sur un fil métallique un bout de papier sur lequel on a inscrit à la main un souhait personnel, par exemple : *marcher droit…*

De l'autre côté, un panier en osier regorge de chaussures au talon cassé. Le panier est vidé tous les jours par Haruki qui travaille lui aussi pour l'agence.

Pendant sa pause de midi, Claire s'achète un croissant dans sa pâtisserie française préférée qui répond au nom original de « boul'ange – riz ». Les noms français sont très à la mode. La grammaire et l'orthographe ont perdu la bataille, la fantaisie a gagné. Le croissant est délicieux : jambon, fromage et algues.

Au passage, elle commande dans un café un « Green Tea Au Latte To Go ». Lentement, elle se rend vers le canal en humant l'air. Le temps est splendide. Toutes les fleurs sont ouvertes. Il n'y en a plus pour longtemps.

Il a beaucoup plus pendant la nuit. Le sol est jonché de confettis. L'eau du canal aussi. Les rhododendrons et les azalées sont prêts à prendre la relève. Un choucas s'éloigne dans le ciel à tire d'ailes, un bout de pain complet au levain dans le bec.

Journal d'un global trotteur – Japon
Kyoto, Panketal, avril - mai 2007

Une ville dans l'océan

Même depuis la plus haute des tours de verre et d'acier, on ne voit que des maisons, petites et grandes, dans toutes les directions. On devine la mer toute proche, on la sent, derrière un rideau de brume plus ou moins dense. Parfois, on aperçoit une colline boisée, un pan de montagne couvert de forêt bigarrée.

Les habitations sont basses et très étroites, sans doute à cause des tremblements de terre. La plupart des maisons sont en béton et sans grand attrait. C'est vrai que de nombreux logements ont été détruits pendant la guerre ou par un incendie. Certains bâtiments anciens en bois ont survécu à toutes les catastrophes. Ils n'ont pas de fenêtres mais des parois coulissantes avec des vitres en papier de riz. D'innombrables pylônes électriques, fixés au sol et aux murs par des câbles métalliques très solides, semblent soutenir à eux seuls des rues entières.

Dans des gargotes miniatures, les citadinsulaires mangent tout le temps, mais jamais beaucoup à la fois. Ils boivent aussi à longueur de temps et souvent trop quand ils sont en groupes. Mais, nourris de nouilles et de bière, ils n'ont ni les poignées d'amour des Italiens, ni les « ventres à bière » des Germaniques. La raison en est très simple : c'est qu'ils dépensent toute leur énergie à s'occuper des plantes et à en faire des photos en poussant des cris d'admiration devant la beauté de la nature.

Si les jardins privés sont rares, les fleurs et les arbustes fichés dans des pots - vieille céramique ou ancien casier à poissons en polystyrène - sont légion. Devant chaque entrée de maison ou de magasin, une bête souriante ou énigmatique, seule ou en famille, en pierre, en terre cuite, ou peinte sur un rouleau, accueille le visiteur : hérisson, taupe, sanglier…

Dans le moindre petit coin est installée une fontaine. Presque identiques, elles sont pourtant toutes différentes. Une pierre en partie évidée, lave sombre ou granite, recueille patiemment le menu filet d'eau, voire les gouttes qui, depuis toujours, s'échappent une à une d'une tige de bambou venue de nulle part. La pierre est en partie recouverte de mousses[11].

Plus loin, un bac en pierre naturelle héberge une poignée de Koï. Certaines de ces grosses carpes bariolées ont des tâches du même orange que celui des Torii[12] - les portails en bois des sanctuaires Shinto - et qui brillent comme eux sous la pluie.

Les Koï ne sont pas claustrophobes. Elles se déplacent en groupes grouillants, la crête de leur dos sortant de l'eau peu profonde. Leur optimisme est sans limites. Qu'une feuille d'érable ou un pétale de camélia fané effleure la surface de l'eau, que la moindre ombre frémisse, aussitôt elles sont là, la goule ouverte comme un vide-poubelles automatique, tendue sans effort apparent en dehors de l'eau.

Dans la ville sans fin, autant les Koï sont grandes, autant tout le monde et tout est petit. Notamment les voitures. Comme il est partout interdit de parquer son véhicule sur la voie publique, les voitures sont garées au millimètre près dans des garages improvisés. Les plus petits abris, qui sont aussi les plus nombreux, ont la taille standard de trois tatamis[13], soit moins de deux mètres sur trois !

On peut aussi ranger sa voiture ou son vélo sur une étagère métallique amovible. Dans les centres commerciaux, on accède aux parkings couverts uniquement par un ascenseur. Les véhicules y entrent et en sortent dans les deux sens, par l'intermédiaire d'une plaque tournante intégrée dans le sol. Le maximum d'efficacité sur une surface minimum, cette vieille habitude locale fait souvent des merveilles…

---

11 Deviendra-t-elle un jour une falaise ? (Allusion à l'hymne national japonais, dans lequel ce miracle est décrit)
12 Les plus grands Torii, plantés dans l'eau de la mer ou des lacs, sont considérés comme « les portes du Japon »
13 Le tatami, revêtement de sol en paille de riz, est aussi une unité de mesure, de l'ordre de 90 cm x 180 cm

Vous montez dans l'un des innombrables trains qui sillonnent la ville jour et nuit. Votre train va repartir en sens inverse dans un instant. Les sièges sont dans la « mauvaise » direction ? Pas de problème, tirez-la manette, votre siège est dans le sens de la marche et vous tend les bras en inclinant poliment la tête vers le sol.

Dans le train, c'est le calme complet. Pas de mobiles, ni de musique, pas un graffiti ni la moindre ordure. A peine monté à bord, tout passager s'endort, son journal ou son porte-monnaie sur les genoux. Bientôt, sa tête repose sur l'épaule du voisin ou de la voisine qui en fait autant. Sommes-nous au pays des robots ? Pour se prouver à eux-mêmes que ce n'est pas le cas, les insulaires mâles suivent leur instinct sans restriction pendant les heures de pointe. Finie la retenue, on pince et on tripote à qui mieux mieux les fesses des voyageuses égarées dans le troupeau des *salarymen* en costume noir. Ceux qui se font prendre sont condamnés à porter le sac à main de leur petite amie, de leur épouse ou d'une autre femme désignée par les services de sécurité pendant une semaine de shopping, au vu et au su de tous.

Au pied des montagnes s'entassent de minuscules rizières en terrasses. Le riz produit là est si cher qu'on ne le mange pas. On préfère en faire du saké. Le plus doux ressemble à un vin transparent ou blanc comme du lait de coco. Le plus fort le serait bien assez pour faire du punch. Mais nous sommes loin des Antilles. Le goût est vert et marin comme il se doit dans un pays ou même le thé rappelle le poisson et les algues. Les plantations de thé, justement, qui se logent en bordure de la voie ferrée dans le fond des vallées et non pas sur la plage, sont-elles aussi très petites. Des arbres nains d'un vert éclatant, soigneusement taillés. Alignés au cordeau.

Qui suit le chemin tortueux et glissant rejoignant la montagne ne sera pas déçu. A peine quelques pas, et déjà apparaît le premier sanctuaire à travers le feuillage. On y accède en passant sous une allée de petits Toriis qui serpente à l'ombre de grands arbres pleins d'oiseaux piailleurs. Au bout du chemin, au détour d'un tournant, attend la fontaine rituelle. Les visiteurs boivent une gorgée de son eau sans toucher des lèvres la louche en cuivre au manche de bambou mise à leur disposition.

Un mètre de plus et le premier tronc pour les offrandes en monnaie trébuchante tend sa gueule édentée et grillagée. Pour cent yens, tout est possible : une bonne note aux examens, le grand amour, la guérison définitive... Pourquoi s'en priver ? Sur la plaquette en bois, votre message, votre prière écrite à la main, se partage la place avec un cheval moqueur, sosie de Jolly Jumper, un dragon flamboyant, un rat blanc serein, un couple de sangliers, l'un orange, l'autre gris, un double cœur rose et blanc...

Ceux qui n'aiment pas les images votives accrochées aux arbres aux alentours du sanctuaire, ceux qui préfèrent discrétion et rapidité, ceux-là achètent pour la même somme modique une feuille de papier, de papier spécial. D'une belle écriture appliquée, ils remplissent le feuillet de la liste de leurs malheurs divers. Ils plongent ensuite le papier dans le récipient libérateur. A peine immergé, les signes commencent à s'estomper. Les Kanji se mettent à nager à la surface de l'eau, dans le désordre. Ils pâlissent et finissent par disparaître complètement. Avec eux, toute la misère du monde.

De l'autre côté du sanctuaire, le chemin couvert de mousse n'est quasiment pas praticable. Sous un aplomb rocheux, une collection de familles de renards blancs veille sur le passage. Tous assis de la même manière autour de tables basses en porcelaine immaculée comme eux, ils observent les intrus d'un air entendu. Sans un mot, ils leur rappellent : « Il n'est pas trop tard pour rebrousser chemin. La nuit va bientôt tomber. Comme tous les soirs, nous fêtons aujourd'hui un mariage en grande pompe. Gare à qui le verra de ses yeux d'humain ! ».

Dédié à « Shin Koku »

Journal d'un global trotteur – Japon
Japon, Panketal, avril - août 2007

Incident (au) Bénin

« Lomé » annonça laconiquement la voix du steward alors que l'avion s'immobilisait à quelques centaines de mètres de hangars anonymes. Nous aurions dû atterrir à Cotonou en début d'après-midi. Partis d'Abidjan avec deux heures de retard, nous avions tout juste réussi à atteindre le Togo. Trop chargés ? Manque de kérosène ? Mais à quoi bon chercher une explication ?... Chez Air Afrique, c'est comme dans le métro aérien de Berlin, on est très joueur. La prochaine escale serait sûrement la bonne.

Attente dans l'avion moite, décollage, un verre de Champagne glacé, avec ses cacahouètes grillées, atterrissage dans la nuit tombante à... « Lagos ». Les rares passagers restés à bord se regardèrent à la dérobée, un peu confus. Lagos, c'était bien la bonne direction, mais cette fois, nous avions eu trop d'élan. Vers minuit, la machine pratiquement vide atterrit enfin à Cotonou dans l'obscurité la plus complète.

Dans un coin vaguement éclairé par une ampoule nue, je récupérai mon bagage et me dirigeai tout seul vers la sortie, à tâtons. Une fois dehors, devant le bâtiment, je m'arrêtai un instant pour habituer mes yeux à l'obscurité et tenter de repérer un bus, un taxi... Rien, je m'élançai machinalement en avant quand j'entendis une voix railleuse toute proche : « Pas facile de voi' un nèg' dans le noi' ! ». Mais que faisait donc ce pirate échappé des histoires d'Astérix à l'aé'opo', heu, à l'aéroport ?

Toujours invisible, mon interlocuteur sourit. J'aperçus ses dents, puis, en me concentrant, ses pupilles. Il continua d'une voix basse et calme : « Je suis sorcier vaudou, mais je ne vais pas te manger. Je suis aussi chauffeur de taxi. Où veux-tu aller ? ». Il me tendit quelque chose. Sa carte de visite. Je lui dis le nom de mon hôtel et le suivis jusqu'à sa voiture. Peu après avoir quitté l'aéroport, nous traversions le quartier gouvernemental quand le sorcier-chauffeur se mit aussi à faire le guide pour le même prix : « Vaut mieux pas traîner par ici. La nuit, les soldats s'ennuient. Pour passer le temps, ils tirent sur les voitures … ».

Arrivé à l'hôtel, tout se passa bien. Ma réservation était arrivée. On me conduisit dans un de ces pavillons présidentiels construits dans les années soixante à l'occasion d'un sommet africain oublié. « La télé est en panne. La clim aussi. » cru bon de me préciser le jeune garçon en prenant un air consterné. La télé, c'était le dernier de mes soucis. La clim, j'avais remarqué, merci. Je laissai échapper un « Pas de problème » pas très convaincu.

L'aménagement de la suite combinait des éléments de case traditionnelle avec des meubles du plus pur style soviétique. La pièce centrale était circulaire, les couleurs naturelles, ocre et beige. Dans son milieu, trônait un lit gigantesque en plastique sur une sorte d'estrade bétonnée. Ça sentait le renfermé et un peu le moisi. L'ensemble était passablement défraîchi, mais très propre. Après m'être retourné mille fois sur le lit de parade, je trouvai refuge dans la salle de bains et finis par m'endormir dans la baignoire.

Au matin, à la réception, on me conseilla vivement de ne pas me rendre non accompagné sur la plage toute proche. Trop dangereux. La nuit dernière encore, un touriste de l'hôtel avait été poignardé. D'ailleurs, l'hôtel avait un grand jardin et une piscine. C'était une drôle de piscine en béton, tout en longueur et très profonde. Je me demandai si elle avait servi de citerne dans une vie antérieure. Toujours cette manie de vouloir tout comprendre.

Après le petit-déjeuner, je quittai seul et à pieds l'hôtel pour me rendre au centre-ville. Le personnel présent dans l'entrée me regarda d'un drôle d'air mais ne tenta pas de me retenir. La plage, c'était de l'autre côté, et puis à cette heure, la rue grouillait de monde à pieds, en vélo ou en voiture. J'étais habillé, selon mon habitude, correct, mais pas voyant. De toute façon, je déteste les costards et il faisait déjà très chaud. Pas la peine d'en rajouter.

Je me rendis à l'ambassade d'Allemagne où je fis la connaissance de mon interlocutrice, une grande belle blonde avec une crinière à rendre jaloux le roi des animaux. Ce n'est ni sa jeunesse ni sa beauté de sauvageonne qui me troubla. Au début, elle s'adressa à moi dans un allemand impeccable, mais quand elle parla soudain à un collègue africain, elle utilisa tout naturellement un français local du plus bel effet. Elle n'en connaissait pas d'autre. Mon français devait sembler bien académique, sinon parisien... Un comble pour un Charentais émigrateur.

Après diverses formalités et une série d'entretiens, le programme des prochains jours fut discuté en détails. Ma mission consistait à identifier des cadres de l'administration et du privé susceptibles de participer à un cours de formation en protection de l'environnement. Contrairement aux autres pays visités jusque-là, ici, ce projet n'intéressait pas grand monde. J'étais d'autant plus surpris qu'en traversant les rues de la capitale, j'avais vite compris - comment faire autrement ? - que je me trouvais dans les plus grandes chiottes à ciel ouvert de la planète. Un cas pour le Guinness Book. Même les banlieues de Delhi étaient battues à plate couture.

Après plusieurs jours de rencontres décevantes, un représentant d'un ministère finit par m'expliquer que tout était pour le mieux dans le meilleur des mondes. Les gens qui avaient les moyens, lui par exemple, précisa-t-il sans sourciller, payaient un jardinier pour enfouir chaque jour la chose quelque part dans le jardin. Les autres, pratiquement tout le monde, attendaient la prochaine inondation de la lagune par la mer. Ce qui arrivait une ou plusieurs fois l'an. Après, tout était propre comme au septième jour. Et dire que les Britanniques s'imaginaient avoir inventé la chasse d'eau !

La dernière journée de mon séjour était consacrée à la visite d'un projet modèle, le centre de traitement des ordures ménagères de T., à quelques dizaines de kilomètres de Cotonou, sur la frontière avec le Nigeria. L'ambassade avait organisé le transfert et gracieusement fourni un véhicule et un chauffeur. Ce dernier, muet comme une carpe, prenait son travail très au sérieux. La piste toute droite faisait penser à des montagnes russes. Un trou long et profond de quelques mètres faisait inévitablement place à une bosse du même acabit. Une onde sableuse régulière au milieu de la verdure. Pendant des kilomètres. Nous avancions lentement. Vu du ciel, notre véhicule noir étincelant devait rappeler un gros scarabée épousant fidèlement le relief, faute de pouvoir faire autrement.

Tout d'un coup, le chauffeur s'arrêta et me fit signe de le suivre. Sur le bord de la route, il y avait une hutte en bois et, devant celle-ci, un étalage de fortune avec des noix de coco tout juste cueillies. Le chauffeur en acheta deux, les fit ouvrir d'un coup de machette et m'en tendit une avec une paille. Je le remerciai et me mis à boire l'eau de coco, boisson aussi rafraîchissante que décevante, dans la mesure où elle n'a pas le bon goût de la chair de la plus grosse des noix. Nous marchions en silence en direction de la voiture quand le chauffeur laissa tomber sa noix de coco, cria quelque chose d'incompréhensible et se précipita dans la voiture. Je montai aussi vite que je le pus et me retournai dans la direction indiquée par le chauffeur. Je ne vis rien.

Nous roulions maintenant beaucoup plus vite. Le visage du chauffeur était passé au gris, comme s'il avait pris dans la seconde un sale coup de vieux. Il se retournait sans arrêt, avec des gestes saccadés d'automate. Le reste du temps, il regardait anxieusement dans le rétroviseur.

« *Là, regarde !* ».

Cette fois-ci, je les vis, c'était une vieille 504 bleue avec quatre ou cinq hommes à bord. Celui qui était devant, à côté du chauffeur, avait un pistolet à la main et tirait alternativement en l'air et sur nous, comme à la télé.

« *Qui c'est ?* » demandai-je au chauffeur.

« *Des Nigérians... c'est la quatrième voiture depuis le début de l'année...* » J'essayai de me concentrer sur notre véhicule, un 4x4 japonais flambant neuf.

« *Ils les volent ?* »

« *La quatrième voiture, je te dis. Et moi... le quatrième chauffeur...* » Je ne posai plus de questions.

Entre-temps, nous avions atteint une vitesse étonnante. La voiture ne roulait plus, elle sautait d'une bosse à l'autre, elle volait. D'un seul coup, le chauffeur braqua sur la gauche et arrêta la voiture derrière un rideau d'arbres. Peu après, nos poursuivants passèrent en trombe dans un nuage de poussière jaune. Après un moment, nous repartîmes sans échanger un mot sur ce mauvais western qui avait fini comme il avait commencé.

Le centre de T. était vraiment exemplaire. On y formait des jeunes chômeurs au compostage bio des ordures et à la production de légumes frais, qui étaient ensuite vendus dans les hôtels de la capitale. Grâce à ces recettes et à l'aide d'ONG européennes, des bâtiments avaient été construits, alliant les matériaux traditionnels, dont l'utilisation rendait la clim inutile, et la technique d'assainissement des eaux usées par les jacinthes aquatiques. La directrice nous expliqua fièrement que le tout nouveau centre de formation accueillait des groupes venus de tout le ventre de l'Afrique et qu'il était complet des mois à l'avance.

Sur le chemin du retour, une patrouille de police à la poursuite d'« individus dangereux » nous arrêta sans ménagement. L'air martial de shérifs de séries américaines en guise de masque, les forces de l'ordre examinèrent longuement nos papiers. À la recherche de preuves pour notre activité supposée de contrebandiers, ils inspectèrent minutieusement le coffre de la voiture, vide. Finalement, le chef nous libéra à regret, non sans nous avoir fait profiter de sa grande sagesse : « Filez et faites attention aux bandits voleurs de voitures ! ».

Journal d'un global trotteur - Afrique
(Bénin, mars 1994), Panketal, octobre 2007

Cœur de pierre

L'histoire de ma famille se perd dans la nuit des temps. Si j'en crois ma grand-mère maternelle, les premiers ancêtres dont on a gardé le souvenir sont nés tout près d'ici. A l'époque, il faisait très chaud, c'était tropical. Pas comme aujourd'hui. Notre bel été continental est bel et bien pourri comme s'il était anglais. Les savants disent que c'est à cause du changement climatique, du soi-disant réchauffement de la planète. C'est à n'y rien comprendre, mais tout porte à croire que nous n'en sommes pas aux premières galipettes du climat.

A l'époque, donc, la chaleur était torride. Notre famille habitait au bord de la mer. Dans l'eau claire, les récifs coralliens grouillaient de vie comme une jungle multicolore inondée. Déjà, nos arrière arrière-grands-parents travaillaient dans le bâtiment. C'est du moins ce que l'on dirait de nos jours. Leur vie était dure et monotone, mais ils étaient heureux. Simples, ils ne manquaient de rien, et surtout ils savaient qu'après leur mort, le travail de toute leur vie contribuerait au développement de la communauté. Chacun apportait sa pierre à l'édifice, si l'on peut dire.

La vie s'écoula ainsi, paisible et uniforme, pendant d'innombrables générations. Il n'y avait qu'une seule saison et les distractions étaient rares. De temps à autre, une tempête ou un tremblement de mer semait la panique et le désordre. Mais bientôt, tout était oublié. Les traces des destructions s'estompaient, la routine reprenait le dessus.

Pourtant, inexorablement, la mer se retirait. Ne me demandez pas si l'eau s'est évaporée à cause de la chaleur. Ou si le fond de l'océan s'était bombé sous l'action de forces mystérieuses. Toujours est-il que la mer finit par complètement disparaître. Notre famille n'a pas gardé la mémoire de ce qui s'est passé ensuite. Ou plutôt, chacun a sa version des faits. Difficile de finir le puzzle avec ces quelques pièces qui donnent l'impression d'appartenir à des images différentes.

Il n'y avait pas besoin d'avoir fait des études poussées pour comprendre que le climat avait sérieusement évolué. Plus de trace ou presque de la mer tropicale. Des forêts recouvraient le pays, peuplées de bisons, de loups et d'ours. Pendant un temps, une couche de glace avait même tout englouti pour disparaître à son tour en direction de la minuit.

Les habitants avaient eux aussi bien changé. Les hommes avaient peuplé depuis longtemps déjà la vallée de la Vistule et les collines qui rejoignent les Beskides. Ils arrivaient de tous les coins de l'horizon. Ceux qui venaient du côté du soleil levant étaient jonchés sur des chevaux. Au début, ils semaient la terreur, puis peu à peu, ils devenaient paysans. La fois prochaine, ils étaient les victimes des hordes barbares. De nombreux visiteurs venaient aussi de l'ouest et du nord.

C'étaient des marchands et des artisans, mais aussi des moines et des soldats. Chaque nouveau peuple qui s'installait construisait villages, châteaux et lieux de culte. Les envahisseurs rasaient tout ce qui se trouvait sur leur chemin. Après, on reconstruisait.

Tout cela explique le fait que beaucoup de mes cousines et cousins ont connu un destin plus mouvementé pendant les cinq cent dernières années que pendant les millions d'années qui s'étaient écoulées depuis leur venue au monde.

Au gré du génie et de la folie des hommes, ils avaient été poutre d'un pont enjambant un ruisseau, clef de voûte d'une chapelle abandonnée par la suite, ou abreuvoir à cochons. Mais, comme tous les êtres vivants, nous sommes rarement satisfaits de notre sort, même quand les hommes nous laissent en paix. La plupart d'entre nous reposent sous la terre ou la mer et attendent patiemment la fin de l'éternité. D'autres ne peuvent s'empêcher de se faire remarquer et prennent des postures drôles ou impressionnantes, voire effrontées, le plus souvent dans les parois des montagnes ou les falaises qui tombent dans la mer.

Rien de tel dans ma plus proche famille. Nous avons mené une vie extrêmement retirée pendant des lustres jusqu'au jour où un certain Moyses, tout juste arrivé du pays Souabe, s'est mis en tête de sculpter des pierres tombales pour le nouveau cimetière de Kazimierz Dolny, il y a un demi millénaire de cela.

Il nous est apparu un jour, entouré de jeunes gens équipés de pelles et de pioches. Ensemble, ils venaient de dégager la couche de terre qui nous protégeait des rigueurs de l'hiver. Ils étaient en sueur et avaient l'air épuisé. Mais ils se réjouirent beaucoup quand ils nous virent. Ils prièrent avec ferveur et s'en retournèrent au village.

Le lendemain et les jours qui suivirent, Moyses revint seul ou avec ses aides. Avec beaucoup de patience et infiniment de respect pour notre famille, il découpa des blocs rectangulaires, long comme une cigogne, large comme un renard. Il caressait avec amour chacun des blocs fraîchement dégagés avec ses grosses mains et leur parlait de sa voix douce et chantante. Travailleur, il s'arrêtait régulièrement pour remercier son dieu de l'avoir mené jusqu'à nous.

C'est comme ça que papa, maman, tous mes frères, mes sœurs et moi, nous nous retrouvâmes l'un après l'autre à la sortie du village, plantés dans la terre à la verticale. Moyses avait inscrit sur celle de nos faces qui était tournée vers le soleil des signes que nous ne comprenions pas. Pour autant que nous puissions en juger, c'était assez joli et très important pour les habitants de ce nouveau quartier du village. Pour nous, c'était plutôt flatteur. Et puis, pour être franc, moi, je commençais à trouver le temps drôlement long sous l'humus.

Ici, il se passait toujours quelque chose, il y avait de la musique, des enfants qui jouaient, des vieux qui causaient entre eux ou observer du coin de l'œil la vie des villageois, des gens qui venaient nous rendre visite, solitaires ou en groupes les jours de fête.

Les visiteurs avaient une habitude étrange. Avant de nous quitter, ils nous déposaient sur la tête un petit galet. Au bout de quelques années, nous avions tous une coiffure originale. La plupart des galets ne comprenaient pas notre langue. A force d'efforts inouïs, nous finîmes par apprendre qu'ils étaient venus par la rivière depuis les montagnes.

203

Pendant des générations, le village s'agrandit, le commerce et l'agriculture florissaient. Cette idylle entre nous et les hommes, des hommes modestes et laborieux comme notre propre famille l'avait toujours été, aurait pu durer éternellement.

Mais, sans prévenir, un peu comme autrefois pour nous tempêtes et mouvements du sol, des voisins avides et jaloux s'abattaient sur la communauté pour la ravager. Plusieurs fois, la ville fut brûlée jusqu'à ses fondations. Comme le phénix de la légende, elle renaissait de ses cendres plus forte et plus belle.

Un jour, il y a de cela à peine deux générations d'humains, des envahisseurs d'un nouveau genre arrivèrent. Ils mirent toute leur science au service de la plus ignoble des barbaries et massacrèrent jusqu'au dernier tous les habitants sans exception aucune.

Mais ces nouveaux barbares ne se contentèrent pas de ce crime. Ils voulaient aussi détruire le passé, effacer la mémoire, l'héritage et mêmes les morts du village. Ils défoncèrent le mur du cimetière avec un char et nous jetèrent sans ménagement dans des camions. Quelques jours plus tard, les nouveaux maîtres du monde nous avaient utilisés pour rempierrer la cour de leur quartier général. Ils n'avaient pas raté une occasion de nous réduire en pièces et prenaient un malin plaisir à nous écraser du poids de leurs camions chargés de munitions.

Mais la race humaine a aussi produit des sages. Ainsi, à quelques brassées de montagnes de là, Bouddha, savait il y a déjà belle lurette que tout change et que c'est d'ailleurs la seule chose qui est constante. Un jour, les sauvages en place durent s'enfuir devant d'autres qui déferlaient depuis l'est, faisant revivre le temps d'un instant l'épopée des hordes à cheval.

Le mur que tu vois aujourd'hui à l'emplacement de l'ancien cimetière juif a été construit il y a tout juste une génération par la nouvelle commune. Il est fait de débris et de pierres tombales incomplètes. Les inscriptions sont pour la plupart effacées ou à peine lisibles. Le mur massif semble avoir été tranché par un formidable éclair.

Ici et dans les alentours, les galets ont disparu. De toute façon, les visiteurs sont rares, surtout ceux qui laissent des galets en signe de leur passage. Avec un peu de chance, on découvre des petites pierres tout à fait passables en bordure de la route.

Ne pleure pas, nous vivons encore, nous et le souvenir de Moyses et de ses descendants.

Texte dédié à Or-Tal (Haïfa) et Doris (Berlin-Steglitz)

Journal d'un global trotteur – Polska
Kazimierz Dolny, août 2007, Panketal, novembre 2007

2008

Mon plus beau souvenir d'Allemagne, c'est...

(1ère version)

... qu'olé pas facile à dire asteur ! Faut voir qu'on peut être Charentais du fin fond de la Saintonge et avoir plein d'amis de l'autre côté du Rhin. Et plein de souvenirs. Une chance, j'ai des bérouettes de souvenirs pas photographiables ou pas photographiés. Toujours ça de moins à trier. Rien qu'en me limitant aux attrape-poussières qui encombrent étagères, murs et commodes, ça ne va pas être une mince affaire si on ne veut pas faire de jaloux.

... **Un morceau du mur de Berlin** ? C'est vite dit, mais, moi, « Le Mur », je le connais, je l'ai vu, de près, pendant dix-huit mois, les yeux dans les yeux. Et j'ai mon idée sur la question. Pas de bout de béton coloré dans ma collection. Soit, c'est un faux, sans valeur aucune. Soit, c'est un vrai bout du trop fameux mur de la honte. Un bout de malheur historique en chair et en os. Nein danke !

Une **chope** ? Là, je n'ai que l'embarras du choix. Entre celle que j'ai ramenée de mon séjour berlinois, avec la carte des secteurs alliés, en couleurs, s'il vous plait, celle piquée au petit matin dans un bistrot de province lors d'un échange scolaire (!), et les autres, achetées au marché aux puces, rencontrées à la croisée des chemins... Pas vraiment spectaculaire tout ça. Même pas celle offerte par Hans, une longue chope bavaroise à touristes du plus bel effet, avec un couvercle pointu argenté, qui trône à la salle à manger sur le buffet.

Un **livre rapporté lors d'un échange scolaire** ? Puisque je vous dis que j'en ai ramené une chope ! Bien sûr, il y a « Rheinsberg », le petit bouquin offert par Gerhard et Helga, le début d'une passion sans égale pour Tucholsky. Mais que dire de plus ?

Il y avait bien ces délicieux **Printen au chocolat noir**, cadeau de Karl, à la fin de mon séjour à la fac d'Aix-la-Chapelle, dans le cadre d'un échange organisé par l'OFAJ... Mais franchement, je vois mal comment leur tirer le portrait. Il y a une éternité qu'ils ont rejoint le paradis des Printen.

Le **château de Louis II**, avec ses cheminées féeriques, en plastique véritable, dans une bulle transparente remplie de neige tout autant synthétique ? Ce - splendide - souvenir a été ramené par ma tante Simone. Dieu sait d'où. Disqualifié.

D'Aachen, j'avais aussi rapporté une **demi-cravate**, trophée récupéré en pleine folie carnavalesque. Pas moyen de la retrouver ! Et pourtant, qu'est-ce qu'on a rigolé ce jour-là !

D'Allemagne... le cd « **Bochum** », de Grönemeyer, entendu pour la première fois sur un walkman à l'hôpital. Traduit chanson par chanson par mon voisin de chambrée, un banquier alsacien, bidasse comme moi, mais bilingue, lui.

De Göttingen, j'ai ramené une **larme**, franco-allemande. Elle n'a pas séché. Elle est encore tiède. Une larme en photo ? Allez, si ça continue, je vais devenir sentimental. Qui sait, encore un souvenir de l'autre côté ?

J'ai aussi des **photos**, des vraies, en papier plus ou moins défraîchi, collées de travers, voire décollées, dans des albums à couvertures fleuries. Dur à croire, mais il n'y pas si longtemps, on faisait des photos avec... des appareils photo ! C'est fou. Sur mes photos, on voit des sapins, des églises, une vache, un ramoneur porte-bonheur, tout de noir vêtu, quantités de copines et de copains, riant bêtement. Des photos, quoi.

... tiens, voilà un **truc original**. C'est une œuvre d'art unique. Nous avions passé ensemble avec des amis berlinois des vacances bien sympathiques dans les vignes au pied des montagnes cévenoles. Entre deux randonnées entre le Pic Saint Loup écrasé par le soleil et la vallée de la Buège à sec, nous avions cuisiné de la confiture de figues de vigne, mangé du fromage de chèvre frais, et chanté à tue-tête dans la nuit sur la terrasse. Faux, et en italien.

Nous n'avions pas attrapé un seul poisson dans l'Hérault, descendu au péril de nos vies dans des canoës cabossés, condamnés qu'ils étaient à sauter de pierre en pierre, faute d'eau. Mais n'avions pas raté une seule cave coopérative à dix kilomètres à la ronde. Le premier jour, Peter m'avait dit qu'il ne buvait pas de vin, qu'il n'y connaissait rien et que, *« de toute façon, tous les vins sont pareils »*. Peter !

Je l'avais accompagné à la cave au milieu du village. Là, il y avait trois rosés au choix. *« Le rosé, c'est du rosé. »* affirma notre spécialiste. *« Goûte donc ! »* lui répondis-je. *« Pas mauvais »* fut le commentaire tout prussien (ou bien était-ce charentais ?) que récolta le premier vin, un rosé très pâle et sans prétention.

Peter goûta un deuxième vin. Pour me faire plaisir ou par pure curiosité ? Aucune idée. *« Pas mauvais du tout ! »*, tel était le compliment hors du commun que ce deuxième breuvage, infiniment plus fruité, il faut l'avouer, arracha au dégustateur amateur.

Pris au jeu, Peter accepta un petit verre du troisième et dernier rosé. *« Fantastique ! »* Also doch. Il y a des initiations qui ne demandent pas de grands sacrifices. Depuis ce jour-là, Peter boit du vin, blanc, rouge ou rosé. Non sans avoir longuement choisi au préalable un vin qui lui plaît. C'est que, paraît-il, chacun a son histoire, son terroir... Vous m'en direz tant !

Lors de notre prochaine rencontre, à Berlin, Peter me remis solennellement un paquet emballé dans du papier rouge. A l'intérieur, se trouvait cette planche écarlate sur laquelle gisent des morceaux de verre. A moitié enfoncés dans une sorte d'argile durcie, ces tessons de bouteille auraient pu rappeler les ballades au fond de la Buège et condamner par la même occasion la bêtise des hommes, lesquels ne peuvent s'empêcher d'embellir le paysage avec leurs déchets, d'un pôle à l'autre de la planète.

Mais, le message était beaucoup plus profond, plus original. Ecrit à la main sur le rebord en bois, on pouvait lire ces mots : « Die letzte Flasche Rotwein ». Autrement dit : « La dernière bouteille de vin rouge ».

(Dernière version)

Avec des amis berlinois nous étions en vacances dans les Cévennes. Entre deux randonnées au Pic St Loup écrasé par le soleil et dans la vallée de la Buège à sec, nous avions fait de la confiture de figues de vigne, mangé du fromage de chèvre frais. Nous n'avons pas raté une cave à la ronde. Le premier jour, Peter m'avait dit qu'il ne buvait pas de vin et que tous les vins sont pareils. Peter ! Je l'avais mené à la cave du village. Il y avait trois rosés au choix. *« Le rosé, c'est du rosé »* affirma notre spécialiste. *« Goûte donc !»* lui dis-je. *« Pas mal »* fut le commentaire tout prussien que récolta le premier vin, un rosé pâle sans prétention. Peter goûta un deuxième vin. *« Pas mauvais du tout !»*, tel était le compliment hors du commun que ce deuxième breuvage, plus fruité, arracha au dégustateur amateur. Pris au jeu, Peter accepta un petit verre du troisième rosé. *« Fantastique !»*

Depuis ce jour, Peter boit du vin, choisi. C'est que, chacun a son histoire, son terroir… Lors de notre prochaine rencontre, à Berlin, Peter m'a remis un paquet contenant cette planche écarlate avec des tessons de bouteille à moitié enfoncés dans de l'argile durcie. Voulait-il me rappeler les ballades au fond de la Buège et condamner ainsi la bêtise des hommes, qui ne peuvent s'empêcher d'embellir le paysage, d'un pôle à l'autre de la planète ?

Mais, le message est tout autre. Ecrit à la main sur le rebord, on lit : *Die letzte Flasche Rotwein*. Soit : *La dernière bouteille de vin rouge*.

Petites histoires franco-allemandes
Panketal, avril 2008
Histoire écrite à l'occasion des 45 ans de l'OFAJ

La participation au concours « Souvenirs d'Allemagne, qu'avez-vous rapporté » était uniquement possible sur Internet. Optimiste comme je suis, j'avais compris au début que l'histoire devait être racontée en 1500 mots au maximum. En fait, il s'agissait de 1 500 signes... Même après de nombreuses réductions du texte original, cette histoire qui aurait dû être ma modeste contribution, n'a jamais été acceptée par le site.

Et voici la photo de l'œuvre de Peter :

Last Vegas

Une fois de plus, la journée avait très bien commencé. A peine le soleil était-il apparu à l'horizon, que le ciel couleur de mangue mûre s'était empressé de passer au bleu. Un bleu outremer insolent, un ciel de carte postale, de catalogue de voyages, un ciel de désert.

M. Cheng était bien fatigué. Il avait transporté toute la nuit d'un bout à l'autre du Strip des hordes de visiteurs venus de toute la planète. Plus d'un touriste venu du Montana, du Texas ou de l'Iowa n'avait jamais mis les pieds dans un bus de ville auparavant. Dans cette ville pleine d'attractions uniques au monde, toutes plus extravagantes les unes que les autres, le Deuce, un bus à deux étages comme on en trouve un peu partout, avait un succès fou. M. Cheng avait toujours peur d'une émeute quand il s'approchait du troupeau de noctambules qui occupait les alentours du prochain arrêt. Il savait d'avance que tout ce beau monde ne pourrait pas monter dans son bus. Quelques étrangers, souvent des Européens, s'énervaient parce qu'ils attendaient « depuis des heures » et qu'ils « avaient acheté un billet pour 24 heures », qui, à leurs yeux, leur donnait droit à plus de considération.

Mais la plupart des visiteurs prenaient bien la chose. Ils s'étaient empiffrés à l'un des nombreux buffets gastronomiques à prix discount, avaient passé une soirée inoubliable dans un show magique ou bien enchaîné ces deux spécialités locales avant de tenter leur chance auprès d'une douzaine de machines à sous. Les plus chanceux avaient même gagné une authentique cagnotte dans l'un des mille casinos de la ville. Mais ceux-là ne prenaient pas le bus pour retourner à leur hôtel. Ils étaient montés dans la première limousine qu'ils avaient trouvée.

Maintenant, le bus était vide. M. Cheng luttait contre le sommeil. Plus que deux miles pour le dépôt. Après, il conduirait sa Toyota en pilote automatique pour rejoindre son appartement, à une heure du centre-ville, en direction du Lake Mead.

Conchita en avait assez de cette vie de fous. Elle avait bien l'intention d'en finir dès que possible. On lui avait dit qu'elle gagnerait beaucoup d'argent en travaillant dans un casino.

En fait, depuis son arrivée, il y avait maintenant six mois, elle passait la moitié de sa vie déguisée en lapin rose vaguement inspiré par Play boy, dans une salle bruyante et enfumée à distribuer les cartes en souriant à des joueurs dont beaucoup semblaient échappés d'une maison de retraite voire d'un asile pour déments précoces.

La plupart étaient affreusement adipeux. Ils n'arrêtaient pas de manger, de boire, ni de fumer, n'importe quoi et dans le désordre, seules comptaient la quantité et l'impression de la variété. Les pires d'entre eux lui racontaient leur vie sans interruption, alignaient sans fin des blagues vaseuses, lui faisaient des avances avec un romantisme de garçon vacher, se lamentaient de leur triste sort, leur femme les ayant quittés, ils se retrouvaient seuls à rembourser l'emprunt pour le pavillon, un très beau modèle en bois entièrement climatisé avec un car port assorti, assez grand pour abriter deux énormes pick-up.

Comme tous les matins avant de se coucher, Conchita se fit une omelette de deux œufs qu'elle mangea avec des haricots rouges bien relevés. Elle débarrassa la table et mis son assiette, sa tasse et les couverts dans le lave-vaisselle. Elle régla la clim à fond pour couvrir les bruits du dehors, s'enfonça des bouchons de cire dans les oreilles et s'étendit pour dormir.

Brian prenait lui aussi son petit déjeuner. Il regardait la télé d'un air distrait en dévorant sa demi-douzaine d'œufs durs quotidienne avec de grosses tranches de French bread dégoulinantes de sirop d'érable. Sur l'écran, une candidate aux élections présidentielles faisait des grimaces particulièrement insignifiantes. Sans le son, on aurait pu croire qu'elle vantait une nouvelle sorte d'aspirateurs de poussières cosmiques, des couches culottes pour obèses incontinents ou du dentifrice lavant plus blanc car mis à jour automatiquement une fois par jour en ligne. C'est du moins ce que pensait Brian en retirant du micro-ondes son plat de flocons d'avoine bio à l'ancienne et son café instantané blanchi au creamer, une espèce de plâtre comestible et même soluble.

Brian est technicien en informatique et travaille pour la société qui tous les soirs transforme pour quelques minutes la Frémont Street en une gigantesque boîte psychédélique en plein air. Sur la voûte métallique recouvrant la rue sur plus de quatre cent mètres, des millions d'ampoules crachent photos, films, vidéos, dessins animés, animations numériques, le tout mélangé et dans tous les sens au son de grands succès du rock joués si fort qu'ils font trembler les milliers de badauds cloués sur place le nez en l'air et filmant le tout avec leur portable.

Le système est bien rodé, mais il y a toujours quelque chose à réparer sur l'un des quarante ordinateurs cachés dans ce que lui et ses collègues appellent la caverne d'Ali Baba.

Wladimir était heureux. Il avait enfin réalisé un vieux rêve. Et se demandait bien pourquoi il n'était pas venu plus tôt dans la capitale mondiale du plaisir. Bien sûr, le vol était long, même dans son splendide jet, mais le voyage valait le détour. Il ne se rappelait pas d'avoir jamais habité dans une suite aussi chic, lui qui ne faisait rien d'autre depuis des années. Le caviar était d'excellente qualité comme d'ailleurs tout le reste. Le personnel, tout le personnel, l'avait beaucoup étonné. Du concierge à la femme de chambre, du butler au conseiller personnel en activités touristiques, ils étaient tous tellement efficaces, discrets et soumis qu'il n'avait pas eu la moindre occasion de se plaindre.

Pire, lui qui adorait rechigner sur tout et à tout instant, et qui y prenait un plaisir infini, avait dû, pour la première fois de sa vie, admettre que la perfection avait aussi ses bons côtés. Il n'oublierait ni ces repas pantagruéliques, ni cette partie de roulette dans une piscine dorée à l'or fin et remplie de Champagne, ni bien sûr toutes ces heures de luxure passées avec des femmes toutes plus belles les unes que les autres. N'arrivant pas à choisir parmi ces Asiatiques androgynes, ces Latinos plantureuses, ces Africaines raffinées, il n'avait trouvé qu'une solution qui consistait à en faire venir au moins trois à la fois.

Il avait bien mérité les quelques heures de sommeil solitaire qu'il s'accordait tous les matins. Après, il irait nager dans la piscine d'eau de mer avec sa plage de sable fin. Un savant labyrinthe de glaces quasi invisibles donnait l'impression au nageur de frôler requins, plies et autres murènes. Les coraux qui couvraient tout un côté du bassin étaient encore plus beaux que ceux qu'il avait admiré dans la Mer rouge. Des récifs multicolores plein la tête, il s'endormit aussitôt du sommeil du juste.

Le vieux **Lotta** était assis sur un banc en bois en bordure de la Highway. Cet ancien mineur à la retraite était bâti comme un dieu du stade, à l'image de ses ancêtres venus bien malgré eux des profondeurs de l'Afrique. Il avait décidé sur un coup de tête de quitter à jamais la ville du jeu et du stupre. Parti en bus dès le lever du soleil, en direction de la Californie et de l'Océan Pacifique qu'il n'avait jamais vus, il était descendu à Indian Springs, tout près du camp militaire et du centre d'essais atomiques tristement célèbre, pour contempler une dernière fois la « vallée » de Las Vegas.

Le soleil était déjà haut. Au milieu des turbulences provoquées par la chaleur, on distinguait parfaitement, en contrebas, à quarante miles de là, la ligne de gratte-ciels aux formes élégantes ou farfelues, qui abritaient les hôtels les plus chers et les casinos les plus décadents jamais construits.

On voyait le bal incessant des avions décollant et atterrissant tout près du Strip. Lotta avait une très bonne vue et pouvait apercevoir, même sans lunettes, à condition toutefois de cligner un peu des yeux, la pointe de la pyramide du Louxor, les tourelles colorées de l'Excalibur, les cimes des immeubles du faux New York, la Tour Eiffel couronnant l'Opéra Garnier, le gigantesque Caesars Palace, l'aile élancée du Wynn et, beaucoup plus au nord, le Golden Nugget, planté dans le sable du Nevada comme un lingot tombé dans la déroute d'une bande de desperados poursuivis par la police toutes sirènes hurlantes. La plupart de ces hôtels-casinos avaient coûté plus d'un milliard de dollars la pièce. Tous offraient des milliers de suites ultra luxueuses et pourtant, cela ne suffisait pas. Des immeubles plus hauts, encore plus chers, étaient en construction sur des kilomètres.

Le soleil l'aveuglait. Alors qu'il avait fermé les yeux un instant, il entendit un bruit sourd qui semblait venir des entrailles de la terre. Et en effet, en rouvrant les yeux, il vit tout d'abord un nuage gris qui traversait la ville de part en part et allait de l'aéroport au sud à Downtown au nord, là où tout avait commencé il y a quelques décennies de cela. Pendant plusieurs secondes, il ne comprit pas ce qui se passait. Puis tout fut clair : la vallée s'était ouverte de part en part. Vu depuis là-haut, cela lui rappela un peu le Grand Canyon. La poussière mêlée de fumée s'élevait de plus en plus haut dans le ciel. Le bruit s'amplifiait et lui faisait mal aux oreilles qu'il boucha instinctivement de ses mains calleuses.

Le nouveau canyon s'élargissait à vue d'œil. Bientôt, on ne vit plus rien de ce qui avait été Las Vegas ce matin encore. Lotta était là, collé sur son banc, fasciné. Il n'avait aucune idée de ce qui se passait autour de lui. Etait-il seul ou bien au milieu d'une foule de témoins de la catastrophe ? Il ne se posait même pas la question.

Après un temps indéfini, le grondement devint intolérable. S'agissait-il d'un tremblement de terre ? Etait-ce possible en plein désert ? On nous avait tellement rebattu les oreilles avec la faille de San Andreas, l'incontournable triste sort de San Francisco et de Los Angeles. Et voilà que c'était Las Vegas, la mégapole du désert, qui disparaissait dans les ténèbres comme autrefois Sodome et Gomorrhe. Il resta là des heures, attendant que la poussière s'estompe.

Quand le dernier grain de poussière fut poussé par les vents de la côte vers l'intérieur du pays, il observa la vallée une toute dernière fois. Pour autant qu'il puisse en croire ses yeux, il ne vit rien d'autre qu'une étendue désertique, plate et minérale. Il se leva lentement, se retourna et partit en marchant vers l'Ouest.

Journal d'un global trotteur – Amériques
Las Vegas / Panketal, Eté – automne 2008

Garage à ciel ouvert

Lorsqu'ils avaient ce matin, sur le parking du motel, mis en route le moteur de la voiture, le signal « vérifier l'huile » s'était allumé. Depuis, il continuait obstinément à les narguer. Impossible d'ignorer le message en orange fluo clignotant. D'autant qu'à chaque fois qu'ils avaient quitté l'un des points de vue panoramiques éparpillés en bordure de *Island in the sky*, l'affichage du signal s'était accompagné d'une sonnerie pénétrante, rappelant à la fois un réveil et une roulette de dentiste.

L'île dans le ciel, c'est le promontoire qui surmonte, pour la plus grande joie des visiteurs amoureux des immensités minérales, le confluent de la Green river et du Colorado. Au détour des tournants, ils avaient dû plus d'une fois patienter dans un bouchon occasionné par un chantier ambulant, celui-là même qui avait, la veille, refait à neuf la route principale de l'Arches *National Park*... La colonne de camions et de machines à décaper, graveler et goudronner avait l'air d'une grosse bête fumante qui avançait tranquillement sans se soucier des touristes. Un bouchon en plein désert, quelle drôle d'idée !

Quand ils s'arrêtèrent pour la pause déjeuner sur l'aire de pique-nique qui surplombe le Gooseberry Canyon, face aux Henry Mountains, Katrin voulut en avoir le cœur net. Juste avant de descendre de la voiture, qu'elle conduisait, elle dit à son mari :

« *JP, regarde donc dans le manuel d'instructions comment ouvrir le capot.* »

Lui, qui avait faim, comme depuis le jour de sa naissance, aurait préféré d'abord se rassasier avant de jouer les apprentis mécanos. Mais il connaissait sa femme et son caractère inflexible. Surtout, il se rappela de leur visite matinale au supermarché, plutôt déprimante, et son appétit disparu instantanément. Comment les habitants de ce pays faisaient-ils pour être si gros alors que la nourriture était aussi mauvaise ? A y réfléchir de plus près, la vraie question était plutôt : Mais comment pouvaient-ils manger autant de cette bouffe infâme ?

Il feuilletait depuis un moment le manuel d'instructions de la voiture, qui bien qu'écrit en une seule langue, l'américain, avait la taille de l'annuaire téléphonique d'une ville moyenne. Et ne trouvait toujours pas la réponse à la question posée. Jetant un coup d'œil à la table des matières longue comme le menu d'un resto chinois, il constata qu'il n'avait aucune idée du mot américain pour *capot*.

Pendant ce temps, elle cherchait à tâtons sous le tableau de bord et finit par découvrir la manette d'ouverture du capot. Après quelques essais peu convaincants, ils entendirent un déclic prometteur. Descendus de la voiture, ils étaient maintenant tous les deux penchés sur la partie frontale du capot tâtant tour à tour du bout des doigts l'interstice à la recherche du crochet gardant l'accès au moteur. Mais sous la paroi du capot, il n'y avait rien, sinon de la crasse. Elle balaya du regard le parking plein de voitures, mais ne vit personne à qui demander de l'aide. En y regardant de plus près, elle finit par apercevoir derrière un van une retraitée mordant à pleines dents dans un sandwich, découverte qu'elle s'empressa d'annoncer à son mari.

« *Je vais lui demander comment ce truc s'appelle !* » dit JP qui, à la vue du sandwich, se rappela qu'il devait avoir faim lui aussi, car l'heure du repas était passée depuis un bon quart d'heure. La liste interminable de colorants, additifs, conservateurs, émulsifiants et autres vitamines qui ne laissaient aucun doute sur la qualité du chester, de la salade de nouilles et même du pain qui l'attendaient d'une minute à l'autre se mit à lui défiler devant les yeux à une vitesse vertigineuse. Il se dit que, tout compte fait, cette histoire d'huile était plutôt prioritaire.

Ne pouvant pas s'empêcher de penser qu'une voiture, et encore plus une voiture de location, était là pour fonctionner sans pour autant faire de commentaires, il demanda à la dame, tout en montrant du doigt le capot de la voiture voisine, comment cette partie du véhicule pouvait bien s'appeler dans la langue de John Wayne, agrémentant le tout d'une courte explication sur son problème. A ce moment arriva le mari de la retraitée. Cette dernière, la bouche pleine, n'eut pas vraiment le temps de lui répondre. Charmant et serviable comme un Américain, le brave homme se rendit d'un pas décidé vers la grosse Dodge blanche que JP continuait à pointer du doigt sans y prêter attention.

« *C'est un jeu d'enfants.* » dit-il avec un grand sourire. Il s'installa à la place du chauffeur, tira sur la manette, descendit prestement, toujours souriant, rejoint à grandes enjambées l'avant de la voiture, enfouit ses doigts sous le capot qui s'ouvrit aussitôt.

« *Et voilà !* » dit-il triomphant.

« *Hi guys, vous cherchez quelque chose ?* » leur demanda soudain un quinquagénaire qui revenait de sa promenade en bordure du gouffre. JP et l'aimable retraité se regardèrent en silence, incrédules.

« *Pas de problème, ma bagnole est toujours ouverte !* » ajouta le nouveau venu le plus naturellement du monde. Quelques sourires, et la méprise était oubliée. La grosse bagnole blanche qui avait servi avec complaisance à la démonstration n'appartenait ni à l'un, ni à l'autre, et alors ?

L'infatigable retraité s'affairait déjà auprès de la minuscule voiture des touristes, une Dodge elle aussi, d'une couleur indéfinissable, quelque part entre le bronze, le sable du désert au coucher du soleil et un Snickers fondu. Il fit la même chose que précédemment, avec la même dextérité et avec un sourire à peine visible au coin de la bouche, le sourire des héros qui ignorent le doute.

« *J'ai passé toute ma vie à réparer des bagnoles !* » expliquait-il jovial.

Mais, cette fois-ci, le coffre ne s'ouvrit pas. Le mécano était maintenant planté devant la voiture, et la contemplait en silence. On aurait dit qu'il essayait de communiquer par télépathie.

« *Et, et comment s'appelle ceci en américain ?* » lança JP une nouvelle fois en hésitant, pointant du doigt le capot du véhicule qui les avaient menés depuis San Francisco jusqu'ici sans la moindre histoire. Plongé dans ses pensées, son sauveur ne répondit pas tout de suite. Sans le regarder, il finit par lancer :

« *Hood.* »

« *Merci !* »

JP regarda aussitôt dans le manuel et lu à voix haute :

« *Il faut tirer sur la gauche le crochet qui se trouve sous le capot au milieu...* »

« *Mais, on ne fait rien d'autre depuis le début !* » s'écria Katrin. A tour de rôle, ils tentèrent leur chance et eurent bientôt tous les trois les mains pleines de cambouis. Tout à coup, le capot s'ouvrit tout seul. Bien décidé à faire oublier son double échec, le sympathique retraité se précipita sur la jauge, l'extirpa du carter sans crier gare, la nettoya avec un mouchoir en papier, la remis en place pour la retirer aussitôt, l'examiner d'un coup d'œil expert et conclure :

« *Tout est parfait !* »

« *Vous êtes sûr ?* » demanda Katrin pas vraiment convaincue.

« *Aucun doute, c'est une panne de signal et rien d'autre.* »

« *Mais nous devons encore parcourir au moins deux mille miles avec cette voiture.* »

« *Vous pouvez en faire quinze mille sans aller au garage ! Une voiture, surtout une voiture de location, c'est fait pour rouler !* »

S'en suivirent les présentations d'usage qui avaient été reportées tant que le problème de base n'avait pas été résolu.

« *En vacances ?* »

« *Oui.* »

« *Nous aussi.* »

« *D'où venez-vous ?* »

« *D'Allemagne.* »

« *Un pays où les autos marchent.* »

« *Hm, la plupart du temps, oui.* »

« *Et vous, d'où venez-vous ?* »

« *De New York City.* »

« *C'est loin!* »

« *Oui, mais nous avons le temps. C'est formidable d'être à la retraite !* »

« *Alors bonne route et encore merci !* »

« *Oh de rien, bon voyage !* »

Journal d'un global trotteur – Amériques
Utah / Panketal, Eté – automne 2008

2009

Khadija aux yeux noirs

Elle venait du Nord, de Casa ou de Rabat, je ne sais plus. Elle portait des jeans et une veste en cuir, rien de très original. Ses cheveux sombres coupés courts lui donnaient une allure résolument moderne. Sa peau avait une belle couleur café au lait, ce qui n'est pas si rare dans le royaume berbère. Ses yeux étaient noirs, pétillants. Et conquérants.

Elle était belle, mais je ne m'en apercevais pas. Penché sur mes cartes de géologie, je pensais à mon amie C., que je voyais le week-end quand je rentrais à la maison. C., blonde aux yeux bleus, finissait sa formation d'infirmière dans la belle ville d'Angoulême.

K. était une jeune Africaine, intelligente, cultivée, sûre d'elle et de son bon droit. Elle avait rejoint le cours de licence à la fac de Poitiers en cours d'année au début janvier.

Souriante de toutes ses dents blanches, elle savait se montrer inflexible et avait remis à sa place avec brio le plus macho et le plus raciste de nos profs, devant lequel des générations d'Africain(e)s avaient tremblé en silence.

Un jour, peu après son arrivée, dans le couloir où nous attendions le début du prochain cours, elle annonça à la ronde qu'elle avait rompu avec son petit ami au pays.

« *Un coup de téléphone a suffi.* » précisa-t-elle.

« *Maintenant, j'ai un nouveau copain !* » lança-t-elle, les yeux pleins d'étincelles. Se retournant prestement, elle me montra du doigt en disant :

« *C'est lui !* »

Les étudiants de géologie formaient un petit groupe soudé. Inséparables en cours comme le reste du temps, nous nous connaissions bien, y compris nos petit(e)s ami(e)s. La poignée d'étudiantes présente hésita un instant avant de partir d'un bel éclat de rire. Elle était bien bonne ! A la surprise générale, je ne dis rien et profitait de l'arrivée du prof pour disparaître dans la salle de cours avec le reste du troupeau.

A partir de ce jour, j'observais K. du coin de l'œil, me croyant discret. Les sciences de la terre, les minéraux, fossiles et tout le tremblement, étaient ma passion depuis toujours. Elle utilisa intelligemment cet enthousiasme juvénile en m'abordant avec des questions toujours techniques et donc au-dessus de tout soupçon.

Vint un premier stage sur le terrain dans la campagne charentaise. J'étais dans une équipe avec Ch., Vendéen chevelu et dynamique, B. Camerounais pieux et néanmoins plein d'humour et... bien évidemment, K., Marocaine de choc. Nous crapahutions du matin au soir par monts et par vaux deux par deux. B. était amoureux de K. et lui en avait fait part, sans succès aucun. Ch. faisait une chasse impitoyable aux ammonites. Comme par hasard, je me retrouvais avec l'intrépide K.

La première journée fut très studieuse et seulement marquée par un incident regrettable. En traversant sans y prendre garde un buisson de hautes orties, K. s'était brûlée aux mains. Elle me reprocha vivement de ne pas l'avoir prévenue du danger. « Chez nous, ces maudites plantes n'existent pas ! » s'écria-t-elle, le front plissé de fureur. Comme elle était belle en colère !

Je m'excusais platement, nous rejoignîmes notre « binôme » et, tous les quatre, le lieu d'hébergement du groupe, une ancienne école.

Ce soir-là, après une douche bien méritée, je prenais le chemin du dortoir dans un couloir peu éclairé lorsque Khadija se jeta dans mes bras et m'embrassa... comme personne ne l'avait jamais fait auparavant. Ni d'ailleurs après.

De taille moyenne, elle était toute maigrichonne avec la silhouette d'un jeune garçon. Pas vraiment mon truc... Mais quel baiser ! Pas besoin d'être apprenti géologue pour penser à un volcan, à du magna fusant des profondeurs de la terre pour rejoindre le soleil.

J'essayai de lui expliquer que j'avais une amie qui m'était chère. Elle n'écoutait pas un mot et avait un don indéniable pour changer le sujet de la conversation.

« *As-tu déjà été au Maroc ?* » me demanda-t-elle à brûle-pourpoint.

Là, elle avait gagné d'avance. J'avais passé l'été précédent un bon mois dans ce pays troublant. Quelques jours plus tard, je lui montrais mes photos : Casa, Rabat, Salé, la médina de Fès, où j'avais vécu une semaine très loin de tout...

Vinrent les vacances de Pâques qu'elle passa en famille. Du Maroc, elle me rapporta un disque dont je lui avais parlé pour l'avoir entendu là-bas.

J'étais piégé. L'idée de quitter mon amie C. ne m'avait pas effleuré un instant. Pourquoi ? Que m'avait-elle fait ? Dans le même temps, moi qui n'avait rien d'un polygame, j'étais fasciné par le culot phénoménal, la voix chantante, les yeux sombres, les lèvres incandescentes de Khadija.

Espérant gagner un peu de temps, je freinais autant que je le pouvais ses ardeurs. Mais autant vouloir arrêter un tremblement de terre, empêcher un continent de dériver ou la terre de tourner...

Un jour où nous devions rédiger ensemble le rapport du stage en Charente, je lui rendis visite, à sa demande, dans sa chambre à la résidence universitaire. Elle m'attendait et se précipita sur moi tel un ouragan dès que la porte fut ouverte. Je la voyais pour la première fois maquillée et habillée en tenue traditionnelle, colorée et brodée. Vêtue ainsi, elle n'avait rien d'un éphèbe. Bientôt, elle s'étendit sur son lit et s'offrit à moi sans équivoque. C'est toute l'Afrique qui me tendait les bras dans un magnifique sourire.

Pris de court, je ne trouvai rien de mieux à faire qu'à lui rappeler le travail qui nous attendait. Je lui parlai des examens tout proches, date magique après laquelle nous pourrions refaire le monde... Elle résista un moment puis sembla accepter mes arguments. Je la quittai les lèvres meurtries et pas fier de moi pour un sou.

Le lendemain, Khadija n'est pas venue en cours. Le surlendemain non plus. Je ne l'ai jamais revue. Elle avait quitté Poitiers sans laisser la moindre trace. Mes efforts pour la retrouver furent vains.

Un mois plus tard, j'obtenais mes examens avec mention. Mon amie C. obtenait son diplôme d'infirmière.

Plus d'un quart de siècle plus tard, je ne peux toujours pas entendre le prénom de la première femme du Prophète sans revoir, l'espace d'un instant, les yeux noirs de Khadija. Pétillants et conquérants.

Dédié à Fouad Laroui, dont la belle nouvelle
« Khadija aux cheveux noirs »[14]
m'a donné envie d'écrire cette histoire,
et bien sûr à Khadija
Khadija, à qui je souhaite tout le bonheur du monde...

Héros de notre temps
Riad Lune & Soleil, Médina de Fès, Janvier 2009

---

[14] *Recueil « L'Oued et le Consul » 2006*

La peau du désert

Casseurs de croûte

« *Recule Christine, tu loges pas !* »
« *OK.* »
« *Encore un mètre, vas-y.* »
« *Tu la fais ta photo ?* »
« *Ça y est !* »
« *Faut qu'on s'dépêche, on n'a qu'dix minutes !* »
« *Heureusement, y fait drôlement chaud dehors. Moi, j'préfère être dans l'bus.* »

Les deux femmes, sans doute la mère et la fille, continuent à déverser un flot de futilités, rêvant tout haut de leur boîte de coca glacé, que Morris (elles prononcent : « Maurice »), le conducteur, leur remettra sous peu, à condition qu'elles respectent l'horaire. C'est qu'il est bien gentil Morris, mais il déteste prendre du retard. Et puis, il a raison, si on commence dès le matin à maltraiter le programme, à la fin de la journée, c'est l'horreur.

Les restos sont bondés, ou pire, déjà fermés. Il ne reste plus que le pique-nique de survie dans la chambre du motel. Au menu, les derniers Tacos émiettés, un reste de Cheddar trois fois fondu et re-né de ses cendres. La bière est chaude ? Pas de problème, il suffit d'aller chercher un seau - ou mieux : deux grandes poches plastiques - de glaçons au distributeur au bout du couloir, d'en remplir l'évier de la salle de bains et d'y plonger la bouteille. En dix minutes, la Red Mojave est bien fraîche. Ne manque plus que le caviar.

Et puis, à quoi bon s'éterniser devant ces cailloux qui ont la fâcheuse habitude de tous se ressembler ? Dix minutes, c'est exactement ce qu'il faut pour prendre en photo sa femme, ses enfants, ou, à défaut, la femme du voisin ou n'importe quel rigolo du groupe. Et pour se faire prendre en photo, rien de tel que les endroits stratégiques.

Maurice, enfin Morris, on peut compter sur lui, c'est un pro. Il n'arrête son bus que dans les meilleurs coins à photos. Pas la peine de perdre son temps à gaspiller de la pellicule, enfin, je veux dire de la place sur la puce, pour une photo qu'on pourrait ramener d'un week-end à la mer.

Ce qui compte, c'est de pouvoir montrer qu'on y était. Il faut que tout le monde comprenne ça au premier coup d'œil, la famille, les copains, les voisins, le facteur et les collègues. On ne va pas s'amuser à apprendre par cœur des quantités de noms tordus juste pour ne pas passer pour un menteur. Dans ces conditions, il est vraiment sage de ne pas multiplier inutilement les arrêts et donc de se contenter de visiter les mêmes endroits que tout le monde.

Pendant ce temps-là, Janine, c'est la mère, a enfin tiré le portrait de sa fille. Elles s'attardent une seconde à vérifier le résultat sur le display de l'appareil photo. Mais le soleil tape dur et on n'y voit pas grand-chose. Elles battent en retraite en direction du bus climatisé. Pour gagner trente secondes, elles coupent au plus court. A ce moment-là, un grand barbu les accoste en lançant :

« *Bonjour. Vous ne savez pas lire ?* »

Elles s'arrêtent un instant. Mais de quoi parle ce type ? On ne lui a rien demandé !

« *Si vous saviez lire, vous ne marcheriez pas en dehors de la piste. Vous détruisez la croûte cryptobiotique !* »

« *Mais qu'est-ce qu'i raconte ?* » murmure Janine.

« *Vous êtes ranger ou quoi ?* » contre-attaque Christine.

« *C'est pas la question. Vous êtes dans l'état de l'Utah, dans un parc national...* »

« *Merci, on le savait !* »

« *... et on a pris la peine de vous informer dans votre langue du...* »

« Laisse tomber. On n'a pas de temps à perdre. Ni à lire des conneries, ni à causer avec un illuminé ! »

Sur ces derniers mots pleins de sagesse, enfin d'une certaine sagesse, les deux femmes repartent en direction du parking. Déjà, Morris les accueille à l'entrée du colosse, dont la porte grande ouverte exhale une brise printanière. Et remet à chacune sa boîte de coca glacée. Elles l'ont bien mérité après ces émotions en plein désert.

Décidément, on n'a jamais la paix, même pas en vacances. Ces fameux rangers, au lieu de rouler des mécaniques avec leur chapeau de cow-boy, ils feraient bien de mieux contrôler l'entrée du parc et d'empêcher les emmerdeurs de gâcher la joie des touristes. La croûte… quelle croûte ? Et si ça nous amuse de la casser la croûte ! On a payé. Voyage tout compris. Alors la croûte, vous pouvez vous la mettre là où je pense !

Nous, les algues bleues

Nous, les algues bleues, modelons cette planète depuis des centaines, des millions et même des milliards d'années. Là, vous êtes bien obligés de nous croire sur parole parce que vous n'y étiez pas !

D'accord, nous ne sommes pas vraiment des algues mais bien plutôt des bactéries. « Algues », c'est plus sympa, ça rappelle les vacances à la mer ou un dîner au restaurant japonais. Alors que « bactérie », ça sent un peu l'hôpital, on vous l'accorde. Mais avouez que l'appellation ne change rien à l'affaire.

Et puis, nous ne sommes pas bleues, en tout cas pas toujours. Quand, au beau milieu de l'été, nous envahissons les rivières fatiguées par la pollution, la vôtre évidemment, nous formons un tapis vert des plus charmants, qui n'est pas sans rappeler une rizière pleine de jeunes pousses.

C'est nous qui avons produit, en utilisant la lumière du soleil et au prix d'un effort vraiment surhumain, la couche d'oxygène sans laquelle vous ne pourriez vivre une minute. Cette même couche d'oxygène qui vous sert de poubelle comme le reste de la terre.

Nous sommes partout, dans les glaces dites éternelles, les réacteurs nucléaires et jusqu'au cœur de chacune de vos cellules ! Mais la raison pour laquelle nous vous interpellons aujourd'hui est tout autre :

Nous et plein d'amis, champignons miniatures, lichens, algues véritables, vivons en communauté à la surface du sol des déserts. Nous captons l'eau, les éléments nutritifs. Nous freinons l'érosion. C'est grâce à nous que le désert vit. Bien sûr, à votre échelle, cela prend du temps, plusieurs siècles... Mais, le résultat est là.

A moins qu'un de ces insipides bipèdes ne nous écrase avec son tous-terrains chromé ou ses belles chaussures de randonnée renforcées au goretex, le temps d'une photo souvenir. Janine, Helmut, Natacha, Joe et tous les autres, faites attention où vous marchez, nom d'une bactérie !

Journal d'un global trotteur – Amériques
Utah / Panketal / Louzac, Eté – hiver 2008-2009

Mes profs d'allemand

Mais qui était donc mon premier prof d'allemand ? Je ne suis pas sûr, mais je crois bien que c'était une vieille dame (plus de 35 ans) pète-sec avec la bouche triste de la Chancelière. Mes souvenirs se perdent dans les interminables couloirs de l'ancienne caserne qui abritait le collège du centre-ville.

L'année d'après, je changeais d'école, car on avait construit en banlieue un collège réservé aux ploucs de la campagne charentaise. Là, tout était flambant neuf. Y compris notre toute jeune prof d'allemand. La pauvre était affreusement timide et nous n'étions pas des anges. Elle fit une dépression et quitta l'enseignement avant d'avoir vraiment commencé. Bonjour tristesse.

En troisième, notre nouveau prof n'eut aucun mal à dissiper ces brumes expressionnistes. Sûr de lui et fringant comme un jeune cadre dynamique, il n'hésita pas à nous faire partager son amour de la musique germanique. Jusqu'au jour où le directeur, qui traînait dans le couloir à l'affût, fit irruption dans la classe en hurlant : « Arrêtez ça tout de suite ! Votre compte est bon ! ». Mais qu'avait-il contre les belles marches militaires du 3ème Reich ? Au troisième trimestre, nous n'avons pas eu de cours d'allemand.

Petites histoires franco-allemandes
Panketal, 2009

2010

Promenons-nous… (Conte de fin d'année)

Cécelle était en train d'échanger les dernières nouvelles avec Mme D., la voisine d'en face. La voisine et son mari avaient sorti leur voiture du garage. Cécelle qui ramassait des fleurs fanées au pied des chapiteaux gallo-romains devant la maison, avait salué ses voisins qu'elle ne voyait qu'à l'occasion de rencontres furtives et fortuites comme celle-ci.

A peine bavarde, Mme D. fit vite le tour des nouvelles de la progéniture, enfants et petits-enfants, maladies, succès scolaires, boulot, voyages. Cécelle fit de son mieux pour lui rendre la pareille. M. D., paysan à la retraite, attendait silencieux dans sa voiture, à moitié cachée par la fumée qui sortait du pot d'échappement.

Mme D. se lança alors dans un sujet qui risquait sérieusement de prolonger la conversation : le temps qu'il devait faire à Pâques. Tout en parlant, elle s'aperçut subitement que le soleil couchant était près de disparaitre derrière le coteau boisé de la Gîte et s'écria :

« *Faut qu'on y aille, o va bientôt faire nuit !* »

« Vous-allez faire les courses ? » lui demanda Cécelle, pourtant pas curieuse pour un sou.

« *Mais non, on va dans les bois !* »

« *Dans les bois, à c't'heure-ci ?* »

« *Ben évidemment, pour les poubelles.* »

« *Les poubelles ?* »

« *Pour j'ter les sacs.* »

« *Mais… les ordures sont ramassées toutes les semaines, il y a des containers pour le verre au lotissement et…, et la déchetterie à Cognac…* »

« Ptêt ben, mais nous, on a toujours emmené nos ordures dans les bois et olé pas aujourd'hui qu'on va changer simplement à cause du ramassage ! »

« Alors bonne... soirée et à la prochaine fois. »

« Bonne soirée vous aussi et à votre mari. »

Depuis toujours, ou presque - j'avais huit ans quand nous sommes venus habiter dans ce village un peu endormi des Borderies - je m'étais demandé quels étaient ces hurluberlus qui prenaient la peine de parcourir plusieurs centaines de mètres depuis la route à travers les fourrés pour balancer leurs ordures au pied d'un chêne centenaire ou d'un bouquet de hêtres. Entreprise d'autant plus surprenante car selon toute vraisemblance nocturne. Ce que prouvait sans conteste la courte discussion entre ma mère et sa voisine.

Dans cette Saintonge pétrie d'histoire, entre autres antique, romane et Renaissance (ce dont elle n'est pas peu fière !), on se demande bien quelle croyance païenne a survécu de cette manière détournée.

La forêt, jusqu'au siècle du grand François[15,] premier du nom, la forêt était l'ennemi commun[16], le dernier espace sauvage à dompter, à moins d'aller au-delà des mers. L'Eglise voyait en elle un territoire des forces du mal. C'était l'abri des sorcières et des fées, des légendes et croyances d'avant le Christ. Pas étonnant que l'on utilisât le bois pour les bûchers des hérétiques et les gibets des malandrins !

Les brigands, les loups, l'obscurité faisaient peur à tout le monde. La forêt de tous les dangers était omniprésente. Pour la réduire et apporter la civilisation dans les moindres recoins du

---

15 Ledit François ordonna la plantation de la chênaie aux portes du château dans lequel il avait vu le jour. Ce parc, qui porte toujours son nom, ne s'inclinera que devant la « Grande tempête » de 1999.
16 Merci à Michel Ragon, qui dans son « Roman de Rabelais », traite brillamment de cette grave question.

royaume, on traçait à tours de bras des voies toujours plus nombreuses qui se recoupaient dans tous les sens. Le diable était obligé de se retirer dans les profondeurs.

L'homme accédait ainsi plus facilement aux richesses jusque-là cachées, voire inaccessibles : bois et gibier, baies, herbes et simples, champignons, pâturages... Tout le monde y gagnait. Pour s'en tenir au bois, les chênes pluricentenaires pullulaient. On les utilisa sans compter pour la flotte royale, les châteaux du même roi et ceux de la noblesse, les cathédrales, abbayes et couvents... et pour les fûts de cognac.

Il n'est pas interdit d'être un peu surpris qu'il reste autant de forêts et mêmes de chênaies de nos jours. Les sorcières, les fées, les loups et jusqu'à la religion ont pratiquement disparu. Quant aux brigands et aux hérétiques, s'ils ont quitté les bois et changé de nom, ils sont toujours là et peuplent les villes, qui sont les nouvelles antichambres de l'enfer.

Renier les services urbains et porter en offrande ses propres ordures aux derniers esprits de la forêt par une nuit sans lune, pourquoi pas ?

En comparaison avec ces mystiques orduriers sylvicoles, les bricoleurs du dimanche ne se donnent pas tant de mal, ils se séparent sans sourciller de leurs pots de peintures, pinceaux, gravats et autres restes de leur activité constructrice dès l'entrée du bois, parfois même directement sur le bas-côté de la route. Faisant ainsi, ils se contentent d'apporter un peu de couleur dans le flot des objets éparpillés dans les fossés de la république.

A pied, à dos de mule ou de cheval, en carriole ou autre véhicule, les promeneurs du passé ont eux-aussi allègrement semé leurs résidus à tous vents comme Larousse la connaissance.

Aujourd'hui, les promeneurs à pied se sont faits rares. Les randonneurs jettent peu, et encore le plus souvent suite à de longues discussions vaseuses au cours desquelles la biodégradabilité des peaux de bananes « bio » est passée à la loupe à la lumière des dernières publications spécialisées. Quant aux pèlerins sur les sentiers de Santiago, les vrais ne jettent rien, car ils n'ont rien de superflu dans leur bagage.

Parmi les piétons, les chasseurs laissent derrière eux quantités de douilles de toutes les couleurs et des boîtes de bière en alu. Mais les chasseurs, qui ont par ailleurs moult défauts, n'ont pas l'habitude de suivre les routes.

Les principaux pollueurs des bords de route sont motorisés : à deux ou quatre roues, avec ou sans fenêtre. Le résultat est le même : une collection sans cesse renouvelée, complétée, enrichie au gré des saisons d'emballages, journaux et illustrés, trognons et autres immangés. Un œil exercé peut facilement reconnaître la nature, la provenance et même, dans le meilleur des cas, l'âge du résidu.

Les faucheuses utilisées pour entretenir les bords des routes depuis la fin du siècle dernier réussissent à déchiqueter certains dépôts de basse qualité. Heureusement, la grande majorité de ces souvenirs est insensible aux intempéries et aux mauvais traitements. Les couches de résidus s'entassent et s'intègrent peu à petit au biotope, devenant avec le temps les archives qui feront le bonheur des archéologues à venir.

A ces futurs savants je souhaite beaucoup d'imagination. Car enfin, comment expliquer ma dernière découverte, laquelle ne concerne que deux cent cinquante mètres de fossé : trois bouteilles vides, dont de deux de vin de basse gamme en plastique et une de pastis en verre, cinq paquets de cigarettes légèrement écrasés dans le creux de la main et encore parés de leur film cellophane, tout brillant de rosée, un bout de plastique indéfini bleu turquoise délavé.

L'observation des seuls récipients pose une énigme digne de celles qui ont fait douter plus d'une fois les découvreurs de Machu Picchu, Angkor Vat et Stonehenge. L'étude des étiquettes ne laisse aucun doute sur l'âge très récent (hier ?) et l'origine commune (Intermarché) des « dépôts volants ». Comme il n'y a pas de trottoir à cet endroit, il semble bien que le « jeteur » était motorisé. Soit il s'agit d'un récidiviste, soit d'un grand buveur, soit il n'était pas seul.

En rentrant à la maison depuis le lieu de mes fouilles, une construction ingénieuse attire mon attention. Une de nos voisines a décoré avec amour l'entrée de son jardin à l'occasion des fêtes de fin d'année. Elle s'est largement inspirée du style officiel qui fait l'unanimité dans les villages du Cognaçais en ce début de millénaire.

Elle a accroché à la haie des cadeaux symboliques emballés dans du papier doré et ficelé avec des rubans rouges, bleus ou verts du plus bel effet. Jusque-là, rien de très original sauf que, en y regardant de plus près, suite aux pluies de ces derniers jours, les contours des cadeaux apparaissent à plusieurs endroits. Les emballages festifs recouvrent des bouteilles vides !

Là, mon esprit vif malgré le poids des ans ne fait qu'un tour. S'il faut vraiment enlaidir les villages de France et de Navarre à la fin de l'année, alors pourquoi ne pas utiliser les matières premières qui décorent si avantageusement nos campagnes ? Pour les récupérer, on pourrait demander aux jeteurs de garder leurs trésors et de les déposer dans des récipients prévus à cet effet sur la place centrale… Mais, voilà qui n'est pas très réaliste, car beaucoup trop proche d'un scénario déjà existant et peu utilisé. Il est sans doute plus prometteur d'envoyer les enfants des écoles pendant la semaine d'avant Noël pour collecter les bouteilles, boîtes et emballages en tous genres.

Dans la foulée, je propose d'écrire sur les paquets de cigarettes, à la place des informations médicales mesquines du genre « fumer peut tuer », quelque chose de bien réel comme par exemple : « Votre paquet de clopes ruine le paysage ! »

En complément de cette mesure drastique, il n'est peut-être pas inutile d'approfondir la recherche scientifique sur les paquets de cigarettes à autodestruction instantanée à l'état vide dès lors qu'ils sont soumis à une accélération anormalement élevée.

Pour les bouteilles vides, l'introduction d'une consigne généralisée a fait des miracles dans de nombreux pays. Même les alcolos hésitent à jeter l'argent par les fenêtres. S'ils le font quand même, il se trouve toujours un petit futé pour arrondir ses fins de mois en collectant cette manne « tombée du ciel ».

Une fois n'est pas coutume, on pourrait aussi s'inspirer du programme américain « Adopt A Highway[17] ». Le nom complet de cette mesure originale, tel qu'il est écrit sur des multitudes de panneaux d'un océan à l'autre est très éloquent : « Sponsor a highway program beautification ». En d'autres termes, la famille Toupropre ou l'entreprise Sabrille sponsorise le ramassage des ordures d'un tronçon de route ou d'autoroute par une boîte spécialisée. En échange, le nom du bienfaiteur est inscrit en toutes lettres sur un panneau à l'endroit ainsi embelli avec l'indication « next 2 Miles ».

Mais il y a aussi des bienfaiteurs désintéressés et anonymes. Comme il n'y a rien de mieux pour faire accepter les idées révolutionnaires que de donner l'exemple aux foules ignares, je commence dès demain à exploiter le filon, et ne quitte plus la maison sans mon sac plastique à la main.

Et ce n'est pas tout : j'organise sur le champ et par la présente un grand concours de décoration de noël « bords de routes » pour l'année 2010 ! Les gagnants auront droit à une lecture publique gratuite de mes dernières œuvres avec séance d'autographes et dégustation de Pineau des Charentes !

Campagnes charentaises
Chassors, décembre 2009 - janvier 2010

---

17 *http://www.adoptahighway.com*

Baudets du Poitou

Ils sont beaux comme des dieux. Pourtant, leur domaine est loin de rappeler l'Olympe ou un simple palais terrestre. Le sol est couvert d'une boue molle et collante. Adossé à la bicoque des maîtres, l'abri en pierres de taille est un vrai débarras, on y trouve pêle-mêle une vieille deuche rouillée, une baignoire qui ne vaut pas mieux, un enchevêtrement de poutres empoussiérées, un amas de pneus de tracteur élimés, des briques qui ont connu des jours meilleurs, et mille autres choses encore.

Dans ces conditions, même un Parisien comprendrait que la famille Baudet préfère rester dehors par tous les temps. Y compris aujourd'hui, alors qu'il pleut, qu'il vente et que c'est pas un temps à mettre une cagouille dehors ! Pas même une bête à cornes montagnarde venue tout droit des hauteurs de Saint-Preuil.

Le chef de la famille, Râ, premier du nom, défend par tous les moyens qui lui viennent à la tête - entre ses deux oreilles qu'il a fort développées - son statut... de chef de famille.

C'est toujours lui qui s'approche en premier du grillage barbelé et déglingué quand il y a de la visite. On ne sait jamais, peut-être que les rigolos qui se perdent dans ce chemin sans retour ont, pour une fois, apporté de quoi manger ?

Vient ensuite Diva, ou plus exactement Madame Diva. Moins foncée que son époux, elle est aussi un peu plus petite que lui. Pour ce qui concerne les oreilles et les idées qui prennent leur source entre elles, elle n'a personne à redouter, pas même lui. C'est du moins ce qu'elle pense sans tergiverser. Diva a fait des études à l'école du village, jusqu'au brevet. Moquez-vous donc, tout le monde n'en fait pas autant !

Enfin, il y a Peluche ou, comme sa maman l'appelle pour rire Appuie-tête. Peluche est tout jeune. Ses pattes sont immenses et velues comme celles d'un yéti. On ne voit pas ses yeux qui disparaissent derrière des touffes de poils drus à faire pâlir d'envie un sanglier dans la force de l'âge. Ses oreilles sont interminables.

D'aucuns prétendent, mais faut pas croire toutes les mauvaises langues, que la nuit dernière, nuit de pleine lune, comme vous l'avez sans doute remarqué, c'est lui ou plutôt ses oreilles qui faisaient de l'ombre sur le cachet d'aspirine.

De ses yeux intelligents, Râ scrute l'intruse et dans la seconde qui suit, il en sait plus sur ce bipède qui lui fait face, que n'importe quel agent de sécurité dans un aéroport après une demi-heure de fouille. Il sait surtout qu'il faut toujours se méfier, se méfier et encore se méfier. Qui a inventé les fils de fer barbelés ? Je vous le disais, drôle d'engeance...

Peluche essaye de s'approcher du grillage et se fait tout petit. Peine perdue, Râ lui mordille nerveusement l'oreille gauche et le repousse en arrière d'un coup de museau. Là, Peluche s'immobilise et fait comme s'il avait compris la leçon. Peut-être pour le consoler Diva s'approche, installe confortablement sa grosse tête par-dessus le dos de Peluche et laisse pendre cet appendice énorme vers le sol. Appuie-tête... vous m'en direz tant !

Vu de loin, on pourrait croire apercevoir un monstre échappé d'un tableau de Bosch, une machine à vendanger en vacances de neige ou bien un âne à deux têtes.

Mais déjà Peluche se libère de l'entrave et tente une nouvelle fois d'approcher l'intruse, qui a entre-temps arraché plusieurs belles poignées d'une herbe bien verte pour les offrir à Râ. Ce dernier, oubliant sur le champ ses principes et ses devoirs familiaux, se laisse caresser le museau par l'intruse.

Peluche s'approche alors d'un pas ferme, bien décidé à profiter de l'occasion. Mais c'est sans compter sur son papa, qui lui prouve aussitôt que l'on peut se laisser caresser le bout du nez, même si celui-ci est particulièrement long, sans pour autant relâcher son attention. Suite à un coup de museau paternel, un seul, Peluche fait, bien malgré lui, un bond en arrière qui l'éloigne d'un bon mètre du bord de l'enclos.

Il reste planté là, la tête pendante, les oreilles ballantes dans le vent d'hiver. C'est injuste les adultes ! Ils ont toujours raison et en plus, ils en profitent parce qu'ils sont plus forts. Tu verras, quand je serais grand, je ferais le tour du monde, en vélo, si ça me chante.

De son côté, Dame Diva ne se pose pas de question. Les histoires entre Râ et Peluche, c'est lassant en fin de compte. Poussant un grognement dont elle a le secret, elle fait signe à l'intruse de ne pas l'oublier et se retrouve récompensée par une grosse poignée d'herbes qui rend jaloux Râ à l'instant. Ce dernier, un vrai goujat ! tente de lui piquer l'herbe qui, à ses yeux, lui revient de plein droit. Elle s'empresse d'avaler le plus vite possible, bien que cela ne soit pas bon pour la digestion et Râ n'attrape finalement que les racines toutes crottées dans sa grande goule.

Dégouté par le peu de reconnaissance que lui témoigne sa famille pour son engagement sans faille, Râ décrète le retrait en bon ordre direction le fond de l'enclos. En bon ordre, ça veut dire Peluche en premier, sa grosse tête penchée sur le côté comme s'il essayait de parler à sa mère en cachette, Diva justement, qui boude, car elle a été troublée en plein brunch, et Râ majestueux comme un roi mage, fermant la marche pour raison de sécurité.

Dédié à l'intruse

Nos amies les bêtes
Chassors, janvier 2010

La mise à sac de Plouc Village

« *Allons-y !* »

C'est comme ça que tout a commencé. Willy, le chef de notre tribu, avait prononcé ces mots fatidiques. Nous n'avons pas réfléchi une seconde de plus. Nous ne sommes pas idiots. Mais nous avions soif, une soif épouvantable. Soif. Vous avez déjà eu soif, vraiment soif ? Si tel est le cas, vous savez de quoi je parle, sinon autant pisser dans un violon, peigner la girafe, organiser un référendum au suffrage universel, ou une conférence internationale sur la protection du climat... Nous avions soif. Je ne me répète pas. Je me contente de parler des choses qui comptent vraiment dans la vie. Grâce à ses relations et au service d'espionnage, Willy avait découvert un village en plein désert. Les crétins à deux pattes n'ont pas réussi à faire grand-chose depuis leur apparition sur la planète, mais ils ont de l'eau. De l'eau. Beaucoup d'eau.

Y-a-t-il quoi que ce soit de plus merveilleux que l'eau ? Je ne parle pas d'or, de diamants, d'actions ou de caviar. Vous devriez lentement avoir remarqué que je suis quelqu'un de sérieux, de très sérieux.

A l'entrée du village, nous étions un bon millier. Willy nous a répartis en « groupes d'action » de cinq individus, eux-mêmes regroupés en cohortes de cent. Willy a beaucoup lu, Sun Tzu, Jules César, Machiavel, Bonaparte et von Clausewitz. La stratégie, c'est son bébé, euh, je veux dire son « dada ».

Comme toujours dans ces cas-là, je me suis retrouvé dans un groupe de nuls. Joe, avec sa bedaine pendante et ses poils gris, « n'avait pas très soif ». Il avait sûrement encore planqué de la bière de contrebande échangée avec les chercheurs d'opale, dieu sait contre quoi...

Lina, qui depuis toujours suit le gros Joe comme s'il avait inventé la poudre. Lina qui s'en tape l'œil de crever de soif pourvu que sa coiffure n'en souffre pas. Qui aura le courage de lui dire enfin que cette crinière jaune pisse d'âne est passée de mode depuis des générations ?

Et pour finir, il y avait encore deux jeunots, Jackson Michael et Ahmed de Liège, tous les deux étudiants en sociologie depuis une quinzaine d'années. Comment voulez-vous planifier correctement une intervention d'envergure avec des énergumènes pareils ? C'est donc dans le désordre complet, une honte si vous voulez mon avis, que notre « g. a. », dirigé par Ahmed, a fait son entrée dans Plouc Village, un bled en plein désert. Nous avons eu de la chance, le secteur qui nous avait été attribué par le commandement se trouvait juste à l'entrée du village. La route principale, enfin la piste de sable qui en faisait office, était noire de monde, tous les amis et collègues se rendant au galop dans les cabanons en bois ou les containers avec clim que le chef leur avait désigné pour cible.

Nous sommes entrés dans la première baraque de notre secteur en courant. La porte était ouverte, la télé marchait. Mais de bipède pas de trace. Pas de trace non plus de quoi que ce soit de buvable. Dans notre émoi, nous avons secoué le gigantesque frigo comme un palmier dattier. Par la faute à cet idiot de Joe, qui ne comprend décidément jamais rien à rien, le frigo est tombé face la première sur le plancher, en crachant des montagnes de glaçons.

Dans le choc, un splendide aimant représentant une horloge de la Forêt Noire s'est détachée du côté du frigo, je l'ai rattrapée au vol et mise à l'abri dans ma besace. Pour se faire pardonner, Joe a fait jouer sa masse musculaire hors du commun et retourné le frigo d'un seul coup en poussant un cri de karateka. La grosse boîte en aluminium gisait maintenant à terre, le ventre ouvert. Nous avons alors bu tout notre saoul : Ginger Ale, bière sans alcool, jus de pamplemousse rose et lait écrémé bio et équitable (ouverture facile) enrichi de vitamine C durable.

Lina, qui a peur pour sa taille, s'est contentée d'eau du robinet. Comme elle a aussi peur de s'empoisonner, elle a dû attendre que l'eau traverse le filtre dans la jarre prévue à cet effet. Heureusement pour elle, Michael avait entre-temps déniché une bouteille de Perrier et l'offrit à la seule Dame du groupe, comme il était de bon ton pour un jeune imberbe faisant des études. C'est alors que les hélicos sont arrivés. Tout comme dans « Apocalypse now » pour les cinéphiles. C'est ce qu'a dit Ahmed, qui ne rate jamais un nouveau film américain. Pour une fois d'accord, sûrement parce qu'on n'avait pas eu le temps de peser le pour et le contre en toute tranquillité à l'ombre d'un bosquet de palmiers en sirotant un thé à la menthe... nous sommes restés dans la baraque en attendant la suite des évènements. Même Joe a fermé sa grande... n'a pas jugé bon de commenter les faits.

Au bout d'un temps interminable, nous avons pointé le museau dehors. Les hélicos avaient disparu. Les deux-pattes et la plupart des collègues aussi. Au loin, nous entendions des bruits de fusillade. Nous avons repris notre chemin dans la direction opposée. Pour cela, nous avons dû traverser tout le village. Ce dernier était pratiquement en ruines. Les baraques et containers étaient éventrés, les frigos ouverts, les clims démolies.

Pépo, un copain d'école, prenait sa douche dans ce qu'il restait d'un bungalow comme si de rien n'était. Joueur comme il est, Pépo avait vidé le contenu d'un flacon de gel douche dans l'eau et c'est à peine si on l'apercevait entre les volutes de mousse. Nous eûmes un mal fou à le convaincre de nous rejoindre et d'abandonner par la même occasion ses jeux puérils.

Tel est le récit authentique et sans fioritures de notre première visite à Plouc Village, en plein désert australien, quelques jours avant la Noël 2009, en pleine sécheresse estivale, histoire de boire un coup.

Dédié à tous les assoiffés
Inspirée par « Kampf mit Kamelen ums Wasser » (Berliner Zeitung?)

Nos amies les bêtes
Chassors, janvier 2010

Blueberry, ours indien

Je m'appelle Blueberry, Myrtille, si vous préférez. C'est comme ça que maman me nomme. Mais, ce n'est pas mon vrai nom. Si vous me promettez de ne le répéter à personne, je vous le dis : « Ours brun-vert à une plume et deux perles, l'une rouge comme le soleil couchant, l'autre turquoise comme le lac dans la montagne ». C'est un peu long et pas très branché. C'est pour ça que mes potes m'appellent Blueberry.

Quoique Blueberry, pour un ours, c'est pas très pratique. Quand les copains disent *« Attention, voilà Blueberry, la terreur de l'Arizona ! »* tout le monde se tord de rire...

D'un autre côté, ça m'arrange bien, parce que moi, j'ai horreur de la violence. D'abord, je suis végétarien. Au début, je me suis fait gronder par maman. Heureusement que Terreur de l'ouest, c'est mon père, n'est pas au courant. Ça ferait un scandale ! Car lui, c'est vraiment une bête féroce ! J'en fais des cauchemars. Mais parlons plutôt d'autre chose, si vous le voulez bien.

Moi, ce que je préfère manger, c'est les myrtilles. Maintenant, vous savez tout. Enfin presque tout. Car si j'aime bien les myrtilles fraîches, tout juste récoltées au pied des grands arbres, le plus chouette, c'est encore de manger du Blueberry pie encore chaud. Avec de la crème battue. Mmh !

Je vois bien ce que vous pensez : Comment fait-il pour être si svelte s'il est si gourmand ? Je sais, je fais plein de jaloux avec ça. Pourtant, c'est pas un secret. Quand on aime bien manger et moi, j'aime vraiment ça, il faut beaucoup bouger. Courir, sauter, nager, monter aux arbres (en redescendre, c'est pas trop mon truc), faire des galipettes, j'aime bien ça aussi, mais pas autant que les gâteaux.

D'ailleurs, ce n'est pas tout. Car mon secret qui n'en est pas un, c'est pas que j'ai la bougeotte, c'est que... je fais collection d'histoires. J'ai bien remarqué votre sourire aux coins des lèvres, mais ça me laisse froid.

Collecteur d'histoires, c'est le plus vieux métier du monde. C'est ce que dit Big Rock, le plus fameux des conteurs. Car un collecteur doit tout d'abord écouter les histoires racontées par les conteurs. Quand il a entendu assez d'histoires et qu'il s'en rappelle, sinon ça ne compte pas ! alors il peut passer son examen de conteur. C'est très très difficile, mais je n'en suis pas encore là. Pour le moment, j'écoute et j'enregistre, ce qui n'est pas facile non plus. Le plus dur, c'est de commencer. Beaucoup d'entre nous n'entendent rien. Ils sont préoccupés de leur personne. Ou alors, ils ne sont pas concentrés et entendent plein d'histoires en même temps. Ça fait comme un bruit de fond. On n'y comprend rien et on attrape mal à la tête.

Il faut écouter. La première fois, j'étais assis tranquillement au bord d'un ruisseau. Je faisais la sieste. J'avais mangé des montagnes de framboises de montagne. Je les aime beaucoup aussi, les framboises. On n'entendait que le murmure du ruisseau. J'ai remarqué des tourbillons dans l'eau au pied d'un gros rocher. Je me suis levé, approché et j'ai tout juste eu le temps de voir des saumons déguerpir dans tous les sens en faisant des vaguelettes à la surface de l'eau.

Une voix très basse a alors dit calmement :

« Revenez, c'est Myrtille, un ours spécial, il ne vous fera aucun mal ! »

Je regardais à gauche et à droite, devant et derrière moi. Je ne vis personne.

« Ne cherche pas, Myrtille, je suis là, devant toi. Le gros caillou au milieu du ruisseau. Tu me vois ? »

« Euh, oui... » bredouillais-je lamentablement.

« Regarde, nos amis les saumons sont revenus, ils savent qu'ils peuvent me faire confiance. Je ne leur veux aucun mal. Je ne veux aucun mal à personne, ni à qui, ni à quoi. »

« Moi non plus... »

« *Nous sommes faits pour nous entendre. Veux-tu prendre place* ? *J'étais en train de raconter une histoire aux saumons et à toutes celles et tous ceux qui veulent bien écouter.* »

Je me suis assis sur l'herbe tout au bord du ruisseau. Et j'ai écouté Big Rock, car c'était lui en personne qui venait de m'initier au plus grand des miracles. Depuis ce jour, le soleil ne s'est pas couché une seule fois sans que j'écoute au moins une nouvelle histoire !

Le plus formidable, c'est que tout le monde raconte des histoires, les rochers bien sûr et aussi les petits galets polis de toutes les couleurs, les arbres avec ou sans vêtement, les oiseaux des plaines et ceux des montagnes, nos frères les nuages et nos sœurs les fourmis... Je pourrais continuer ainsi la liste de mes conteurs préférés pendant deux lunes. Mais je dois m'arrêter, car je ne suis pas encore conteur et j'ai du pain sur la planche.

Alors, je vais faire un petit somme, après un en-cas bien sûr. Et après, je retourne écouter le monde.

Dédié à Big Rock et à Blueberry !

Nos amies les bêtes
Chassors, autoroutes A10/A1, janvier 2010

2011

Grande ma(Ré)

Ré, la vieille île de Ré, est belle. Tellement plus belle que sa voisine Oléron - quoiqu'en pensait Pierre Loti. Et plus belle chaque jour qui passe ! Le bagne de Saint-Martin ? Fermé depuis belle lurette. La citadelle de Vauban abrite bien toujours une prison, mais celle-ci est dans la liste du patrimoine mondial de l'UNESCO, excusez du peu. Les naufrageurs ? Disparus. Plus besoin de forcer la visite. S'ils ne viennent plus que rarement par la mer, les visiteurs pullulent, en provenance du continent ou des îles du nord. Ils viennent se faire plumer ou plumer l'Insulaire, c'est selon.

Le train, dit « tortillard », voire « crocodile », dont tout le monde descendait avant la seule bosse de l'île, sans quoi il n'aurait pas pu atteindre le terminus, a pris sa retraite. En saison, le tracé des anciennes voies accueille d'innombrables vélos.

La conserverie de sardines d'Ars, en bordure de la mer, a fermé ses portes après la grande guerre. C'est bien connu, après la der des der, rien n'était plus comme avant en ce bas monde. A une exception près : la guerre est toujours à la mode.

Le bac du soir, que tu prenais petite fille en pyjama pour te réveiller le lendemain matin dans ton lit à La Rochelle, n'est lui aussi plus qu'un souvenir. Vivace, certes, comme l'air du large, mais tout aussi incolore.

Le sel que l'on entasse dans des grands hangars gris ne prend plus la mer au Port des Portes. L'ancien embarcadère fait maintenant partie de la Réserve Naturelle Nationale de Lilleau des Niges.

Toute la baie retentit des cris stridents des bernaches cravants, ces canards-oies des îles à fesses blanches. De temps à autre le vacarme est strié par le vol gracieux et silencieux d'une spatule. Les spatules sont rares. A part aujourd'hui. Il y en aurait assez pour une ménagère de vingt-quatre couverts !

Dans le ciel ou dans l'eau : incontournables sternes, goélands, mouettes, hérons, aigrettes et chevaliers gambettes.

Et si nous n'avions pas, comme toujours, oublié nos jumelles dans la voiture, sans doute aurions-nous surpris l'un ou l'autre des hôtes de ces marais : harle huppé, bécasseau cocorli, gravelot à collier interrompu, rougequeue à front blanc, hibou des marais, bergeronnette des ruisseaux, pouillot à grands sourcils, alouette lulu ou troglodyte mignon...

Un ibis. Sacré. Ça alors ! Vient-il tout droit du delta du Nil, d'un zoo voisin ou bien est-il en séjour de thalassothérapie ?

Le passage du Fier roule ses palourdes, ses moules et ses huîtres sous le regard indifférent des mulets, lesquels n'ont rien à voir avec les baudets du Poitou.

En avril les jeunes pousses de salicorne pointent leur nez. A moins qu'elles n'entendent Clémence s'approcher. Là, elles se font toutes petites et hument l'air du large comme si de rien n'était. Trop tard, la gourmande les dévore déjà à pleines dents !

Clémence est la gardienne de la tradition familiale. C'est elle qui gratouille les ancêtres au cimetière du village. Nous profitons de son absence pour jeter un œil dans son église dont le clocher remonte d'avant l'invention de la couleur. Tout est en ordre. Personne n'a volé la maquette du voilier ex-voto pour les péris en mer.

A part le logis du curé et les appartements des fonctionnaires (mais quelle est la différence ?) les maisons sont basses et simples. Peu de fenêtres, jardinets enclos à l'abri des vents. Sur notre gauche la maison de ta cousine. Un peu plus loin celle de ta grand-mère, celle-où est née ta propre mère. Au coin, la maison à Jospin.

Dans le jardin de votre maison, Christian ramasse figues et tomates, qu'il nous passe par-dessus la clôture avant d'enjamber celle-ci pour nous rejoindre. A peine croyable, Christian a oublié les clefs. Au hasard d'une venelle pleine de roses trémières fatiguées par six mois d'été, nous croisons l'homme aux chats et son regard hagard.

Nous marchons vers la mer en direction de la côte sud. Les traces des envahisseurs se multiplient. Les volets gris des résidences secondaires ont remplacé les lourds volets verts en bois. Les plus modernes sont en PVC, les grêlons y sculptent avec volupté des motifs pointillistes en trois dimensions.

Sur la droite un chantier abandonné nous invite à la réflexion. Cette cave inondée à ciel ouvert aurait dû abriter les thermes d'un hôtel de luxe. Qui l'aurait cru ?... Le sous-sol de l'île marécageuse et plate comme une limande regorge... d'eau !

Les nouveaux habitants n'ont pas seulement changé la palette des couleurs et tenté – sans grand succès – de pomper l'Atlantique, leur omniprésence a complètement relooké la vieille dame. C'est tout un nouveau folklore inventé de toutes pièces. L'uniforme comprend obligatoirement une vareuse rose ou verte. Le reste est du même acabit : cher et d'apparence rustique.

Le Néorétais descend gracieusement de sa Méhari orange récupérée à prix d'or à la casse. Ou bien il chevauche un vieux vélo rouillé par les embruns. Une caisse en bois orne le porte-bagages.

En bon citadin, il emprunte le haut du pavé, ce en quoi il n'a pas tout à fait tort. C'est que les splendides véhicules de nettoyage urbain ont la fâcheuse habitude d'oublier le sillon au milieu des venelles, transformant celui-ci en crottoir central.

Il faut les voir l'été rendre hommage au soleil couchant. Alignés sur la digue face à la mer, en habit de lin blanc, un œil fermé tels le capitaine Achab, ils scrutent l'horizon, une coupe de champagne à la main, fusillant du regard tout autochtone qui oserait s'approcher de la zone sacrée.

Plus tard leurs enfants claquent leur argent de poche, une semaine de salaire de caissière par soirée, dans ce qui n'est pour eux qu'une boîte de nuit en plein air. D'aucuns parmi les indigènes, particulièrement retors à l'innovation, prétendent ne pas pouvoir dormir à cause du bruit... Il faut bien que jeunesse se passe ?

A la fin de l'hiver dernier Xinthia a ravagé campings et constructions. Le bosquet qui marquait le passage de l'île de Ré au sens strict à l'ancienne île d'Ars a été pratiquement détruit. Partout, le sel a brûlé arbres et buissons.

En ce jour de grande marée les déferlantes inondent la seule route qui dessert l'île de bout en bout, de la côte charentaise à l'océan, lequel n'a jamais prétendu être pacifique. Les panaches d'écume des vagues éclatées sur la digue retombent sur le sol, attirant les badauds et leurs portables qu'ils remplissent d'images de violence marine.

Les digues endommagées en février ne sont pas réparées. Chacun a son idée sur l'identité des responsables et des payeurs. Une digue n'a pas connu les rigueurs de la tempête. Un nouveau propriétaire avait obtenu de la justice le droit de faire raser cette construction qui gênait sa vue sur la mer. Sa villa a reçu de plein fouet la vague. A défaut de neurones, les euros ont permis une rapide remise en état. Jusqu'à la prochaine fois.

Nous reviendrons en mai, avant les grandes migrations, taquiner les baudets aux portes de St. Martin et faire bombance au Café du commerce. C'est promis, nous ne boirons pas de vin de pays parfumé à l'iode du varech. Catherine, Christian, Clémence... qui sait qui sera de passage à ce moment-là ? Vous êtes nos invité(é)s!

Dédiée à Catherine, Rétaise, championne du monde du ragoût de seiches et liseuse publique

Héros de notre temps
Ré, Chassors, Roissy, Panketal, octobre 2010 – février 2011

2013

Dernier beau jour

C'était le dernier beau jour de l'automne. Nous avions pris la voiture jusqu'à Buchholz et l'avions laissée près de l'église en briques rouges bâtie sur un épais soubassement de Findlings. C'est le nom qu'on donne ici aux cailloux semés au hasard par les glaciers en train de fondre.

Armés de nos bâtons de nordic walking nous partîmes à la conquête du chemin creux qui conserve les ornières de l'époque où les charrettes l'empruntaient pour rejoindre Bernau depuis Berlin. De nos jours, on y rencontre des promeneurs à pied ou en vélo. Quelques passionnés d'aéromodélisme l'utilisent un moment pour se rendre dans le champ où ils ont établi leur base.

Dans le premier virage un tas de meubles style années 70 nous barra la route. Un divan et des fauteuils d'un rouge fatigué. Une table basse en verre et diverses babioles, cendriers, porte-revues... Tout cela avait été jeté d'un seul coup sans doute la nuit précédente. Dire qu'il suffit d'un coup de fil pour que l'on vienne enlever gratuitement à domicile les meubles mis au rebut...

Perdu dans mes pensées devant ce gâchis j'aperçus une biche qui traversait le chemin à cent mètres de là. Elle trottait tranquillement et s'arrêta dans le champ pour tenter de brouter ce qui restait après le passage des moissonneuses batteuses de l'été dernier. Tout d'un coup, elle se retourna dans ma direction, me fixa un instant et détala en flèche vers la lisière toute proche.

Elle disparut bientôt dans les hautes herbes jaunes d'une friche qui sépare les champs des bois. De temps à autre on voyait sa queue blanche dodeliner de gauche à droite entre les tiges sèches des graminées.

Nous poursuivions notre promenade offrant notre visage aux rayons du soleil sans escompter la moindre chaleur en retour.

Mais la lumière était magique. Et avec un peu de malchance elle se ferait bien rare au cours des mois à venir. Les bords du chemin étaient parsemés de mûriers, de vieux pommiers et de mirabelles. Des oiseaux dévoraient goulûment les rares fruits desséchés et les dernières baies. Un écureuil escalada en trombe le tronc d'un pommier. Les merles s'enfuirent d'un coup d'aile. Traversant un bois humide nous pressâmes le pas pour rejoindre au plus vite un tronçon ensoleillé. Les pointes de nos bâtons faisaient résonner les pierres du chemin comme des cloches métalliques. Le temps passant, le soleil faiblit, le vent se leva, un vent froid qui fit rougir nos joues. Sur le chemin du retour nous croisâmes une poignée de chasseurs et leurs chiens à l'orée de la forêt.

Arrivés à la voiture, nous étions en train de poser nos bâtons dans le coffre lorsqu'une petite voiture bleue s'arrêta brusquement derrière nous. La conductrice baissa la vitre et nous demanda :

„Avez-vous vu un chien ? Un berger allemand noir. "

„Non, nous n'avons pas vu... "

Elle était déjà repartie et s'engouffrait dans le chemin creux à toute vitesse. Lors d'autres balades, nous avions rencontré dans les parages cigognes, grues cendrées, faisans, chevaux et biches, mais pas de chien, à part ceux des chasseurs.

Nous reprenions nos préparatifs de fin de promenade. Le temps avait été si beau que nous avions marché plus longtemps que prévu. Bonjour les courbatures ! Ce serait pour demain.

Pour le moment, j'avais une faim terrible, situation qui ne m'est pas vraiment inconnue et pour laquelle je ne connais qu'une solution : manger. Tout près du village, nous avions aperçus des petites pommes qui avaient l'air comestible. Retournés à cet endroit nous avons piqué aux merles consternés quelques pommes juteuses et acidulées.

Rassasiés pour un moment, nous nous apprêtions à changer de chaussures lorsque la voiture bleue revint vers nous, toujours en trombe. Elle s'arrêta à notre hauteur. La femme descendit et cria, en pleurs :

« Ils ont tué mon chien ! Qu'est-ce que je vais dire aux enfants ? »

Ils, c'étaient les chasseurs. Faute d'être capable de tuer le gibier qui pourtant pullule, ils abattent les chiens „errants" ; au nom de la sécurité et de l'ordre public. Une minute d'inattention suffit. Et votre compagnon de jeux est dans le collimateur de ces êtres sans cerveau ni cœur. Mort.

Qu'Ils crèvent et que leur progéniture soit maudite jusqu'à la centième génération !!!

Petites histoires de la ceinture de gras
Barnim, Automne 2013

Deux nouvelles histoires d'Hodja

Turquoises

Hodja fait la collection de capsules de bouteilles d'eau. On lui demande :

« *Mais que veux-tu faire de ces bouts de plastique ?* »

Hodja répond :

« *Devenir riche !* »

« *Devenir riche ?* »

Hodja précise, légèrement irrité par tant d'ignorance :

« *Ne vois-tu pas qu'elles ont toutes la couleur de la turquoise ?* »

« *Et alors ?* »

« *Et bien je les écrase, les découpe, les affine... et en fait d'authentiques bijoux anciens que je vends aux touristes à prix d'or !* »

« *?* »

« *Ils en raffolent !!!* »

Poil de lait

Hodja aperçoit un petit garçon assis sur le bord de la route. Le gamin croque à pleines dents une carotte épluchée qui a gardée toutes ses feuilles. Les cheveux du gamin ont exactement la même couleur que la carotte.

Arrivé à la maison Hodja dit à sa femme, sur un ton un brin mystérieux :

« Je ne bois plus de lait ni d'ayran. Désormais, mes lèvres n'accepteront plus que le thé et le coca-cola ! »

« Quelle drôle d'idée ! » dit sa femme.

« On peut savoir pourquoi ? » ajoute-t-elle, penchant la tête sur le côté comme le font les poules.

« C'est simple. » répond Hodja qui vient de renoncer tout à coup à garder son secret pour lui.

Il précise enfin :

« J'en ai assez de ces cheveux blancs ! »

Journal d'un global trotteur
Göreme, Cappadoce, Turquie, octobre 2012
Panketal, juin 2013

Annexe 1 : Publications (Aperçu)

1979
A : Collectif : **Le Maelström**, Lycée, Cognac
2005
B : Collectif : **40 histoires franco-allemandes**, DOCUMENTS, OFAJ (Office Franco-Allemand pour la Jeunesse), Paris, Berlin
2005
C : Collectif : **rencontres**, la revue franco-allemande, www.rencontres.de
2007
D : **20 ans en Prusse, Petites histoires**, Rhombos-Verlag, Berlin
2012
E : **Störung im Betriebsablauf**, Auteur principal : Henry Spietweh, Lulu, en allemand, contribution : trois histoires, titre en français : **Accidents de parcours**, publié en 2016)
2013
F : **Ma guerre froide, Un Charentais au pied du mur (de Berlin)**, fonduja, les éditions du fond du jardin, Barnim, Pays du Cognac
2014
G : **Rendez-vous mit Polską** (en allemand seulement, titre provisoire en français : **Rendez-vous avec la Pologne : Expériences polonaises d'un Franco-allemand**), fonduja, les éditions du fond du jardin, Barnim, Pays du Cognac
2015, 2016
H : **Böhmische Silberhochzeit** (en allemand seulement, titre provisoire en français : **Noces de velours**), fonduja, les éditions du fond du jardin, 1ère et 2ème édition
2016
I : **Accidents de parcours**, Auteur principal : Henry Spietweh, BoD, Norderstedt, (contribution : trois histoires)
2017
J : *Fundsachen*, titre provisoire, en préparation (en allemand seulement)

Annexe 2 : Publications (Détails) [18]

1978 (2005, 2007, 2013)
B°/D /F : **8 heures Realschule** intégré à **Lenzferien 1978**, (VO en FR, traduction DE)
1979 (1979)
A : **Le coin du philosoeuphe**[19]
A : *Leningrad (Venise la rouge)*
A : **Tare pire**
A : **Pour une poignée de molaires de plus...**
1986 (2013)
G : **Chère Marianne**
1987 (2007)
D : **Berlin Jubiläum**
2003 (2005, 2007, 2013)
B /D /F : **Un ours de Berlin inattendu** (2005), **Un drôle d'ours de Berlin** (2007) (VO en DE, traduction DE), **L'ours de Berlin** (2013)
B /D /F : **Lenzferien '78** (VO en FR, traduction DE)
2003 (2007)
D : **« Pistoire »** – **Petite histoire de pissoire** (VO en FR, traduction DE)
D : **« Ce matin, j'ai été fô-ôrmidable »** (VO en FR, traduction DE)
D : **L'étrange histoire du Docteur Bilderlieb** (VO en DE, traduction FR)
2003 (2007, 2015-2016)
D /H : **Carnet d'une disparue** (2007 : VO en FR, traduction en DE, 2015, 2016 : version DE)

---

[18] *Dans l'ordre chronologique de leur rédaction (les lettres majuscules se réfèrent à l'annexe 1). Les textes indiqués en italique ont été écrits en une autre langue que le français et ne sont pas traduits.*
[19] *Les textes sans commentaire entre parenthèses ont été écrits en français et n'ont pas été traduits.*

2004 (2005, 2007)

C /D° : **Aigre-douce Allemagne** (VO en FR, traduction DE)

2004 (2007)

D : **Tout ? Rien !** (VO en DE, traduction FR)
D : **Requiem** (VO en FR, traduction DE)
D : **Exprès (pour les) sots ?** (VO en DE, traduction en FR)
D : **Le bonjour du Juif errant** (VO en FR, traduction DE)
D : **Du tabac pour la planète !** (VO en DE, traduction FR)
D : **La sagesse du sable** (VO en DE, traduction FR)
D : **Hot Pepper** (VO en DE, traduction FR)
D : **Télé Risson** (VO en DE, traduction FR)

2004 (2007, 2013)

D /F : **Fort en version** (VO en FR, traduction DE)
D /F : **This wall will fall** (VO en FR, traduction DE)

2004 (2007, 2014)

D /G° : **Chopin clopant** (2007 : VO en FR, traductions DE, PL, 2014 : version DE)

2004 (2015, 2016)

H : **Noch mehr Verschollene** (traduction DE de VO en FR)

2005 (2007)

D : **Nach Berlin !** (VO en FR, traduction DE)
D : **Tempête de neige sur la Place Rouge** (VO en DE, traduction FR)
D : **De l'eau pour Tigerpur** (VO en FR, traduction DE)
D : **Katka** (VO en FR, traduction DE)
D : **Créateurs d'entreprises innovantes** (VO en DE, traduction FR)

2005 (2012, 2016)

E /I : **Doppelbetten** (2012 : traduction DE), **Twin beds** (2016: VO en FR)
E /I : **Der Unfall** (2012 : traduction DE), **L'accident franco-allemand** (2016: VO en FR)

2007 (2012, 2016)

E /I : **No man's land** (2012 : traduction DE), **No man's land** (2016: VO en FR)

2008 (2014)
G : **Latem** *(VO en PL)*, **Im Sommer** *(2014: traduction DE)*
2009 (2013)
F : **Encore un livre sur le mur?**
F : **Berlin, Berlin…**
F : **Classes (suite et fin)**
F : **Chez les Britanniques**
F : **Ricains**
F : **Réconciliés**
F : **Réconciliés ?**
F : **A lier**
F : **LE Mur**
F : **Hélicos pa ruski**
F : **Rencontres insolites**
F : **De Berlin sur Charente à la guerre civile européenne…**
F : **Mur mûr**
F : **Vingt ans après**
F : **9 novembre 2009**
2009 (2013, 2014)
F /G : **Incident diplomatique au Pergamon Museum** (2013 : VO en FR, 2014 : traduction raccourcie DE)
2010 (2014)
G : **Mein persönliches Kaleidoskop** *(VO en DE)*
G : **Ein Tag an der Oder** *(VO en DE)*
G : **Tour de Polska** *(VO en DE)*
G : **Versuch – Gescheitert** *(VO en DE)*
G : **Gaude Mater Polonia** *(VO en DE)*
G : **Das Weimarer Dreieck** *(VO en DE)*
G : **Die vergessenen Begegnungen** *(VO en DE)*
G : **Polen (endlich wieder) in Europa!** *(VO en DE)*
2011-2013 (2014)
G : **Revolutionslieder** *(VO en DE)*
G : **Framework Ball** *(VO en DE)*
G : **Lebenslanges Lernen** *(VO en DE)*
G : **Mit Polen unterwegs** *(VO en DE)*
G : **In Polen unterwegs** *(VO en DE)*
G : **Das verlorene Paradies** *(VO en DE)*
G : **Weiße Weihnachten an der Swinemündung** *(VO en DE)*

G : **Am Ende der Anfang: Großpolen** *(VO en DE)*
G : **Der (breite) Weg ist das Ziel** *(VO en DE)*
G : **Waren Sie schon in Polen?** *(VO en DE)*
2013 (2013)
F : **Épilogue**
2014-2016 (2015, 2016)
H : **Vorwort für Henry** *(VO en DE)*
H : **Prag in Berlin: Hrabal** *(VO en DE)*
H : **Gemeinsame Entdeckung Mitteleuropas** *(VO en DE)*
H : **Smetanas Vaterland** *(VO en DE)*
H : **Theresienstadt** *(VO en DE)*
H : **Dritte Kleine Prager Geschichte** *(VO en DE)*
H : **Life is mystery** *(VO en DE)*
H : **Prag in Berlin: Havel** *(VO en DE)*
H : **Kleine Prager(vorstadt) Geschichte: Schnecken and the City** *(Zugabe) (VO en DE)*
H : **100 Jahre später** *(VO en DE)*
H : **Das Leben geht weiter (Nachwort)** *(VO en DE)*

Annexe 3 : Séries de textes par ordre chronologique

Depuis 1976

- **Journal d'un global trotteur** / *Tagebuch eines globalen Trottels* / *Journal of a global trotter*

  Toujours (Hampton Court) (1976), Moulin de prières (1976), Pedrodvorets (Fête des fontaines) (1977), Kinderdijk (digue du mioche) (1977), Fritland (1978), Feuilles rouges (1978), Leningrad (Venise la rouge) (1979), Tare pire (1979), Beachy End (1980), Expédition Est-ce-ta-fête-Royan-Mykonos (1980), Nuit collante pénible (1981), Idd Festival (1983), Barbara de Katowice (1984), Laterne (1984), Poney stupide (1985), ***Berliner Jahr***[20] ***(1988)***, Berlin Jubiläum (1988), CASA (1992), Nuit de pluie à Bali (1997), Bambou (2001), Carnet d'une disparue (2003), Cognac en touriste (2003), Antigua (2003), ***Zug des Lebens (2003)***[21], Troll d'histoire (2004), L'auberge du cochon blanc (2004), De quoi je m'y mêle ? (2004), Chopin clopant (2004), L'odeur de blé mûr (2004), Encore plus de disparues (2004), Tout ? Rien ! (2004), Requiem (2004), Tempête de neige sur la Place rouge (2005), De l'eau pour Tigerpur (2005), Katka (2005), La véritable histoire de Son-Hya-Ji (2005), Le dernier jour de Kuldhara (2005), Petit conte bédouin (2006), Les yeux verts (2006), Le jasmin nouveau (2006), ***Città per la pace (2006)***, Au pays des chats (2007), La fabuleuse histoire des trois pébrocs (2007), Conte de printemps (2007), Une ville dans l'océan (2007), Incident (au) Bénin (2007), Cœur de pierre (2007), No man's land (2007), *... den Männern die Luft... (2007)*, ***Kulturprogramm (blau gemacht) (2007)***, *Doccia globale (2007)*, *Latem (2008)*, *Last* Vegas (2008), Garage à ciel ouvert (2008), La peau du désert (2009), *The true story of Koko P. (2009)*, ***Berner Happening (2010)***, Deux nouvelles histoires d'Hodja (2013), ***Grau in grau? (2015)***

- **Divers et autres**

  Brumeurs (1976), Of Course ! (1976), Turquoise (1977), Java etoimoajava (1977), Le coin du philosoeuphe (1979), Littérature (1980), Lapin (1981), Le monde entier (1989)

---

[20] *Les textes indiqués en italique ont été écrits en une autre langue que le français. Il n'en existe pour le moment pas de traduction en français.*

[21] *Les textes indiqués en gras n'ont pas été publiés.*

Depuis 1978

- **Campagnes charentaises**

Voici le mois de mai (1978), Vent d'anges (1978), Il était temps (1978), Flashs (1978), Sacrifilles (1978), Hannetonbylette (1980), Dimanche tantôt dans nos (vertes) campagnes (1981), Promenons-nous... (Conte de fin d'année) (2010)

- **Petites histoires franco-allemandes** / *Kleine deutsch-französische Geschichten*

8 heures Realschule (1978), Lenzferien '78 (2003), *Interkultureller Tod in Geiershof (2003)*, « Pistoire » - Petite histoire de Pissoir (2003), Aigre-douce Allemagne (2004), Fruits défendus (2004), Exprès (pour les) sots ? (2004), Portugal 2004 (2004), Baden-Baden (2004), Petite recette d'éternité (2004), Du Bouddha (2005), Twin beds (2005), L'accident franco-allemand (2005), *A la Provence! (2006)*, Mon plus beau souvenir d'Allemagne, c'est... (2008), Mes profs d'allemand (2009), *Weihnachten in Frankreich, gestern und heute (2015)*

Depuis 1979

- **Journal en kit** / Tagebuchbausatz

Pour une poignée de molaires de plus... (1979), Bizutage (Mémoires d'outre-taupe, Poitiers) (1979), Petit chenapan ! (1980), Le rabeur de Rabelais (1981), C'est mon nom (1993), Pourquoi j'ai l'intention de me proposer au plus vite comme candidat pour le prix Nobel de littérature (2002), Ce matin, j'ai été fô-ôrmidable » (2003), Les feuilles mortes (2003), *Alter Mann (2004)*, Interv-you (entre nous ?) (2005), *Ich der geborene Oberlehrer (2005)*, Petites histoires de mes petites histoires (2005), Déjà vu (2005), Vocation(s) – 30 ans de (2005), Wer zu spät kommt... (qui est en retard...) (2006), *Wie ein Fels... (2007), Mein Name ist weder... (2009), Das große Kribbeln (im Alter) (2009), Eine Nacht bei Franzen (2013), Nomen est Omen (2015)*

1986-2013

- **Ma guerre froide** / *Mein kalter Krieg*

Chère Marianne (1986), Un ours de Berlin inattendu (2005), Un drôle d'ours de Berlin (2007), Incident diplomatique au Pergamon

Museum (2009), Encore un livre sur le mur ? (2009), Berlin, Berlin... (2009), Classes (suite et fin) (2009), Chez les Britanniques (2009), Ricains (2009), Réconciliés (2009), Réconciliés ? (2009), A lier (2009), LE Mur (2009), Hélicos pa ruski (2009), Rencontres insolites (2009), De Berlin sur Charente à la guerre civile européenne... (2009), Mur mûr (2009), Vingt ans après (2009), 9 novembre 2009 (2009), L'ours de Berlin (2013), Epilogue (2013)

Depuis 1990

- **Héros de notre temps** / *Helden unserer Zeit*

Deux quatrains pour Richard Geyer (1990), Le dernier roi mage (1990), « L'étrange histoire du docteur Bilderlieb (2003), Créateurs d'entreprises innovantes (2005), Les tribulations de M. Lan en R.F.A. (2005), *Warum ich schreibe, die wahre Geschichte von Hans Müller (2005)*, !ncredible Ingrid (2006), *In den Sternen (2008), Brenny in Paris (2008)*, Khadija aux yeux noirs (2009), Grande ma(Ré) (2011)

Depuis 2002

- **Petites histoires du métro berlinois** / *Kleine wahre S-Bahn-Geschichten*

Pourquoi une fois rénové, le métro de Berlin met plus longtemps à traverser l'est de la ville qu'avant (2002), Du tabac pour la planète (2004), Hot Pepper (2004), *Ein ganz normaler Tag (2006), S-Bahn-Gespräch I : Kultur pur (2006), S-Bahn-Gespräch II : Sprachunterricht (2006), Je mehr Verrückte, desto lustiger! (2013)*

2003-2016

- *Böhmische Silberhochzeit* / *Noces de velours*

Carnet d'une disparue (2003), Encore plus de disparues (2004), *Vorwort für Henry, Prag in Berlin: Hrabal, Gemeinsame Entdeckung Mitteleuropas, Smetanas Vaterland, Theresienstadt, Dritte Kleine Prager Geschichte, Life is mystery, Prag in Berlin: Havel, Kleine Prager(vorstadt) Geschichte: Schnecken and the City (Zugabe), 100 Jahre später, Das Leben geht weiter (Nachwort)(2014-2016)*

2004-2014

- **Rendez-vous mit Polską : Expériences polonaises d'un Franco-allemand**

  Chopin clopant (2004)[22], *Latem / Im Sommer (2008)*, *Mein persönliches Kaleidoskop*, *Ein Tag an der Oder*, *Tour de Polska*, *Versuch – Gescheitert*, *Gaude Mater Polonia*, *Das Weimarer Dreieck*, *Die vergessenen Begegnungen*, *Polen (endlich wieder) in Europa!* *(2010)*, *Revolutionslieder*, *Framework Ball*, *Lebenslanges Lernen*, *Mit Polen unterwegs*, *In Polen unterwegs*, *Das verlorene Paradies*, *Weiße Weihnachten an der Swinemündung*, *Am Ende der Anfang: Großpolen*, *Der (breite) Weg ist das Ziel*, *Waren Sie schon in Polen? (2011-2013)*

Depuis 2004

- **Nos amies les bêtes** / *Unsere tierischen Freunde*

  Von Tieren und Mädchen (2004), Baudets du Poitou (2010), La mise à sac de Plouc Village (2010), Blueberry, ours indien (2010)

Depuis 2005

- **Petites histoires de la ceinture de gras** / *Kleine Geschichten aus dem Speckgürtel*

  Le bonjour du Juif errant (2004), **Niemandem mehr (2004)**, Télé Risson (2005), Les fraises à Voltaire (2005), Oiseau rebelle (2006), Rembrandt (2006), Genie auf der Suche (Génie en quête) (2006), **Nordic Kacking (2006)**, **Bayrisch Sirtaki aus Tel Aviv (Balkan) (2006)**, **Hundsgemein (2007)**, **Vergängliche Kunst (2010)**, **Der fröhliche Märchenerzähler (der Berliner „Hakawati") (2013)**, Dernier beau jour (2013)

---

[22] Les textes soulignés ont été cités plus haut dans une autre série.

Annexe 4 : Bibliographie de Louis-Clément Renault

Livres édités

- **Comme une poussière dans la tourmente, Journal d'un adolescent dans la guerre**, réédition corrigée, commentée et complétée, nombreuses illustrations, Boivr&ditionS (c/o lulu), Août 2016, 662 pages, ISBN 9781326263614 (1ère édition : 2008, épuisée)

- **Les chants des lendemains (1948-1959)**, récit sur la base du journal quotidien de l'auteur, Boivr&ditionS (c/o lulu), 2014, 134 pages, ISBN 9781291509007

- **Chronique de Chêneroux, Journal d'Hadrien (1944-1948)**, fiction sur la base du journal quotidien de l'auteur, Boivr&ditionS (c/o lulu), 2013, 209 pages, ISBN 9781291575965

Conférences & Communications

- **Eugène Godard, autodidacte de génie** (1872-1941), 2004, SEFCO

- **La société de non consommation, restrictions et rationnement 1940-1945**, Colloque SEFCO, Saintes, 1949

- Nombreuses communications, en particulier critiques littéraires, traitant pour la plupart des traditions régionales, de la chronique familiale, de l'expérience de la guerre, SEFCO, bulletins, journaux et revues

Inédits

- **Folklore et ethnologie dans l'opérette, conférence pouvant être chantée**

- **L'or de la Jacotte**, nouvelle, 1999

- **Journal 1960-2010**, édition en cours de préparation

- Documents et écrits divers, recherches généalogiques sur les familles Renault, Ancelin, Charbonnier, courrier, conservés aux Archives Louisclémentales, Chassors

Notes personnelles : poésie, jurons, gribouillages...